Richard Stevenson lebt als freier Schriftsteller in Massachusetts und schreibt für renommierte amerikanische Zeitungen und Zeitschriften. Er hab bisher vier Romane geschrieben und ist außerdem ein bekannter Literaturkritiker.

Richard Stevenson:
Der Tod stand nicht im Bauplan

Roman

Aus dem Amerikanischen von Dinka Mrkowatschki

Knaur®

Für Andy, Madilyn, Sally, Jack,
Jim, John, Bob und Don: Tenastelign
und für Barbara Joslyn

26-01389-4   1580

Trefusis erging sich lang und breit über Sandalismus und Skandalismus. Ich verstand kein Wort.

»Bleiben Sie dran«, schrie ich in den Hörer, »ich versteh Sie nicht.«

»Ich warte selbstverständlich, Mr. Strachey.«

Ich legte den schweißtriefenden Hörer auf meinen Schreibtisch, griff hinter mich und schlug mit der Sprosse eines im Januar zusammengebrochenen Drehstuhls auf die klappernde, glucksende Klimaanlage. Viel passierte nicht. Die zweihundert Pfund schwere Maschine begann sich langsam aus ihrer verrotteten Halterung zu lösen und schickte sich an, die zwei Stockwerke bis zur Central Avenue runterzustürzen, genau auf die Schienbeine der Penner, die vor meiner Eingangstür lagen. Ich bückte mich und zog den Stecker raus. Ein Knall, das Heulen wurde allmählich leiser, dann spuckte sie nur noch ein bißchen, dann – heiße, feuchte Stille.

»Tut mir leid«, sagte ich wieder ins Telefon, »aber ich konnte nichts hören, weil mein Pilot oben auf dem Hubschrauberlandeplatz soviel Krach macht. Sie sagten gerade…«

Crane Trefusis ignorierte einfach meine Selbstironie.

»Ich habe einen Auftrag für Sie, einen Fall von Vandalismus. Ich bin sicher, daß er Sie interessieren wird. Ich möchte am Telefon nicht mehr darüber sagen. Es wäre sehr nett, wenn Sie bei mir im Büro vorbeikämen, dann könnte ich Ihnen den Fall schildern.« Eine kleine Pause. »Unter Umständen wäre uns die Sache zehn Scheine wert.«

Zehn? Zehn Hunderter? Nein, dann hätte Trefusis tausend gesagt. Oder »einen Schein«.

Ich zierte mich trotzdem. »Mit Vandalismus habe ich überhaupt keine Erfahrung«, sagte ich ihm. »Und bei der Kragenweite Ihres Unternehmens würden Sie wahrscheinlich die Bombardierung Dresdens so nennen. Sie sollten diesen Auftrag besser einer Firma geben, die über die nötigen Mittel verfügt, Mr. Trefusis. Ich mache zwar Witze über Hubschrauber, aber meine Firma besteht nur aus mir und ein paar Freunden, die mir ab und zu aushelfen – wenn sie nichts Besseres zu tun haben, wie zum Beispiel Proust in Esperanto zu lesen, oder in einer Disco eine Wohltätigkeitsveranstaltung zugunsten der Eritreischen Befreiungsfront zu organisieren. Vielleicht möchten Sie sich erst noch mal umhören.«

Aber Trefusis ließ sich weder von falscher Bescheidenheit noch von Fakten ablenken. »Man hat mir erzählt, Mr. Strachey, daß Sie sehr zuverlässig sind«, sagte er. »Und ich glaube, daß Sie genau der richtige Mann für diesen Job sind. Dieser Fall ist sehr… speziell. Ich bin mir ganz sicher, wenn Sie gehört haben, worum es geht, werden Sie mir zustimmen. Könnten Sie um vier Uhr vorbeikommen? Da hätte ich noch einen Termin frei.«

Ich zögerte. Ich kannte Trefusis nicht persönlich, aber ich hatte in der »Times Union« viel über ihn und seinen Konzern gelesen, und beides ließ mein Herz nicht gerade höher schlagen. Das Kapital, mit dem Millpond Plaza aufgebaut worden war, stank zum Himmel, und die Geschäftsmethoden unter der Leitung von Trefusis waren, gelinde gesagt, ruppig. Aber die Neugier plagte mich, wieso gerade dieser Fall von Vandalismus »speziell« auf meiner Linie liegen sollte, und da waren natürlich noch die »zehn Scheine«. Einerseits dies, andererseits das.

»Ich glaube nicht, daß ich der richtige Mann für diesen Job bin, Mr. Trefusis. Aber ich komme raus zu Ihnen, dann können Sie mir alles darüber erzählen. Ich kann Ihnen nicht versprechen, daß ich den Fall übernehme. Ich hoffe, Sie verstehen das.«

»Ein faires Angebot, Mr. Strachey. Ich erwarte Sie um vier Uhr.«

Angebot? Was für ein Angebot?

Ich rief Timmy im Büro an und sagte: »Es ist heiß.«

»Hör mal, ich habe hier wichtige Geschäfte für die Bevölkerung des Staates New York zu erledigen. Wenn du eine Hitzewelle melden willst, dann ruf das Wetteramt an. Was soll der Telefonterror?«

»Also gut, ich bin ein Terrorist, und das ist ein Telefon. Aber es handelt sich hier um einen fast amtlichen Anruf. Was weißt du über Crane Trefusis? Irgendwas Gutes?«

»Nein.«

»Dann was Schlechtes?«

»Wenn Millpond ein Einkaufszentrum bauen will, dann wird es gebaut. Alles, was da kreucht und fleucht – Kühe, Hühner, Enten, Gänse, Gras, Leute – muß um sein Leben rennen. Millpond ist aalglatt, wieselflink, fett und brutal. Crane Trefusis ist das Zugpferd. Er bringt alle Steine ins Rollen. Momentan hält ihn irgendwas auf bei dem neuen Projekt, das Millpond im Westen von Albany plant, aber wahrscheinlich nicht mehr lange.«

»Das hab ich schon alles in der Zeitung gelesen. Hat er Schwierigkeiten mit dem Gesetz?«

»Vielleicht. Aber nicht mit der Exekutive. Millpond macht sich überall, wo man Freunde braucht, Freunde – egal wie. Warum stellst du so leichte Fragen?«

»Trefusis hat einen Job für mich. Einen Fall von Vandalismus.«

»Aufklären oder veranstalten?«

»Das werde ich in zwei Stunden wissen. Ich bin mit ihm verabredet. Ich glaube nicht, daß wir ins Geschäft kommen werden, also wird's nicht lange dauern. Um sechs zu Hause?«

»Klar. Oder um halb sieben. Oh – sieben, besser um sieben. Ja, so gegen sieben.«

Was sollte denn das? »Wie wär's denn mit acht? Oder neun? Oder elffünfunddreißig? Willst du denn nicht mit ins Center, Fenton McWhirter treffen? Der Empfang ist um sieben. Was ist denn los?«

»Rate mal, wer in Albany ist, und mit wem ich auf einen Drink verabredet bin?«

»Happy Rockefeller?«

»Nnnn-nnein.«

»Averell Harriman?«

»Nicht mal lauwarm«; man konnte förmlich hören, daß er grinste. »Boyd. Boyd ist in der Stadt.«

So. »Ohho! Der gute Boyd. Die Heimkehr des verlorenen Sohnes.«

»Jap.«

»Er hat dich einfach so angerufen und gesagt, laß uns einen trinken gehen? Einfach so? Er hat keine Unterhändler vorgeschickt, die sich erst einmal vergewissern, daß du nicht bewaffnet bist?«

»Zehn Jahre sind eine lange Zeit, Don. Wunden heilen. Er sagte, er hätte ein bißchen Angst gehabt, daß ich ihm den Hörer hinknalle. Aber er hat's riskiert, und er hatte recht. Es hat mir gar nichts ausgemacht. Es war, als ob mein Onkel Fergus anrufen würde.«

»Na, dann viele Grüße an Tante Nell. Und auch an den lieben Boyd. Obwohl ich nie das Vergnügen hatte. Also, wir sehen uns später – wo? Auf der Rolle?«

»Nein, wir treffen uns im Center, bei diesem Fenton McWhirter Ringelpietz. Also wirklich Don, stell dich nicht so an, wir gehen doch nur einen trinken.«

Er sagte »trinken« so, als ob ich zu blöd wäre zu wissen, daß das ein neues Wort für Kuchenbacken wäre. Ich sagte: »Ich bin nur so ekelhaft, weil mein Hirn in dieser Hitze wie Eiscreme schmilzt. Ich wünsche dir und Boyd wirklich ein nicht allzu fröhliches Wiedersehen. Bis später, Lover.«

»Nicht allzu fröhlich, hört sich gut an, Betonung auf ›nicht allzu‹. Wir sehen uns dann im Center. Paß bitte auf dich auf bei Crane Trefusis. Es sei denn, du willst jetzt wirklich in die S & M Szene einsteigen.«

»Da kannst du Gift drauf nehmen. Man kann zwar einen Jungen aus dem Presbyterium jagen, aber den Presbyterianer nicht aus einem Jungen. Das solltest du doch am besten wissen.«

Er lachte und legte auf.

So. Der gute Boyd war also wieder da. Also? Also gar nichts. Vielleicht. Einerseits dies, andererseits das. Schweißtropfen fielen von meinem Kinn auf »Ich zähmte die Wölfin«, das ich seit heute morgen las. Ich zog mein tropfnasses T-Shirt aus, wischte damit die Krümel von meinem Mittagssandwich vom Schreibtisch und schmiß das stinkende Ding in den Papierkorb.

Ich schaute auf die Uhr. Genug Zeit für ein bis zwei Kapitel Hadrian, dann ab nach Hause, duschen und zu Trefusis ins Büro. Ich schlug das Buch auf und sah ein Bild von Boyd – um genau zu sein, ein Bild, so wie ich mir Boyd, den blauäugigen Tennislehrer, immer vorgestellt hatte. Ich schüttelte den Kopf, und das Bild verschwand. Ich lachte etwas verkrampft, dann bückte ich mich und steckte die Klimaanlage wieder ein. Ein Knall, ein Rauchwölkchen, und das Licht ging aus – von der Ontario Street bis zum Northern Boulevard.

Ich fuhr nach Hause.

KAPITEL 2

Vier Uhr. Albany schlug immer noch Blasen von der sengenden Augustsonne. Nur das Hauptquartier von Millpond Plaza schien unberührt von so alltäglichen Sachen wie Temperatur. Dieser fünfstöckige, schwarze Glaswürfel am äußeren Ende der Western Avenue sah genauso streng und abweisend aus wie die zwei Dutzend Einkaufszentren der Gesellschaft in den Vororten. Fast erwartete ich hinter der Drehtür Scharen junger Hausfrauen mit Einkaufstüten von G. Fox und Kinder mit glasigen Augen in Flipperhallen. Aber außer einem uniformierten Wachmann war kein Mensch in der Lobby, die den Charme einer Abflughalle hatte. Der Wachmann saß etwas gequält auf einer Art Barhocker. Rhythmische Musik kam aus ein paar Löchern aus der Decke, aber es gab keine Konsumwütigen, die danach tanzen wollten.

Die Temperatur in dem Gebäude betrug höchstens 16 Grad, und es roch nach synthetischer Auslegware und Putzmitteln, wie in der Kreditabteilung einer Bankfiliale oder in einer DC-10. Nach der dampfenden Hitze draußen hätte ich gut eine Decke vertragen können – ich hatte nur eine dünne Baumwollhose und ein leichtes Hemd an. Kaum stieg ich in den Aufzug, mußte ich schon niesen.

Der fünfte Stock war etwas teurer ausgestattet, aber

genauso unterkühlt. Die Sekretärin von Crane Trefusis saß in einem gleißenden Lichtkegel hinter einem nierenförmigen weißen Marmorblock. Die elegante Blondine war ultragepflegt, wie ein Transvestit, den ich kannte, und der mal kurzzeitig in der Kosmetikabteilung bei Macy's gearbeitet hatte. Sie trug eine große bernsteinfarbene Fliege, wie eine Fernsehansagerin.

Ihr Gesicht verzog sich zu einem Standard-willkommen-im-Konzern-Lächeln. »Hallo, ich bin Marlene Compton. Was können wir für Sie tun?«

Mir war schleierhaft, ob sie mit dem »wir« den Konzern, eine obskure Majestät oder den kleinen Monitor meinte, der auf halber Höhe an einem schwarzen Granitblock hing und mich anstarrte. »Donald Strachey. Ich bin mit Mr. Trefusis verabredet.« Ich mußte wieder niesen.

Die Frau meinte ganz freundlich, daß ihre Schwester auch immer im August mit den Pollen zu kämpfen hätte. Dann sprach sie kurz in ein Mikrofon.

»Mr. Trefusis wird Sie sofort empfangen«, sagte sie lächelnd. Als ob ich um eine Audienz gebeten hätte. Dann führte sie mich durch eine jungfräulich weiße Metalltür.

Das Büro von Trefusis war ein langes Rechteck, ganz in Rost und Beige gehalten. Beleuchtung wie ein Flughafen, orange Polstermöbel wie aus »Raumschiff Enterprise«. Melassefarbenes Sonnenlicht kämpfte sich durch die riesigen, getönten Scheiben. Trefusis trug eine dunkelbraune Pilotenbrille. Gequält heiter kam er auf mich zu, wie ein Sportler mit Bandscheibenschaden oder chronischen Hämorrhoiden. Ich hatte Angst, er könnte über irgend etwas fallen, aber anscheinend kannte er sich in seinem Büro gut aus.

»Ich freue mich, Sie kennenzulernen, Mr. Strachey«, sagte er und lächelte zurückhaltend, aber mit einem Anflug von Herzlichkeit. »Ihr Ruf eilt Ihnen voraus.« Ein kühler, fester Händedruck.

»Danke, Ihrer auch.«

Er nahm seine Brille ab und sah mich ironisch abschätzend an. »Setzen Sie sich, wir müssen uns erst mal beschnuppern«, sagte er und ging hinter seinen Schreibtisch. »Ich bin Ihnen wirklich sehr dankbar, daß Sie sich die Mühe gemacht haben, hierherzukommen. Am Telefon hatte ich den Eindruck, Sie würden nicht besonders gern für Millpond arbeiten. Ich glaube, Sie mögen uns nicht. Oder interpretiere ich Ihr Benehmen – oder Ihren Tonfall – falsch?«

Zu meiner Überraschung sah er gar nicht aus wie ein Monster – eher gütig. Er war klein, untersetzt und trug einen schokoladenfarbenen, gutgeschnittenen Seidenanzug mit einer orangefarbenen Krawatte. Er hatte spärliches rotes Haar mit grauen Strähnen und von der Sonne gebleichte Augenbrauen. Der einzige Farbtupfer im Zimmer waren seine porzellanblauen Augen – vielleicht war das unabsichtlich, vielleicht war es aber auch ein Trick. Ich beschloß, wenn ich je wieder das Büro von Crane Trefusis betreten würde, dann nur in Begleitung von sechs alten Damen mit

13

himmelblauen Söckchen und blaugetönten Haaren, um festzustellen, ob das seine Macht beeinträchtigen würde.

Ich sagte: »Nein, ich weiß wirklich nicht, ob ich diesen Job haben will, Mr. Trefusis – egal, was für ein Job es ist. Aber Sie haben mich gebeten, ich soll mir diese Geschichte anhören. Dagegen ist nichts einzuwenden. Wo drückt denn der Schuh?«

Ein freundlicher, listiger Blick. »Lassen Sie mich raten: Sie sind aus Neugier gekommen, Mr. Strachey, nicht wahr? Und natürlich war auch das stattliche Honorar ein nicht unerheblicher Anreiz«, fügte er noch hinzu, der Schleimer. »Ich bin auch neugierig. Man hat mir berichtet, daß Sie in den letzten Jahren für verschiedene größere Gesellschaften hier in Albany gearbeitet haben. Ich habe mich selbstverständlich genau erkundigt. Ihre Einstellung ist nicht so antikapitalistisch, daß Sie ein hohes Honorar abschlagen, wenn es sich anbietet. Wenn Sie so konsequent wären, könnten Sie in Ihrem Beruf nicht überleben. Also, erzählen Sie mir mal, was genau Sie an Millpond oder an mir stört? Es interessiert mich wirklich. Sie können ganz offen sprechen.«

Seit kaum zwei Minuten saß ich im Büro dieses Mannes – und er hatte mich schon fast so weit, daß er mir leid tat. Ich sagte: »Ich habe in der Zeitung gelesen, daß Sie jemand sind, der über Leichen geht und ohne Rücksicht auf Landschaft und Leute Einkaufszentren baut, von denen es ohnehin schon zu viele gibt. Das war's eigentlich, Mr. Trefusis. Können Sie das

verstehen? Ich bin ein Öko-Freak. Wenn ich für Sie arbeiten würde, gäbe das einen Interessenkonflikt.«
Er lachte wissend, wahrscheinlich hatte er das alles schon mal gehört. »Vielleicht können wir uns eines Tages mal zusammensetzen, und dann kann ich Sie bei einem Drink davon überzeugen, daß, wenn man alles abwägt, unsere Art Geschäfte zu machen auf lange Sicht für jedermann von Vorteil ist. Auch für umweltbewußte Amerikaner wie Sie. Waren Sie schon einmal im Kaufhaus GUM in Moskau, Mr. Strachey? Ein deprimierendes Erlebnis. Ein sowjetischer Bürger, der einmal unser Einkaufszentrum in East Greenbush besuchte, erzählte mir, ganz im Vertrauen, er habe geglaubt, er sei gestorben und sei jetzt im Himmel. Das hat mich sehr beeindruckt.«
»Mr. Trefusis, ich glaube, Sie verstehen mich falsch. Ich bin kein Verfechter vom Einzelhandel, betrieben von der Bergwerksgesellschaft. Die Proportionen müssen stimmen.«
»Eine wunderbare Formulierung. Wie wär's dann mit einer ›Die-Proportionen-müssen-stimmen-Befreiungsfront‹? Macht sich gut als Autoaufkleber.«
Kunstpause. Ich sollte wohl mitlachen.
Ich sagte: »Sie planen ein fünfstöckiges Einkaufszentrum in einer der wenigen noch unberührten Gegenden von West Albany, obwohl wir schon Stuyvesant, Latham Circle, Colonie, Mohawk haben und ein Mammut von Pyramid in Guilderland gerade gebaut wird. Wer braucht denn noch eins?«
»Die hunderttausend Leute, die dort einkaufen wer-

den, brauchen es, Mr. Strachey. Sie brauchen es, und sie wollen es.«

»Gab's denn eine Volksabstimmung? Ich habe nichts davon gehört.«

Er grinste. »Sie werden dafür stimmen, sobald die Läden aufmachen, mein Freund.«

Dazu fiel mir nichts mehr ein. Das Traurigste war, daß er recht hatte. Und keiner würde den kleinen Einkaufszentren, die sich in von riesigen, verdreckten Parkplätzen umgebene Schandflecke verwandeln würden, eine Träne nachweinen – keiner, außer den paar hundert Leuten, die dort lebten und arbeiteten. Die Menschenmassen auf dem Weg zu Millponds Konsum-Utopia konnten ja weggucken.

Ich sagte: »Sie sprachen über einen Fall von Vandalismus. Ich glaube, Sie sind ein Experte auf diesem Gebiet.«

Die ungewöhnlich blauen Augen wurden einen Moment ganz eisig, dann hatte er sich wieder im Griff. »Wir machen nur Geschäfte, die sich lohnen. Sie werden feststellen müssen, Mr. Strachey, daß in diesem Fall Millpond auf der Seite der Engel ist. Ihrer Engel«. Ganz fröhlich brachte er das. Dann wurde er plötzlich ernst, etwas aufgesetzt, wie ein Nachrichtensprecher im Fernsehen, der nach einem Bericht über Ostereiersuchen im Weißen Haus etwas über einen Mord durch Enthauptung in der U-Bahn berichten muß. Er sagte: »Jetzt werde ich Ihnen etwas zeigen, Mr. Strachey, das Sie sehr wütend machen wird.« Er schob mir eine Akte über seinen Maserati von Schreibtisch zu. »Sehen Sie sich das an«, sagte er düster.

Ich schlug die Akte auf. Trefusis sah mir zu, wie ich eine Serie großer Farbfotos durchblätterte. Sie zeigten aus allen möglichen Perspektiven ein großes, gepflegtes, weißgetünchtes, viktorianisches Farmhaus. Das Haus war umgeben von blühenden Büschen und Bäumen. Ein kleineres weißes Kutscherhaus stand dahinter. Jemand hatte in riesigen roten Lettern aufgesprüht: »Lesben raus« und »Homos stinken« und dann noch »Abhauen oder sterben!« Außerdem hatte jemand eine ganze Rabatte von rosa, weißen und tiefroten Malven am Haus zertrampelt.

Ich machte die Akte wieder zu und schubste sie ihm rüber. Ich sagte: »Wem gehört das Haus?«

»Die Eigentümerin heißt Dorothy Fisher. Ihre Freundin heißt Edith Stout. Das Haus steht in der Moon Road im Westen von Albany.«

Allmählich ging mir ein Licht auf. »Ich habe Dorothy Fisher erst einmal gesehen«, sagte ich, »aber ich habe nicht gewußt, wo sie wohnt.«

»Das war brutal«, sagte Trefusis und schüttelte angewidert den Kopf. »Ich hasse diese Art von Intoleranz.«

»Richtig. Intoleranz ist etwas Schreckliches. Wann ist das passiert?«

»Gestern. Spätnachts.«

»Sie haben das als Vandalismus bezeichnet. Aber es ist mehr als das. Es ist eine Morddrohung. ›Abhauen oder sterben!‹«

»Ich kann das nicht so ernst nehmen. Ich glaube, da will jemand die... Damen nur erschrecken. Meinen Sie nicht auch?«

»Könnte sein. Und Sie möchten, daß ich die Täter ausfindig mache? Nicht wahr?«

»Genau. Ich werde Ihnen jetzt fünf Scheine geben, die restlichen fünf erhalten Sie, sobald der Täter überführt ist. Ich bin sicher, daß Ihr übliches Honorar wesentlich geringer ist, aber ich möchte, daß diese Sache so schnell wie möglich aus der Welt geschafft wird. Und ich will damit zeigen, wie wichtig mir das ist.«

Crane Trefusis, der Philantrop. Ich sagte: »Ich kann mir denken, wieso diese Geschichte so wichtig für Sie ist, Mr. Trefusis.«

Er lachte. »Ach, Mr. Strachey, ich dachte, Sie hätten gerade einen Monat Urlaub am Meer gemacht.« Er schien fast ein bißchen beleidigt. »Nein, es war mir klar, daß Sie Bescheid wissen. Sonnenklar.«

Die »Times Union« hatte ausführlich darüber berichtet. Millpond hatte alle notwendigen Genehmigungen und Lizenzen für das geplante Einkaufszentrum erhalten. Die erforderlichen Grundstücke waren gekauft, bis auf eine wichtige Ausnahme. Ein einsamer Grundeigentümer hatte noch nicht klein beigegeben. Eine gewisse Mrs. Dorothy Fisher, die acht Morgen Land genau in der Mitte des Baugebietes besaß, wollte nicht verkaufen. Sie liebte ihr Haus, in dem sie aufgewachsen war, und hatte vor, bis zu ihrem Tod darin zu bleiben. Mrs. Fisher war achtundsechzig, aber sie stammte aus einer kerngesunden Familie und hatte sicher noch zwanzig bis fünfundzwanzig Jahre vor sich. Millpond hatte ihr bereits den dreifachen Marktwert für das Grundstück geboten, dann den vierfachen und dann den fünffachen. Aber am Geld lag es nicht, das behauptete jedenfalls Mrs. Fisher. Mit ihr war kein Geschäft zu machen. Wie man hörte, war Millpond sehr frustriert. Die Verzugskosten wuchsen täglich.

»Sie möchten sich wohl bei Mrs. Fisher einschmeicheln«, sagte ich. »Die bösen Homo-Hasser kriegen eins auf den Deckel, und die alte Lesbe hat Tränen der Rührung in den Augen und verkauft natürlich an Sie, wenn Sie ihr das nächste Mal ein Angebot machen.«

Er nickte und verzog keine Miene.

»Und weil Sie für den Job einen schwulen Detektiv engagiert haben, müssen Mrs. Fisher und ihre Freunde einfach einsehen, daß Millpond die Avantgarde einer aufgeklärten gesellschaftlichen Bewegung ist, und daß sie deshalb nicht weiter so stur und widerborstig sein können. Warum sollte sie nicht mit einem so netten Typen, der noch dazu auf ihrer Seite steht, Geschäfte machen?«

Peinlich war ihm das nicht. Selbstzufrieden sah er auch nicht aus, er lachte auch nicht wie ein Irrer. Er zuckte nur mit den Schultern. »Ich sehe die Sache nur als potentiell produktive Interessengemeinschaft«, sagte er ganz milde. »Und wenn Mrs. Fisher, nachdem wir für die Aufklärung dieser unerfreulichen Geschichte bezahlt haben, mit uns immer noch nicht ins Geschäft kommen will, dann können wir auch nichts machen. Gesetzlich hat sie uns gegenüber keinerlei Verpflichtungen.«

»Das ist richtig.«

»Ich bin bereit, dieses Risiko auf mich zu nehmen«, sagte er mit einem sparsamen Lächeln. »Ich habe seit Jahren mit der Öffentlichkeit zu tun, Mr. Strachey, und ich glaube, daß ich die menschliche Natur ein kleines bißchen kenne. Aber, falls ich mich irren sollte und Mrs. Fisher unser mehr als großzügiges Angebot nicht annehmen wird, dann habe ich immer noch die Befriedigung, daß Millpond ohne Rücksicht auf Kosten und Ergebnis das Richtige getan hat.«

Ich sagte: »Mir wird schlecht.«

Das Lächeln kam diesmal etwas schief. »Sie sind ein so eingefleischter Skeptiker, Mr. Strachey. Ich glaube, das liegt daran, daß Sie sich ständig mit den unerfreulichen Seiten des Lebens abgeben müssen. Das hat Ihre Einstellung ein wenig verzerrt, wenn ich das mal so sagen darf.«

Soweit ich sehen konnte, meinte er das nicht einmal ironisch. Ich sagte: »Für Sie hängt ein Vierzig-Millionen-Dollar-Projekt von dieser Sache ab.«

Er hob die Hände zum Himmel, so, als wollte er sagen: »Ich habe keine andere Wahl.«

Ich war sauer auf mich selbst und auf Trefusis, weil ich genau wußte, wie diese schwachsinnige Diskussion enden würde. Ich sagte: »Übergeben Sie die Sache doch den Bullen von Albany. Die haben einige Detektive, die sich dieser Geschichte für einen Bruchteil von ›zehn Scheinen‹ annehmen. Es soll sogar welche geben, die einer Straftat ganz ohne Bezahlung nachgehen.«

»Ich habe sie natürlich schon verständigt«, sagte er und schüttelte zweifelnd den Kopf. »Aber ich brauche einen Speedy Gonzales, Mr. Strachey. Jemanden, der die Sache in ein paar Tagen aufklärt. Außerdem, wie Sie schon sagten, hätte ich noch den Vorteil, daß Sie bei Mrs. Fisher und ihren Freunden ein offenes Ohr finden würden… Mir ist klar geworden, daß die Beziehungen zwischen dem Stolz von Albany und den schwulen Gemeindemitgliedern alles andere als herzlich sind.«

»Nein, herzlich sind sie wirklich nicht.«

»Na also.«

»Haben Sie Mrs. Fisher erzählt, daß Sie mich für diesen Fall engagieren wollen?«

»Ich… habe eine Nachricht hinterlassen.«

»Sie hat sich geweigert, heute mit Ihnen zu reden, richtig?«

»Als ich sie anrief, um ihr zu erzählen, daß Sie möglicherweise den Fall übernehmen würden, ja, leider.«

»Wissen Sie auch, warum?«

»Natürlich. Mrs. Fisher nimmt selbstverständlich an, daß Millpond für den Vandalismus verantwortlich ist.«

»Für die Vandalismusgeschichte und die Drohung. Sind Sie verantwortlich dafür?«

»Nein«, sagte er ganz sachlich.

Ich hatte erwartet, er würde sich heftig und entrüstet verteidigen, aber außer diesem »Nein« hatte Trefusis zu diesem Thema nichts zu sagen. Ein offener, ehrenwerter Mann, der zu seinem Wort stand.

Timmy, der mit Politikern arbeitet und eine untrügliche Nase für faule Eier hat, hätte mir sicher geraten, Trefusis höflich für das in mich gesetzte Vertrauen zu danken und mich dann so schnell wie möglich aus dem Staub zu machen. Aber nachdem ich die Fotos erst mal gesehen hatte, war mir klar, daß ich sowieso in die Geschichte hineingeraten würde. Auf die eine oder andere Art. Und Trefusis taten die zehn Scheine nicht weh. Ich könnte sie auch mit Dot Fisher teilen und sie dabei unterstützen, falls sie Unterstützung nötig hatte, Trefusis' endgültiges Angebot abzulehnen. Ich könnte Dot auch dazu anstiften, Trefusis vorzuschlagen, das Geld, das er für das Grundstück ausgeben wollte, der nationalen Lobby für das Schwulenrecht zu stiften, wo er doch jetzt ein so eifriger und etablierter Befürworter dieser Bewegung war.

Obwohl ich wußte, daß diese Sache nicht so leicht war, wie ich mir das vorstellte, sagte ich schließlich doch: »Also gut, ich übernehme den Fall.«

Sein blaues Porzellanauge wurde noch blauer. »Ich bin erfreut«, sagte er und nickte. »Zwei Menschen mit Verstand finden immer einen Weg, Mr. Strachey, und das ist uns gelungen. Ich schreibe Ihnen einen Scheck aus über die fünf Scheine«, sagte er und lä-

chelte zufrieden. Er zog ein cremefarbenes Scheck-
buch aus seiner Brusttasche. »Oder wäre Ihnen Bargeld lieber?«

»Ein Scheck wäre mir recht«, sagte ich, eingedenk
der anrüchigen Kapitalquellen von Millpond. Worauf hatte ich mich da wieder eingelassen?

»Und hier habe ich noch etwas für Sie, Mr. Strachey.« Er holte eine Akte aus einem Regal hinter seinem Schreibtisch.

»Was ist das?« fragte ich.

Er sagte: »Eine Liste der Tatverdächtigen.«

KAPITEL 3

Ich bog in die Fuller Road ein. Ein Meer gleißender Hitze wogte über den Asphalt, der Verkehr schwamm wie ein Fischschwarm durch die Wellen. Ich blieb an der Telefonzelle einer Tankstelle stehen und rief Timmy an, um ihm zu sagen, daß wir uns wahrscheinlich erst gegen neun Uhr treffen könnten.

»Laß mich raten. Du gehst einen trinken mit… Buster Crabbe.«

»Nein, soweit ich mich erinnern kann, warst du das. Ich bin auf dem Weg zu Dot Fisher.« Ich beschrieb ihm meine Unterredung mit Crane Trefusis.

»Dot ist eine ganz liebe Frau, und ich hoffe, daß du die Irren erwischst, die das getan haben, auch wenn Millpond etwas von den Lorbeeren abkriegt. Hast du gewußt, daß sie eine Freundin von Fenton McWhirter ist? Ich glaube, er wohnt sogar bei ihr, wenn er in Albany ist.«

»Dot kommt ganz schön rum für ihr Alter.«

»Du kennst sie doch, oder?«

»Ich habe sie nur einmal gesehen, nach der Demonstration wegen der Sauna-Razzia.«

»Da hat sie ja einen ganz schönen Wirbel gemacht. Die Bullen und die Reporter haben geglaubt, sie ist die Oma von einem der Typen. Das ist sie natürlich auch. Also, womit willst du anfangen? Wenn Millpond durch irgendeinen idiotischen Zufall wirklich nichts mit der Sache zu tun hat, wer war's dann?«

»Trefusis hat mir vorsorglich eine Liste mit Verdächtigen gegeben«, sagte ich und versuchte, mit der Tür des Telefonhäuschens die stickige Luft ein wenig in Bewegung zu bringen. »Zwei Familien in der Moon Road haben großes Interesse daran, daß Dot verkauft. Millpond hat zwar eine Option auf die Grundstücke, aber kaufen werden sie erst, wenn Dot auch verkauft. Beide Parteien sind ganz wild darauf zu verkaufen und sind sauer, daß Dot dem Geldsegen im Weg steht. Sie sind sogar stinksauer, vielleicht sauer genug, um Dot ein bißchen auf die Sprünge zu helfen. Bei denen fang ich an.«

»Millpond hat das ja wieder wunderbar eingefädelt«, sagte Timmy. »Jetzt macht ein anderer die Drecksarbeit für sie, und sie brauchen keinen Finger krumm zu machen...«

»Ich werde mir ein, zwei Tage Zeit lassen, um herauszufinden, wer welchen Finger für wen krumm gemacht hat. Wie du gesagt hast, dieser ›Citizen Crane‹ ist ein recht verzinkter Typ. Er arbeitet schwer am Image ›Hart, aber ehrlich‹, aber die ganze Zeit, die ich in seinem Büro war, hatte ich das Gefühl, mitten im Dschungel zu stecken. Ich beneide keinen, der regelmäßig in diesem Gehirn navigieren muß.«

»Du brauchst eine Machete für diesen Job.«

»Mein Schweizer Offiziersmesser muß genügen.

Und mein hitzegeschädigter Verstand. Wir sehen uns um neun?«

»Ja. Gegen neun. Klare Sache.«

»Wunderbar. Bis nachher.«

Klare Sache? In den sechs Jahren unserer Bekanntschaft hatte er diesen Ausdruck kein einziges Mal gebraucht. So was sagen nur Teenager. Wo hatte er das aufgeschnappt? Von einem Teenager? Oder von jemandem, der oft mit Teenagern rumzog? Schwamm drüber, dachte ich mir. Timmy und ich sind ein solides Paar. Die Hitze verschmorte langsam, aber sicher meine restlichen paar Millionen grauer Zellen, das war's. Marrakesch am Mohawk. Ouagadougou am Hudson. Klare Sache.

Dot Fishers Haus war nicht schwer zu finden. Die beiden anderen Häuser an der Moon Road waren wesentlich bescheidener.

Das erste Haus, an dem ich vorbeifuhr, war ein einstöckiges, altes Holzhaus, mit zerfledderter Teerpappe gedeckt. Das Haus hing schräg, wie ein Betrunkener, nach Südwesten. Eine etwas neuere, frisch gestrichene Veranda stand ein bißchen abseits, wie ein Beiboot neben einem versinkenden Schiff. Es war sonnenklar, warum die Besitzer so gerne an Millpond verkaufen wollten.

Fünfzig Meter weiter die Straße runter stand eine Ranch aus den fünfziger Jahren. Petrolblau und beige gestrichen. Das Haus hatte ein großes Panoramafenster und eine Doppelgarage. In der Einfahrt parkte ein langer, fetter Plymouth Fury Combi mit kaputtem Rücklicht. Auf dem frisch gemähten Rasen lag ein grüner Plastikwurm auf Rädern mit einem Sitz. Links drüben auf dem Anwesen hatte jemand das Unterholz weggeschlagen. Dort stand ein 68er Thunderbird auf Holzböcken. Kein Mensch war zu sehen, genau wie beim ersten Haus.

Als ich so durch die Schlaglöcher schwankte, kam mir ein Übertragungswagen von Kanal 12 entgegen, der in Richtung Central Avenue fuhr. Ich hatte wohl gerade ein Medienereignis verpaßt. Mir war nicht ganz wohl bei dem Gedanken, was diese Sendung für Folgen haben könnte.

Hinter dem Fisher-Haus verlief die Moon Road in einer Sackgasse, deshalb fuhr ich an Dots Einfahrt vorbei. Dort standen schon zwei Autos, und ich parkte neben ein paar räudigen, sonnenverbrannten Sumachbäumen, da wo der Asphalt aufhörte. Links war ein frisch angelegter Feldweg. Die Pflanzen links und rechts davon welkten unter einer feinen braunen Staubschicht. Ich hörte das Rauschen des Verkehrs auf der Interstate, die etwa hundert Meter hinter den Bäumen verlief. Von den schweren Maschinen, die eine neue Ausfahrt bauten – wieder eins von den raffinierten Millpond-Projekten –, war nichts zu hören. Es war Freitagnachmittag und schon nach vier. Das Wochenende hatte schon angefangen. Ich ging den gepflasterten Weg entlang, den hohe violettrosa Phloxsträucher säumten. Ein junger Mann kam mit einer Aluleiter ums Haus herum. Ich erkannte ihn von den neuen Fotos im »Native« und den »Gay

27

Community News« und ging über den Rasen, unter einer ausladenden, großen Eiche durch, auf ihn zu. Er ging zielstrebig zum Kutscherhaus, wo immer noch die häßlichen Sprüche prangten. Er sah aus, als ob sich ein U-Bahnwagen aus Manhattan aufs Land verirrt hätte.

Ich rief: »Hallo… Fenton McWhirter?«

Er drehte sich schnell um und musterte mich etwas mißtrauisch, dann setzte er die Leiter ab und reichte mir die Hand. »Ja, guten Tag. Sind Sie Reporter?«

»Nein. Don Strachey. Ich bin Privatdetektiv. Da haben Sie sich ja was Schönes vorgenommen bei dieser Hitze. Lassen sich die Graffiti abwaschen, oder muß man sie überstreichen?«

Er sah gereizt und müde aus. Mit kratziger, tiefer Stimme sagte er mürrisch: »Mrs. Fisher weiß gar nicht, ob sie überhaupt mit Ihnen reden will, klar? Sie sind doch der Typ, den Crane Trefusis hier rausschicken wollte, oder?«

»Ich bin der Typ, aber ich wäre wahrscheinlich sowieso gekommen. Vergessen Sie einfach, daß ich für Trefusis arbeite. Er bezahlt mich zwar, aber das ist doch scheißegal.«

Er schaute mich an, als ob ich nicht ganz dicht wäre. Er war um die dreißig, trug abgeschnittene, leicht ausgefranste Jeans und ein total verschwitztes T-Shirt. Er war schlank, aber muskulös. Seine Knochen und Muskeln waren so ausgeprägt, wie man es manchmal in anatomischen Skizzen aus der Renaissance sieht, aber nicht bei Menschen aus Fleisch und

Blut. Er hatte einen großen, sehr prägnanten Mund, was ich schon immer sehr erotisch fand, aber ein Zahnarzt hätte nicht geschadet. Sein Gesicht war stark, voller Kanten und Flächen und schmutzig-blonder Bartstoppeln. Vielleicht sollte das ein Bart sein, oder aber er hatte keine Zeit gehabt – oder keinen Bock –, sich zu rasieren. Es bestand natürlich auch die Möglichkeit, daß das der letzte Schrei bei den Leuten von der Westküste war. Wenn ja, so hatten wir berechtigte Hoffnung, daß diese Mode bis 1990 Albany erreichen würde. Er hatte tiefliegende, graue Augen, klein und blutunterlaufen. Besonders freundlich waren sie auch nicht.

»Dieses Arschloch Trefusis hat uns vorhin ein paar Arbeiter geschickt, die die Wand neu streichen sollten«, sagte McWhirter verkniffen. »Dot hat sie rausgeschmissen. Aber sie sagt, sie kennt Sie, oder sie hat von Ihnen gehört, oder irgend so was, und es überrascht sie, daß Sie für Millpond arbeiten.«

»Dann geht es ihr ja genau wie mir«, sagte ich. »Wie die Natur so pinkelt. Einerseits dies, andererseits das.«

Wenn Blicke töten könnten. Er sagte: »Sie sind ein ziemlich lascher Typ für so einen Job. Sie sind bestimmt keine große Hilfe. Dot und Edith brauchen jemanden, der sie beschützt, und keine Wichserei über Existenzangst.«

»Vielleicht bin ich keine große Hilfe«, sagte ich mit einer perversen Lust, mich selber runterzumachen,

»vielleicht aber doch. Wenn mir nur jemand ein kaltes Bier anbieten würde.«

McWhirter sollte an dieser Stelle eigentlich in schallendes Gelächter ausbrechen, dann würde ich auch lachen, und es wäre der Beginn einer wunderbaren Freundschaft. Aber er lachte nicht. Er schüttelte nur fassungslos den Kopf und machte ein komisches Geräusch. Revolution ist eine sehr ernste Angelegenheit. Keine neue Freundschaft.

»Wie meinen Sie das, ›beschützen‹?« sagte ich, in der Hoffnung, daß wir uns mit seinen eigenen Worten vielleicht besser verständigen würden. Ich hatte schon mit ganz anderen Wölfen geheult. »Ist seit gestern abend noch was passiert? Sind Sie noch mal bedroht worden?«

Sein Blick wurde noch mörderischer, und er wollte mir gerade antworten, da bog noch eine Gestalt ums Haus, mit einem großen Farbeimer und zwei Malerpinseln.

»Peter, komm mal her, ich möchte dir den schwulen James Bond vorstellen«, sagte McWhirter betont laut. »Er glaubt, er kann die Arschlöcher kriegen, die hinter Dot her sind – das Dumme ist nur, er steht auf ihrer Gehaltsliste. Er ist zwar ein bißchen verwirrt, aber er meint, wir brauchen uns keine Sorgen zu machen.«

Es war Peter Greco, McWhirters Liebhaber. Ein Mann aus Albany, der, seit ich vor acht Jahren nach Albany gezogen war, immer unterwegs war. In Kalifornien oder mit McWhirter auf Achse. Er war klein

30

und zerbrechlich, trug Jeans und hatte kein Hemd an. Seine Haut glänzte oliv, und seine Arme waren knabenhaft dünn. Sein Gesicht war offen und fröhlich. Er hatte lockige, schwarze Haare auf Kopf und Brust und ruhige dunkle Augen. Ich hatte geglaubt, daß Dichter immer ein bißchen komisch aussehen und viele Pickel haben, aber ich hatte ein paar von Grecos Gedichten gelesen, und er war nicht gerade ein Auden. Das war wohl die Erklärung.

»Hallo«, sagte er mit einem freundlichen Lächeln, trotz McWhirters sarkastischer, aber wahrscheinlich treffender Bemerkung. »Sie sind ein schwuler Detektiv? Hab ich noch nie einen kennengelernt.«

»Natürlich hast du welche kennengelernt«, sagte McWhirter mit Nachdruck. »Du hast nur nicht gewußt, daß sie schwul sind. Das ist ja der springende Punkt.«

»Ich bin Don Strachey«, sagte ich und reichte ihm die Hand. Nach einigem Gerangel von Fingern und Daumen fanden sich unsere Hände schließlich im alten Handschlag der Bewegung aus den sechziger Jahren. »Ja, ich bin Privatdetektiv. Und es stimmt auch, daß ich mehr oder weniger zufällig schwul bin. Es stimmt auch, daß Millpond mich bezahlt. Aber, wenn Dot damit einverstanden ist, werde ich für sie arbeiten. Das hätte ich sowieso getan.«

»Kommen Sie doch ins Haus und besprechen Sie das mit ihr selbst«, sagte Greco. Er nahm mich ganz unbeschwert beim Wort. Hatte er eine so untrügliche Menschenkenntnis, oder war er ganz einfach gefährlich naiv? »Dot würde es niemals zugeben«, sagte er, »aber die Sache geht ihr ganz schön an die Nieren. Sie kann momentan jede Hilfe und Unterstützung gebrauchen. Edith ist auch keine große Hilfe.«

Zuerst dachte ich, »Edith« sei vielleicht ein Kosename für McWhirter, aber dann fiel's mir wieder ein.

Ich sagte: »Gut, ich würde mich gerne mit Dot unterhalten. Wann seid ihr zwei denn angekommen? Wart ihr letzte Nacht hier, als es passiert ist?«

»Nein, wir sind erst heute morgen gekommen, aber wir waren hier, als der Brief kam. Der hat die arme Edith ganz fertiggemacht. Zuerst wollte Dot ihn ihr gar nicht zeigen.«

»Was für ein Brief denn? Trefusis hat mir nichts von einem Brief erzählt.«

»Natürlich nicht«, keifte McWhirter. »Warum sollte er auch. Er hat ihn doch geschrieben, oder? Oder seine Mafia-Schläger. Oder vielleicht haben Sie ihn selbst geschrieben, Strachey. Ich weiß alles über diesen Gangster Trefusis, und ich trau keinem übern Weg, der irgendwas mit ihm zu tun hat.«

Greco und ich tauschten weitere Informationen aus. McWhirter stand nur rum und trug zur Luftfeuchtigkeit bei. »Der Brief lag im Briefkasten, als Dot ihn gegen drei Uhr nachmittags ausleerte«, sagte Greco. »Dot hat gleich die Polizei angerufen. Sie wollten einen Detektiv vorbeischicken, aber bis jetzt ist noch keiner aufgekreuzt. Es ist ein einfaches Stück Papier aus einem Notizblock, auf dem in Druckbuchstaben steht: ›Ihr seid die nächsten. Ihr habt noch drei Tage Zeit. Am Samstag sterbt ihr.‹ Es war an Dot und Edith adressiert.«

Ich sagte: »Heute ist Freitag. Der Brief ist wohl mit der normalen Post geschickt worden?«

Greco nickte. »Er ist am Mittwoch in Albany abgestempelt worden. Wer immer ihn geschickt hat, hat wohl geglaubt, er würde am nächsten Tag ankommen.«

»Könnte sein«, sagte ich, »jemand, der nicht sehr oft mit der Post zu tun hat und nicht weiß, wie lange ein Brief brauchen kann. Oder jemand, der nicht zählen kann oder nicht mit einem Kalender umgehen kann.«

»Ich verlange«, sagte McWhirter mit blitzenden Augen, »daß die Polizei Dot und Edith rund um die Uhr bewacht. Und wenn diese Arschlöcher nicht in der nächsten halben Stunde auftauchen, informiere ich die Medien und fahre direkt ins Rathaus zum Bürgermeister. Es ist schon zwei Stunden her, seit Dot diese Wichser angerufen hat!«

»Wenn Sie schön brav ›bitte‹ sagen, dann hilft Ihnen die Polizei von Albany vielleicht«, sagte ich. »Wenn Sie etwas von ihnen verlangen, dann lösen sie sich in Luft auf. Oder was Schlimmeres. Das sind lauter Sensibelchen.« McWhirter dräute. »Was den Bürgermeister betrifft«, fuhr ich fort – allmählich fing die Sache an, mir Spaß zu machen –, »so bin ich mir fast sicher, daß er schon im Bettchen sein muß. Das soll nicht etwa heißen, daß er besonders kregel und verantwortungsbewußt ist, wenn er wach ist. Ich will damit nicht behaupten, Fenton, daß die Stadtverwaltung von Albany genauso funktioniert wie in, na sagen wir mal, Buenos Aires. Sie ist hier freundlicher, langsamer und verschlafener als in den Tropen. Aber freuen Sie sich nicht zu früh. Im großen und ganzen sind Sie auf sich selbst angewiesen, wenn Sie als Schwuler in Albany leben. Ich bin überrascht, daß Sie das nicht wissen. Das muß Ihnen doch auch schon anderswo passiert sein.«

McWhirter warf mir einen angeekelten Blick zu, als ob ich einer der Obermacher der lokalen Beamtenmaschinerie wäre und nicht einer ihrer unfreiwilligen Wohltäter, ein Steuerzahler nämlich. »Und Typen wie Sie sitzen einfach rum und lassen sich das gefallen«, sagte er giftig und stakste erbost von dannen.

Greco schaute ihm zweifelnd nach, dann zuckte er mit den Schultern und lächelte, eine seiner leichteren Übungen. Ich stellte mir vor, daß es schön wäre, sich jetzt mit ihm an ein schönes schattiges Plätzchen zu legen. Er sagte: »Der arme Fenton. Er hat, weiß Gott, genug Schwierigkeiten, diese Kampagne in Schwung zu bringen. Und dann gerät er noch in diesen Schlamassel. Er hat ein hartes Jahr hinter sich, das können Sie mir glauben.«

Er stellte Pinsel und Farbe ab, und wir gingen ums Haus rum, vorbei an einem Beet Brunnenkresse, das wie ein kühles, sanftes Feuer aussah. »Ich sagte: »Kein Massenandrang von Freiwilligen für den schwulen Generalstreik?«

Ein müdes Lächeln. »Nein, kein Massenandrang. Wenn dieser Streik was bringen soll, dann müssen Millionen mitmachen. Aber bis jetzt sind es nur ein paar hundert, die bereit sind, sich öffentlich zu ihrer Homosexualität zu bekennen und am Streik teilzunehmen. Vielleicht nicht einmal hundert, sondern zehn«, fügte er noch hinzu und schüttelte traurig den Kopf. »Wir waren zwar erst in neun Städten, und wir haben fast noch ein Jahr Zeit – zehneinhalb Monate –, um Leute anzuwerben. Aber bis jetzt war alles ziemlich entmutigend. Ist doch ein Witz, oder? Zum Teil liegt's daran, daß Sommer ist, meinen Sie nicht? Die Leute wollen jetzt lieber braun werden und nicht für soziale Gerechtigkeit kämpfen. Vielleicht wird's im Herbst...« Er lächelte mich schüchtern an. »Glauben Sie, daß wir heut' abend im Albany Center Erfolg haben werden?«

»Schwer zu sagen«, log ich, obwohl ich mir genau vorstellen konnte, was passieren würde. Schade. McWhirters Idee, eine Woche schwulen Generalstreik mit einem »Ich-bekenne-mich-zu-meiner-Homosexualität« einzuläuten, war total schräg, aber gar nicht so schlecht. Wenn sie sich durchsetzen würde, würden die amerikanischen Schwulen sicher besser behandelt und verstanden werden.

In den einschlägigen Zeitungen hatte ich gelesen, daß McWhirter sich vorstellte, daß schwule Fluglotsen, Manager, Priester, Bauarbeiter, Ärzte, Programmierer, Dienstboten aus dem Weißen Haus, Kongreßabgeordnete, Zeitungsjungen, Kellnerinnen, Hausfrauen, Feuerwehrmänner und FBI-Agenten – daß wir alle plötzlich bekennen, daß wir Homos sind, und dann die Arbeit niederlegen. Die normale Mehrheit sollte dann versuchen, das Land eine Woche lang in Gang zu halten. Die Idee war kühn, verrückt und unwiderstehlich.

Aber trotzdem gab es viel Widerstand gegen diese Bewegung. Die großen nationalen Schwulen-Organisationen befürchteten – meiner Meinung nach zu Recht –, daß zu wenig Leute mitmachen würden und der Streik für die Bewegung nur peinlich werden konnte. Und es würde so enden. McWhirter bekam nämlich keine finanzielle Unterstützung von den großen Organisationen. Die paar, die ihn vielleicht unterstützen würden, verschreckte er mit seiner Giftigkeit. Wieder mal eine gute Idee, die durch schlechte gesellschaftliche Umgangsformen ihres Urhebers zum Scheitern verurteilt war.

Die schwule Presse hatte nur sporadisch über McWhirters Kampagne berichtet, mit wehmütigen, wenig ermunternden Leitartikeln. Die normalen Medien hatten noch weniger darüber berichtet, die paar Artikel zu diesem Thema und die paar Sendungen, die es gab, waren entweder hämisch oder maliziös und voyeuristisch.

Albany war auch sicher der letzte Ort, um die Kampagne in Schwung zu bringen. Sechzehn Leute würden im »Gay Community Center« erscheinen, um McWhirters Rekrutierungsrede zu hören. Drei von ihnen würden sich während der Rede nach oben schleichen, um Monopoly zu spielen. Von den sechs Leuten, die nach McWhirters Schilderung, wie das Land zusammenbräche, unterschreiben würden, wären mit Sicherheit drei Sozialhilfeempfänger. Die Aussichten in Albany waren also nicht gerade rosig.

»Also«, sagte Greco, der versuchte, gute Miene zum bösen Spiel zu machen, »auch wenn wir heute abend im Center nicht so viel Erfolg haben – wir gehen anschließend in die Bars und verteilen Flugblätter. Ich weiß, als ich noch hier gelebt habe, waren jeden Freitag die Bars voller Beamter. Stellen Sie sich bitte vor, was für ein wunderbares Chaos es geben würde, wenn die Schwulen in der Stadtverwaltung eine Woche die Arbeit niederlegen!«

»Richtig. Der Amtsschimmel würde nur noch im Schneckentempo reiten.«

Er blieb an der Hintertür stehen und musterte mich verunsichert. Dann schüttelte er sich plötzlich vor Lachen. »Na«, sagte er, »du weißt schon, was ich damit sagen will.« Er lachte und strich mir mit der Hand ganz sanft übers Gesicht. Diese Geste war so spontan und natürlich wie die eines Kindes, das sein Geschwisterchen streichelt. Greco war eigentlich gar nicht mein Typ. Verwahrloste, sensible Kinder waren gar nicht meine Kragenweite. Aber andererseits… war wohl die Hitze…

In der großen holzgetäfelten Küche des Hauses lehnte Dot Fisher müde an der Tür und telefonierte. Mit einer Hand preßte sie den Hörer an ihren feuchten, kurzen, grauschwarzen Afro. Mit der anderen

Hand hielt sie sich ihr kleines Bäuchlein, das so gar nicht zu ihrem drahtigen Körper paßte. Ihr weißes, ärmelloses Baumwollkleid hatte halbmondförmige Schweißflecken, und ihr langes, von der Sonne gerötetes Gesicht, voller Falten, die das Leben geschrieben hatte, war ganz verzerrt vor Frust und glänzte vor Schweiß. Sie quälte sich ein mühsames Lächeln ab und deutete auf den Kühlschrank.

Greco und ich nahmen uns geeisten Pfefferminztee und setzten uns an einen Kirschholztisch, von dem aus wir den Weiher sehen konnten. Wir warteten, bis Dot ihr Gespräch beendet hatte. »Aber keine Ursache. Ich danke Ihnen für Ihre Mühe«, sagte sie – anscheinend war ein Reporter an der Strippe –, dann ließ sie sich uns gegenüber auf einen Stuhl fallen. Sie fächelte sich mit einem Pflanzenkatalog Luft zu.

»Das war vielleicht ein Tag«, krächzte sie. »Und diese Hitze! Mein Gott, diese Leute hätten doch auch bis Oktober warten können mit dem, was sie uns antun. Wenn wir schon mal dabei sind: Sie sind Donald Strachey, oder? Unser Mann bei Millpond.« Freundlich sah sie mich dabei nicht an.

»Ja, Mrs. Fisher. Wir haben uns letztes Jahr um diese Zeit kennengelernt. Unter ähnlich deprimierenden Umständen.«

»Mm-hmm.« Ein kalter, prüfender Blick. »Deprimierend ist genau das richtige Wort dafür. Und verwirrend«, fügte sie spitz hinzu.

»Ich glaube, daß Don uns wirklich eine Hilfe sein wird«, warf Greco ein; sein Grinsen wirkte etwas ge-

38

quält. »Dot, er mag dich sehr, und er kann rund um die Uhr dran arbeiten und der Geschichte ein Ende machen. Du weißt doch, daß die Polizei zwar so tun wird, als ob, aber es ist doch besser, einen erfahrenen Privatdetektiv auf unserer Seite zu haben, auch wenn er auf der Gehaltsliste von... Es kann doch nicht schaden, oder? Falls du hierbleibst und nicht nachgibst.«

»Was soll das heißen, ›falls ich hierbleibe und nicht nachgebe‹?«

Greco zuckte mit den Schultern und grinste zaghaft. »Ich wollte natürlich sagen, du wirst nicht nachgeben.«

»Na, hoffentlich.«

Ich sagte: »Ich bin froh, daß Sie so wild entschlossen sind, Mrs. Fisher. Die meisten Leute hätten in Ihrer Situation einfach das Haus abgesperrt und wären auf eine dreimonatige Kreuzfahrt durch die norwegischen Fjorde gegangen. Oder hätten an Millpond verkauft und ab nach Fort Lauderdale. Und ich weiß sehr wohl, was für ein Schlangennest Millpond ist. Zum Kotzen. Sie haben Mut.«

»Junger Mann, Sie müssen mir nicht erklären, was ich schon weiß«, sagte sie ganz ruhig. »Und sparen Sie sich Ihre Schmeicheleien.« Ihre braunen Augen waren aber nicht mehr böse, und irgend etwas schien ihr komisch vorzukommen. Sie mußte sich ein Grinsen verkneifen. »Und bitte tun Sie mir einen Gefallen, nehmen Sie vor Edith nie dieses Wort in den Mund, Mr. Strachey.«

»Don.«

»Also gut, Don«, sagte sie. »Egal, wie lange Ihr Besuch in der Moon Road sein wird, Sie dürfen nie vergessen, daß sie das Wort nicht ausstehen kann.«

»Welches Wort? Fjorde? Fort Lauderdale?«

»O nein!« Jetzt lachte sie, ein bißchen zittrig zwar, aber sie lachte. »Nein, nein, Peter, sag du's ihm.«

»Kotzen«, flüsterte Greco. »Edith haßt das Wort ›Kotzen‹. Es gibt noch ein paar Worte, die Edith auf den Tod nicht ausstehen kann.«

»Es war vor vielen Jahren«, sagte Dot, dankbar für jede Ablenkung. »Edie und ich waren auf einer Lehrerversammlung in Buffalo, da sagte ich während des Abendessens, der Wein würde wie Kotze schmekken. Edie stand einfach auf und marschierte aus dem Saal! Das war vielleicht ein Trara. Das Wort ist mir seitdem nie wieder über die Lippen gekommen, und das war vor zwanzig Jahren.«

Greco und ich lachten, aber Dots Stimmung war schon wieder auf dem Nullpunkt, und sie schaute mich ernüchtert an. »Also, Mr. Strachey – Don, lassen Sie uns zur Sache kommen. Das ist schließlich kein Höflichkeitsbesuch, oder? Crane Trefusis hat vorhin angerufen und Peter gesagt, er würde Sie schicken, um uns zu helfen. Das fand ich sehr seltsam. Stimmt das? Sie arbeiten für Millpond?«

»Ja, in diesem Fall stimmt es.«

»Na ja. Gut. Sie wissen bestimmt, was ich von Crane Trefusis halte. Ich finde ihn zum Kotzen.« Ein schneller Blick in Richtung Gang.

»Er hat es angedeutet. Flüchtig.«

»Aber«, fuhr sie fort und sah mir dabei streng in die Augen, »ich habe heute nachmittag mit einem gemeinsamen Freund, Lew Morton, telefoniert. Lew hat mir gesagt, und zwar sehr deutlich, daß ich Ihnen vertrauen kann. Er sagte, selbst wenn Millpond Sie bezahlen würde, wären Sie sicher eine große Hilfe, und daß Sie Ihren Job schon machen würden. Das hat mir zwar nicht gefallen, aber ich verlasse mich auf Lews Menschenkenntnis. Also, Herr Privatdetektiv mit Rhett-Butler-Moral und Schnurrbart, verstehen Sie Ihr Handwerk?«

Ich sagte: »Nein.«

Greco lachte, und Dot sah erstaunt aus.

»Na gut«, sagte sie, Grecos Fröhlichkeit gab wohl den Ausschlag. »Ich will es mal so ausdrücken. Haben Sie wenigstens vor, herauszufinden, was hier los ist?«

»Das ist mein Plan.«

»Und im großen Krieg gegen Millpond sind Sie auf unserer Seite?«

»Voll und ganz. Trefusis bezahlt mich dafür, daß ich die Vandalen finde. Wir wissen beide, warum er gerade mich für diesen Job engagiert hat, aber das vergessen wir einfach. Ich werde diesen Auftrag erledigen, und dann verschwinde ich.«

Sie überlegte ziemlich lange, dann sagte sie: »Und Ihnen ist klar, daß ich dieses Haus unter *gar* keinen Umständen verkaufen werde?« Sie sah zu allem entschlossen aus, Tränen standen in ihren Augen.

»Das ist mir klar geworden.«

»Mir fällt ein Stein vom Herzen.« Sie seufzte erleichtert. Die Angst war ihr zwar noch ins Gesicht geschrieben, aber ihre Augen waren nicht mehr so voller Mißtrauen. »Eigentlich muß ich mich bei Ihnen bedanken. Ich bin eine harte alte Nuß. Jeder meiner früheren Studenten wird Ihnen das bestätigen. Ja, ich war immer sehr stark. Aber jetzt habe ich Angst. Und ich möchte... ich hoffe, Sie können uns aus diesem Schlamassel helfen!«

»Das möchte ich auch.«

»Es ist kein Zuckerlecken. Wirklich nicht. Zuerst diese idiotischen Kritzeleien an der Wand. Und dann kam noch dieser teuflische Mist hier an.«

Sie nahm den Katalog, den sie als Fächer benützt hatte, zog einen Umschlag zwischen den Seiten heraus und reichte ihn mir. Ich machte ihn auf, zog ein gefaltetes Stück Papier heraus, klappte es auf und las: »Ihr seid die nächsten. Ihr habt drei Tage Zeit. Am Samstag sterbt Ihr!« Es war schwer zu sagen, ob die Druckbuchstaben von derselben Hand stammten wie die schlampig gesprühten Lettern am Kutscherhaus. Das »S« und das »T« waren ähnlich schief, aber ein Experte würde sicher mehr darüber sagen können. Vielleicht würde die Polizei einen Graphologen und einen Experten für Fingerabdrücke hinzuziehen, soll ja schon vorgekommen sein.

Ich bat Dot, mir noch einmal die Vorfälle der letzten achtzehn Stunden zu schildern. Sie stöhnte, fand, daß es an der Zeit wäre, ein Bier zu trinken, und brachte mir und Greco auch eins. Dann legte sie los.

Am Abend zuvor waren sie und Edith gegen halb zwölf ins Bett gegangen. Sie hatten »Nightline« angeschaut und dann tief und fest bei laufender Klimaanlage geschlafen. Keine besonderen Geräusche, die sie während der Nacht weckten. Um sieben Uhr morgens ging Dot zum stummen Zeitungsverkäufer, um sich die »Times Union« zu holen, da sah sie die Graffiti. Sie erzählte es Edith. Die bekam sofort Kopfweh und ging wieder zu Bett. Dot rief die Polizei an; gegen halb neun war sie da. Um halb zehn gingen die beiden Streifenpolizisten wieder, gaben ihrem Bedauern Ausdruck und erklärten, daß später ein Detektiv vorbeischauen würde. Keiner kam. Um dreiviertel zehn rief Dot, frustriert und vor Wut schnaubend, Crane Trefusis an. Sie sagte ihm ihre Meinung über das, was sie als »seinen grausamen Streich« bezeichnete. Trefusis bestritt, irgend etwas mit dieser Sache zu tun zu haben. Er schickte einen PR-Lakaien vorbei, der ebenfalls seinem Entsetzen Ausdruck gab und immer wieder Millponds Unschuld beteuerte. Außerdem schickte er einen Fotografen, der das Verbrechen auf Film bannte. Diese Fotos hatte mir Trefusis gezeigt.

Gegen elf Uhr kamen McWhirter und Greco in dem alten grünen Fiat, der jetzt neben Dots Ford Fiesta in der Einfahrt stand, aus New York City an. McWhirter nahm sich sofort das Telefonbuch vor und rief Zeitungen, Rundfunk und Fernsehstationen an. Gegen zwölf Uhr kam ein Malerteam von Millpond. Dot hätte sie die Arbeit machen lassen, aber McWhirter erklärte ihr, daß noch keiner vom Fernsehen dagewesen sei. »Du kriegst mehr Sendezeit, wenn noch was zu sehen ist«, sagte er ganz richtig. Also wurde das Millpond-Team wieder weggeschickt. Trefusis rief sie am frühen Nachmittag an – wahrscheinlich gleich, nachdem er mit mir telefoniert hatte – und sagte Peter, daß ich eventuell kommen würde, um zu helfen. Dot weigerte sich, mit Trefusis zu reden. Um drei Uhr wurde der Drohbrief im Briefkasten entdeckt. Dot rief noch einmal die Polizei von Albany an, die Hilfe versprach. Bis jetzt war noch keine Hilfe in Sicht. Ein bis zwei Stunden später kam ein Nachrichtenteam vom Fernsehen, und bald danach tauchte ich auf.

»Fenton war nicht gerade begeistert von Dons Erscheinen«, sagte Peter zu Dot. »Er ist fest davon überzeugt, daß Don so eine Art Spion für Millpond ist. Damit sie noch mehr Druck auf dich ausüben können.«

»Das kann ich verstehen«, sagte ich. »Trefusis ist eine der ausgebufftesten Klapperschlangen von Albany. Ich würde mir auch nicht trauen.«

»Alles, was Fenton über Crane Trefusis weiß, hat er von mir«, sagte Dot. Ihr Gesicht verzog sich vor Ekel. Es war immer dasselbe. Sobald der Name Trefusis fiel, schnitt jeder ein Gesicht, als ob gerade ein Hund unter den Tisch gepinkelt hätte. »Irgendwann werde ich Ihnen eine Geschichte über diesen

Mann erzählen, da kriegen Sie vor Schreck krause Haare.«

Ich schaute auf Grecos Wuschelkopf und fragte mich, ob er sie schon gehört hatte. Schon zum zweiten Mal innerhalb einer Stunde hatte ich das Bedürfnis, seinen Kopf ganz zart zwischen meine Hände zu nehmen.

Irgendwo vorne im Haus ging eine Tür auf, und eine zittrige, nasale Stimme schwebte den Gang entlang. Sie klang, als ob jemand einen Strohhalm in eine Flöte gesteckt hätte. »Do-ro-thy? Bist du dahinten, Do-ro-thy?«

»Ja, Schatz, wir sind hier hinten. In der Küche.«

Eine kleine mollige Frau in einem geblümten Kleid schlurfte herein. Sie hatte einen etwas abwesenden, leidenden Gesichtsausdruck, so, als würde sie schon lange unter Schmerzen leiden. Vielleicht taten ihr die Füße weh. Ihr Kinn sah aus wie eine rosa Maginot-Linie, und ihr weißes Haar war frisch gelegt. Sie roch nach Fliederwasser, Puder und alten Schreibtischschubladen. Kühle, blaue Augen musterten mich vorwurfsvoll hinter einer weißen Brille. Ich bedeutete wohl Ärger.

»Edith«, sagte Dot betont laut, »das ist Mr. Strachey. Er ist Detektiv.«

Edith kniff die Augen zusammen und schaute verloren drein. Ich stand auf.

»Er ist Detektiv, Edie. Ein Detektiv – Donald Strachey.«

»H. P. Lovecraft? Ich dachte, der wäre schon tot!«

»Strachey. Donald Strachey, Edie. Ein Detektiv, der die Leute fangen wird, die die Scheune beschmiert haben!«

»Ja, ja, jemand hat die Scheune beschmiert, das hast du mir schon erzählt, Dorothy. Das weiß ich doch schon. Habt ihr die Begonien schon gegossen, Dorothy? Dieses Wetter... also nein!«

»Fenton und Peter haben sie gerade gegossen, Schätzchen.«

»Die Petunien am Fenster sehen aus, als ob sie jeden Moment ihren Geist aufgeben würden. Und wirklich! Ich weiß, wie sie sich fühlen. Sind Sie Gärtner, Archie?«

Anscheinend meinte sie mich. »Nein, Mrs. Stout, bin ich nicht. In New Jersey, als ich noch ein kleiner Junge war, gelang es mir einmal, eine Zwiebel zum Treiben zu bringen – für mein Agrarabzeichen bei den Pfadfindern. Das war's dann aber auch schon.«

»Wir haben auch mal versucht, Rosenkohl zu züchten, aber die Waschbären haben ihn gemopst«, sagte sie ganz traurig.

»Oh, tut mir leid.«

Irgend etwas schien ihr durch den Kopf zu gehen, und plötzlich wurde sie ganz munter und fixierte mich streng. »Sie sind wohl wieder einer von Dorothys militanten Schwulen. Hab ich recht? Einer von denen, die die Straße auf und ab marschieren, Unruhe stiften und uns Ärger machen?«

»Ja, so einer bin ich schon«, sagte ich. »Aber ich

glaube nicht, daß ich marschieren werde, Mrs. Stout. Nicht bei dieser Hitze.«

»Das habe ich nicht gemeint«, sagte sie und starrte mich wütend an. »Und das wissen Sie ganz genau.« Sie schnaubte verächtlich und warf Dot einen vorwurfsvollen Blick zu. »Ich gehe raus und setze mich ein bißchen an den Teich. Die jungen Leute sollen sich alleine amüsieren. Kommst du mit, Dorothy?«

»Nicht gleich, Schätzchen. Wenn's ein bißchen kühler wird, machen wir einen kleinen Spaziergang. Und ich glaube, ich werde später ein wenig im Teich schwimmen.«

»Oh, das klingt wunderbar«, sagte Edith. Alle Sorgen schienen wie weggewischt. »Ich mach ein paar Gurkenbrote und Limonade. Dieses Wetter! Mein Gott, wann wird es endlich kühler?«

Nachdem Edith gegangen war, lächelte Dot etwas mühsam. »Edith hört sehr schlecht. Das haben Sie ja bemerkt. Und sie ist nervös und vergißt alles... Gott sei Dank ist sie noch ab und zu ganz die alte, fröhlich und lieb und voll da. Genau wie früher. Aber das Alter macht sich einfach bemerkbar, da ist kein Kraut dagegen gewachsen. Edith ist sieben Jahre älter als ich, haben Sie das gewußt, Don? Edie wird nächsten Monat sechsundsiebzig.«

Ich hätte gerne gesagt, daß man ihr das nicht anmerken würde, aber es wäre gelogen gewesen. Sie sah noch älter aus. Edith machte zwar einen robusten und gesunden Eindruck, aber ihr Verstand war schon auf dem Weg ins Jenseits, lange vor ihrem

Körper. Wem von uns würde das wohl zuerst passieren, Timmy oder mir?

Das Telefon klingelte. Dot sprang auf und ging hin. Sie war leichtfüßig und voll da, im Gegensatz zu Edith, die schwerfällig und abwesend war. Ich sah, wie Dots Gesicht immer blasser wurde. Dann schlug sie erbost den Hörer auf die Gabel. Sie wurde ganz rot vor Wut und sah mich betreten an. Sie sagte: »Jetzt bedrohen sie uns sogar schon am Telefon! Jetzt reicht's!«

KAPITEL 4

»Morgen werdet ihr sterben«, hatte die Stimme am Telefon geflüstert. Dot konnte nicht sagen, ob es ein Mann oder eine Frau gewesen war.

Ich holte McWhirter und Greco, die gerade mit dem Überstreichen fertig geworden waren.

»Ich werde noch mal die Polizei anrufen«, sagte McWhirter außer sich vor Wut und griff nach dem Telefon.

Ich sagte: »Gute Idee.«

Dot setzte sich und trank zittrig einen Schluck Bier. Während McWhirter dem diensthabenden Polizisten klarmachte, daß er ein Handlanger der heterosexuellen Unterdrücker sei, befragte ich Dot über die anderen Familien, die in der Moon Road wohnten und die auf Trefusis' Liste der Verdächtigen standen.

»Sie tun mir wirklich leid«, sagte sie und versuchte krampfhaft zu lächeln und sich auf etwas anderes als auf ihre Angst zu konzentrieren. »Wir haben nicht viel Kontakt mit ihnen, aber die Deems und die Wilsons sind, glaube ich, sehr nette Leute. Zumindest ist Kay Wilson sehr nett. Es wäre schön, wenn sie das Geld kriegen würden, auch wenn ich nicht an diese Gangster von Millpond verkaufe.«

Sie nippte an ihrem Bier und sah einmal kurz zum Telefon, das so plötzlich zu einer Bedrohung geworden war. Dann fuhr sie fort.

»Kay Wilson hat sich öfter Wasser aus unserem Brunnen geholt, und da haben wir dann ein bißchen geplaudert. Aber seit ich ihr gesagt habe, daß ich auf keinen Fall verkaufen werde, ist sie nicht mehr gekommen. Und Joey Deem kommt auch nicht mehr. Er hat immer den Rasen gemäht. Schade. Manchmal habe ich richtige Schuldgefühle, aber… also wirklich. Das hier ist mein Zuhause. Ich glaube schon, daß ich noch einmal von vorne anfangen könnte. Aber 38 Jahre in einem Haus… Wir sind total miteinander verwachsen – das Haus und ich. Es wäre, als ob ich mir einen Arm oder ein Bein abschneiden würde.

Und Edith! Oh, mein Gott. Wir sind zusammen, seit ihr Bert 68 starb. Es wäre entsetzlich, wenn man sie verpflanzen würde. Es wäre furchtbar für uns beide. Ich würde wahrscheinlich versuchen, sie nach Laguna Beach oder P-Town zu schleifen, in irgendein Reservat für alte Lesben und – o mein Gott – man müßte sie in eine Zwangsjacke stecken! Falls Sie es nicht bemerkt haben sollten«, fügte sie mit einem kleinen Lachen hinzu, »Edith ist der konservative Teil der Familie und ich der liberale.«

Ich sagte: »Ich hab's bemerkt.«

»Gut, junger Mann, ich will Ihnen mal ein paar Histörchen erzählen. Als ich mich 79 öffentlich zu meiner Homosexualität bekannte, war Edith tobsüchtig. In diesem Jahr bin ich bei der Schwulenparade in New York mitgegangen. Da habe ich Fenton und Peter kennengelernt. Edith hat uns mit ihrem Getüddel und Getue fast ins Irrenhaus gebracht. Schließlich hat sie sich bereit erklärt, mit mir im Bus in die Stadt zu fahren. Aber dann, als die Parade auf der Fifth Avenue losging, stapfte Edith einfach rüber zum Gehsteig und ging dort mit der Parade mit. Ihre Beine waren damals noch besser, aber sie konnte kaum mithalten. Sie hat ununterbrochen genörgelt, wie schrecklich es wäre, wenn uns eins der Mädels aus dem Bridgeclub im Fernsehen sehen würde.

Mir wäre das vollkommen egal gewesen. Ein paar Monate später habe ich den Mädels sowieso reinen Wein eingeschenkt. Aber diese Geschichte werde ich Ihnen ein andermal erzählen, und Sie werden nicht wissen, ob Sie lachen oder weinen sollen. Damals waren wir noch acht Leute im Bridgeclub, jetzt sind wir nur noch fünf – eine gute Poker-Runde« – sie lachte – »aber als Bridgeclub keinen Pfifferling wert.«

»Klingt mühsam.«

»Ich glaube, das ist einer der Gründe, warum ich dieses Haus so liebe. Es ist wie ein alter Freund, dem es egal ist, wer man ist und wie man ist.«

»Sie werden es behalten. Sie werden das schon durchstehen.«

»Wirklich?« Ihre braunen Augen waren dumpf vor Erschöpfung und Niedergeschlagenheit. »Manchmal bin ich mir da nicht so sicher. Nach einer gewissen Zeit geht einem einfach der Dampf aus.« Sie seufzte tief und benutzte wieder den Katalog als Fächer. »Also Don, heute haben wir aber noch genug Dampf hier, nicht wahr?«

Ich stimmte ihr zu. McWhirter hatte sein Telefonat beendet und verkündete, daß er der Polizei von Albany Bescheid gestoßen hätte und jetzt den Rest der Scheune streichen würde, bis die Polizei erscheinen und sich für ihr spätes Eintreffen entschuldigen würde. Ich sagte: »Darauf freue ich mich schon.«

Greco ging mit McWhirter nach draußen, und ich bat Dot, mir doch kurz ihre Nachbarn in der Moon Road zu schildern.

Einer von ihnen, Bill Wilson, hatte, als die Schlacht um Millpond ihren Höhepunkt erreicht hatte, Dot eine »sture alte Schachtel« geschimpft und ihren Ford Fiesta mit Fußtritten traktiert. Vielleicht sollte man sich den mal genauer vornehmen. Aber auch die anderen mußte ich wohl alle besuchen.

Dot weigerte sich entschieden, mit Edith die nächsten Tage in einem Motel zu verbringen. Wer würde denn die Päonien gießen? Sie weigerte sich auch, ihre oder Ediths Kinder und Enkelkinder anzurufen, die alle im Sunbelt wohnten und die sie und Edith jeden Februar besuchten. Dot sagte, ihr Freund Lew Morton hätte versprochen, den Abend bei ihr zu verbringen, und Peter Greco wollte spätestens um Mitternacht wieder zu Hause sein. Mit oder ohne McWhirter, der sich in den Kopf gesetzt hatte, heute abend in den Bars und Discos auf der Central Avenue mindestens einhundert Leute für den schwulen Generalstreik zu werben. Der Mann war das reinste

UFO, aber Albany konnte ihn sicher noch ein, zwei Tage ertragen. Es hatte schon ganz andere Gestalten über sich ergehen lassen.

Mein Auto hoppelte mühsam die Moon Road entlang, da kam mir ein blauer Dodge mit einem vertrauten Gesicht am Steuer entgegen. Er fuhr in Richtung Dots Haus. Lieutenant Ned Bowman hatte zwar alle Hände voll zu tun, den Schlaglöchern auszuweichen, aber er schaute zu mir rüber, als wir aneinander vorbeifuhren. Offensichtlich hatte er mich auch erkannt, denn wie immer, wenn er meiner ansichtig wurde, machten seine Augenbrauen so eine Art kleines Schlangentänzchen vor Entsetzen. Im Lauf der Jahre war mir dieses Phänomen richtig ans Herz gewachsen.

Ich hielt vor dem Haus der Deems an. Der alte Fury Combi stand immer noch in der Einfahrt. Daneben parkte ein beiger Toyota, von dessen Auspuff leichte Hitzewellen aufstiegen. Über dem Haus stand die Sonne wie ein großer weißer Fleck am westlichen Himmel. Ich schaute auf die Uhr. Es war erst zehn nach sechs.

»Guten Abend, ich bin Donald Strachey, und ich arbeite für Millpond Plaza Associates. Sind Sie Mrs. Deem?«

»Ja, ich bin Sandra Deem. Sie sind von Millpond? Toll! Kommen Sie doch rein, Mr. Strachey. Jerry duscht gerade, aber er ist gleich fertig.« Ihre Stimme war leise, ohne Nachdruck, so, als ob sie von weit oben käme, wo die Luft sehr dünn ist.

»Danke, es ist sehr heiß hier draußen.«

»Oh, ja, ist es nicht schrecklich? Mensch, heute hat noch keiner von Millpond angerufen. Gibt's was Neues? Wir haben seit zwei Wochen gar nichts mehr von Mr. Trefusis gehört.«

Mrs. Deem sah mich verstohlen hoffnungsvoll an, als ich das Wohnzimmer betrat. Ich schätzte sie auf zirka siebenunddreißig. Blasse Haut, ein rundes Gesicht voller Sommersprossen und dunkle Schweißringe unter den Augen, die glanzlos und haselnußbraun waren. Sie trug sandfarbene Bermudashorts, eine ärmellose, weiße Bluse und Gummizehenschlappen an ihren sehr kleinen Füßen. Sie roch stark nach Deo.

»Es gibt tatsächlich einige Neuigkeiten. Aber keine guten. Es gibt da ein paar Probleme. Jemand belästigt und bedroht Mrs. Fisher und Mrs. Stout.«

Ihre Augen wurden ganz schmal. Sie überlegte. Sie strich sich mit der Hand übers Gesicht, genau wie Peter Greco über meins vorhin. »Setzen Sie sich doch, Mr. Strachey«, sagte sie schließlich und zeigte auf eine lange Couch mit hoher Lehne, die mit Indianerbildern bezogen war. Über der Couch hing ein blonder Christus mit Heiligenschein.

»Wie belästigt dieser Jemand Mrs. Fisher?« fragte sie. »Mensch, wer immer das auch ist, das ist ja furchtbar.«

Ich stieg über die Bauklötze und Puppen und Steifftiere auf dem goldfarbenen Flokati und setzte mich an den Couchtisch. »Jemand hat heute nacht das

54

Kutscherhaus mit widerlichen Slogans beschmiert. Heute kamen ein Brief und ein Anruf. Man drohte Dot und Edith mit Mord, falls sie nicht wegziehen würden. Sie haben recht. Es ist furchtbar für die beiden.«

Ein kleines Kind kam aus der Küche ins Zimmer. »Hallo«, sagte es und sah mich mit neugierigen blauen Augen an.

»Hallo«, sagte ich. »Wie heißt du denn?«

Mrs. Deem hauchte: »Heather, geh draußen spielen. Gleich gibt's Abendbrot. Lauf.«

»Tschüüß.« Heather drehte sich ein paarmal im Kreis und tat so, als ob ihr schwindlig wäre. Dann ging sie raus und spielte.

»Das muß ja richtig unheimlich sein«, sagte Mrs. Deem und setzte sich auf die Lehne eines Sessels, der leider genau zur Couch paßte.

»Mensch, das finde ich aber nicht gut. Alte Leute so zu erschrecken.« Sie redete zwar mit mir, war aber in Gedanken ganz weit weg, als ob sie mehr über diese Sache wüßte, als ihr lieb war, oder als ob ihr ein unangenehmer Verdacht gekommen wäre.

»Niemand weiß natürlich, ob diese Drohungen ernst gemeint sind«, sagte ich. »Aber das ist immer die Frage in solchen Fällen. Ernst oder nicht ernst. Millpond hat mich engagiert, um den Verantwortlichen zu finden.«

»Oh, ich verstehe.« Sie sah noch sorgenvoller aus. Dann fiel ihr plötzlich etwas ein, und sie stand auf. »Kommen Sie doch mit in die Küche, Mr. Strachey.

Oder macht es Ihnen was aus? Ich muß das Abend-
brot machen, wir können uns in der Küche weiter
unterhalten. Jerry muß jeden Moment kommen. Ich
möchte, daß er das auch hört.«
Ich folgte ihr und setzte mich an einen Resopaltisch.
Ein kleiner Farbfernseher stand auf der Anrichte.
Die Nachrichten brachten wieder Erfreuliches über
Raubüberfälle und Doppelselbstmorde.
Sandra Deem kippte eine halbe Flasche giftgrüne
Schmiere über geschnittenen Eisbergsalat und sagte:
»Glauben Sie, daß jemand von *hier* Mrs. Fisher so et-
was antut? Sind Sie deshalb hier? Ich meine, warum
fragen Sie gerade uns?«
»Wir müssen diese Möglichkeit in Betracht ziehen,
Mrs. Deem. Drei Parteien hätten einen Vorteil, falls
Mrs. Fisher von hier verjagt wird. Ihre Familie, die
Wilsons und natürlich mein Auftraggeber, Mill-
pond. Deshalb muß ich Sie fragen, ob es in Ihrem
Haushalt jemanden gibt, vielleicht einen Freund Ih-
res Mannes, der sich die Sache zu Herzen nimmt und
so sauer ist, daß er etwas Illegales tun würde?«
Ihr Gesicht verkrampfte sich, und sie starrte mich
wie ein hypnotisiertes Karnickel an. Die halbleere
Flasche grüne Pampe schwebte bedrohlich über der
Salatschüssel. »Nein«, sagte sie nach einigem Überlegen. »Nein, das glaube ich bestimmt nicht. Nicht
so was Gemeines. Ich kenne niemanden, der so etwas
Unchristliches tun würde.« Ihre Stimme wurde beinahe fanatisch, aber die Angst in ihren Augen... Der
Mann, der barfuß in die Küche schlurfte, schien er-

staunt, mich da sitzen zu sehen. Er war in meinem Alter, um die dreiundvierzig. Er hatte ein kleines Bäuchlein und trug ein frisches, weißes Fruit-of-the-Loom T-Shirt, hellgrüne Hosen und roch nach chemischen Substanzen, die wahrscheinlich Kosmetik sein sollten. Er hatte schütteres blondes Haar, wache große Augen in derselben Farbe wie seine Hosen und ein nettes, im Augenblick perplexes, knabenhaftes Gesicht.

»Hallo, ich bin Don Strachey von Millpond Plaza Associates«, sagte ich und kam mir vor wie einer aus »Denver Clan«.

»Freut mich. Ich bin Jerry Deem.«

Wir gaben uns die Hand. Er ließ meine Augen nicht los. Anscheinend suchte er etwas in ihnen, aber ich wußte nicht, was. Wahrscheinlich wollte er wissen, wieso zum Teufel ich an seinem Küchentisch saß.

»Tut mir leid, daß ich zu einer so ungünstigen Zeit komme, aber ich würde mich gerne ein paar Minuten mit Ihnen unterhalten über ein paar unschöne Sachen, die drüben bei Dot Fisher passiert sind.«

»Oh?« Er sah nachdenklich aus, aber sehr interessiert schien er nicht. »Na, dann gehen wir doch raus…«

»Schsch, hört mal zu«, unterbrach Mrs. Deem. »Sie bringen es in den Nachrichten. Oh, Mensch!«

Deem drehte den Ton lauter.

Zuerst sahen wir die Graffiti auf dem Kutscherhaus, und der Sprecher sagte irgend etwas über »den neuesten mutmaßlichen Fall von Belästigung der homosexuellen Bürgerschaft«. Die »homosexuelle Bürgerschaft« war Dot. Sie saß auf der Terrasse hinter ihrem Haus. Sie wurde von einer jungen Frau interviewt, die den für alle Fernsehansagerinnen obligaten Schal trug – und das bei der Hitze. Wie eine Tunte im Fummel, die versuchte, ihren Adamsapfel zu verstecken.

»Was ging Ihnen durch den Kopf«, fragte grimmig die Reporterin, »als Sie heute morgen aus dem Haus kamen und sahen, was man da auf Ihre hübsche Scheune geschmiert hatte?«

»Ja, nun«, Dot klang ein wenig verunsichert, »in meinem Kopf... also, ich war... traurig.«

Die Reporterin sah Dot verständnislos an, als hätte sie gerade ein Gedicht in Urdu aufgesagt. »Traurig?«

»Ja«, sagte Dot. »Traurig. Wären Sie's nicht auch?«

Die Wimperntusche der Dame vom Fernsehen sah schon gefährlich feucht aus, und sie wurde allmählich unruhig. »Sie waren sicher schockiert?«

Dot nickte. »Ja, das war ich. Aber man gewöhnt sich an alles. Früher hat mir so etwas mehr ausgemacht. Aber es sind so viele widerliche Sachen passiert, bis ich so weit war, wie ich jetzt bin. Man lernt eine Menge zu tolerieren. Aber alles hat seine Grenzen«, sagte sie mit Nachdruck.

Anstatt Dot über ihre Grenzen zu fragen, bohrte die Reporterin weiter in Dots sogenannten Gefühlen. Dot hatte leider wenig Ahnung von den Bedürfnissen des Videojournalismus und weigerte sich, in Tränen auszubrechen oder in die Luft zu gehen. Schließlich fragte die Frau noch, ob Dot einen Verdacht hätte, wer für diese Vorfälle verantwortlich sein könnte. Darauf antwortete Dot: »Dazu möchte ich mich lieber nicht äußern. Das werde ich mit der Polizei besprechen, wenn sie's je bis hier raus schafft.«

Während der ganzen Geschichte stand Sandra Deem mit verschränkten Armen da und sagte immer wieder: »Mensch, wie furchtbar, wie furchtbar.« Jerry starrte fasziniert auf die Röhre und sagte überhaupt nichts.

McWhirter kam als nächster. Er äußerte sich sehr knapp – der Bericht war anscheinend schwer gekürzt – über die »hoffnungslos homophobe« Polizei von Albany. Dann stürzte er sich voll in die Werbung für den »Wir-geben-zu,-daß-wir-Homos-sind-Tag« im Juni und für den schwulen Generalstreik. Der Bericht endete mit einem Bild von McWhirter und Greco beim Päoniengießen – Edith war nirgends zu sehen – und einer Einstellung der Scheunenwand, untermalt von der Stimme eines Reporters. Der sagte, die Polizei habe Kanal 12 mitgeteilt, daß sie den Vorfall gründlich untersuchen würde. Die Millpondgeschichte wurde kurz erwähnt und Crane Trefusis zitiert, den die Geschichte »angewidert« hatte.

»Ist das nicht furchtbar, Jerry?« sagte Sandra Deem und schaute ihren Mann an. »Wie kann man nur zwei alten Damen so etwas antun? Selbst bei ihrem Lebenswandel?«

Deem starrte wie hypnotisiert auf die Röhre, in der gerade jemand ein Lied sang: »Wenn's Mutter nicht gekocht hat, dann war's Howard Johnson.«

»Ich hatte gehofft, Mr. Deem«, sagte ich, »daß vielleicht Sie oder Ihre Frau wissen würden, wer Mrs. Fisher belästigt hat. Heute nachmittag haben sie und Mrs. Stout auch noch einen Brief und einen Anruf bekommen, in denen man ihnen mit Mord droht, falls sie nicht hier wegziehen. Allmählich wird die Sache ernst und sehr beängstigend für die beiden.«

Deem hob langsam den Kopf und sah mich noch einmal prüfend an… »Nein«, sagte er, als er endlich begriffen hatte, was ich gesagt hatte. Er schüttelte den Kopf. »Nein, ich kann mir nicht vorstellen, daß jemand von hier so etwas Unchristliches tun würde. Verdächtigen Sie etwa *uns*? Sind Sie deshalb hier?« Er sah mit einem Mal verletzt und fassungslos aus.

»Ich verdächtige hier niemanden«, sagte ich. »Es ist nur logisch, die Leute zu fragen, die etwas davon hätten, wenn Mrs. Fisher verkaufen würde… Sie sind einer davon. Wohnt hier noch jemand außer Ihnen? Dot Fisher sagte, Sie hätten einen Sohn?«

»Sie suchen wirklich am falschen Platz«, sagte Deem und schüttelte den Kopf. Irgendwie schien ihn diese Vorstellung zu erleichtern, ja sogar zu belustigen. »Klar paßt es uns nicht, daß Mrs. Fisher uns hier Steine in den Weg legt. Wir brauchen das Geld nicht wirklich, ich meine, wir halten uns über Wasser. Ich ernähre meine Familie. Nur, wenn wir an Millpond verkaufen würden, das wäre eine echte Chance. Verstehen Sie das? Um vorwärtszukommen. Aber diese Sache in den Nachrichten – nee! Nein, Sandra und ich sind da einfach anders erzogen worden.«

Mrs. Deem stand wieder am Ofen und warf rosa Würstchen in einen Topf. Sie kicherte nervös und sagte: »Wie Jerry schon sagte, wir könnten das Geld gut gebrauchen. Stimmt's, Jer? Ein Steak wär mal wieder schön, zur Abwechslung. Oder wenigstens Hamburger«, fügte sie noch hinzu und kicherte wieder.

Diese Vorstellung galt wohl ihrem Mann, aber er ignorierte sie einfach.

Ich fragte: »Was machen Sie denn beruflich, Mr. Deem?«

»Ich bin Buchhalter«, sagte er, ohne mich aus den Augen zu lassen.

»Wo?«

»Wo ich arbeite?«

»Ja. Wo sind Sie Buchhalter?«

»Bei Murchison Baubedarf. In Colonie. Ich bin eben aus dem Büro gekommen.«

Wir standen immer noch in der Eßnische. Seit Deem das Zimmer betreten hatte, hatte mir keiner mehr einen Stuhl angeboten. Die kochenden Würstchen rochen nach kochenden Würstchen, aber Hunger hatte ich trotzdem.

Die Tür ging auf und Heather kam rein. »Hallooo.«

»Hallo, Schätzchen«, sagte Sandra Deem. »Hast du schon Hunger?«

»Jap. Es gibt Würstchen zum Abendbrot«, sagte sie ganz stolz zu mir. Dann zu ihrem Vater: »Wo ist Joey?«

Deem zögerte. Dann sagte er: »In der Arbeit. Joey arbeitet, Süße. Er kommt erst später nach Hause.«

»Ist Joey Ihr Sohn?« fragte ich.

»Ja. Genau. Joey arbeitet diesen Sommer im Freezer Fresh. Er ist im Juni sechzehn geworden und hat gerade seinen Führerschein gemacht. Joey spart auf eine neue Kupplung für den Schandfleck draußen im Garten. Teenager! Schlimmer als ein Sack Flöhe.«

Ich nickte weise. Ich hatte keinen blassen Dunst von der Erziehung Halbwüchsiger, aber ich hatte mal eine kurze Affäre mit einem Achtzehnjährigen. »Ein Sack Flöhe« war milde ausgedrückt.

Sandra Deem deckte mit grimmigem Gesicht den Tisch, ohne einen von uns anzuschauen. Wir wanden uns wie Aale, während Mrs. Deem um uns herumscharwenzelte, um alles an seinen Platz zu bringen.

Deem sagte: »Also, es tut uns wirklich leid, daß wir Ihnen nicht weiterhelfen konnten, Mr. Strachey. Wir möchten jetzt gerne zu Abend essen, aber wenn uns jemand einfällt, der etwas mit dieser Sache zu tun haben könnte, werden wir Sie auf jeden Fall verständigen.«

»Ich wäre Ihnen sehr dankbar«, sagte ich und gab ihm meine Karte. »Rufen Sie mich einfach an.«

»Werden wir. Und Mr. Trefusis soll uns anrufen. Ich meine, wenn Mrs. Fisher ihre Meinung ändert. Ich meine – wo sie doch solche Schwierigkeiten hat –, vielleicht will sie doch wegziehen. Sie wissen schon, das Beste draus machen. Aber ich glaube, die ist ganz schön stur, nicht wahr?«

»Sie hat Mut«, sagte ich.

»Werden Sie auch mit den Wilsons reden?« fragte Mrs. Deem, als ihr Mann mich zur Tür brachte.

»Vielleicht ist es falsch, wenn ich meinen Senf dazugebe, aber, ehrlich gesagt, denen trau ich alles zu.«

»Ja, ja«, sagte Deem, das schien ihm zu gefallen. »Ja, checken Sie mal die Wilsons durch. Mensch, das sind vielleicht Proleten. Die schrecken vor nichts zurück. Sagen Sie nicht, daß Sie das von uns haben, aber Sandy hat recht. Verhören Sie mal die Wilsons.«

»Ich bin sowieso auf dem Weg zu ihnen.«

»Super. Also, es war nett, Sie kennenzulernen. Tut mir leid, daß wir Ihnen nicht helfen können.«

»Trotzdem vielen Dank. Bis bald.«

»Tschüß«, rief Sandra aus der Küche. »Tschüüß«, fügte eine andere Stimme dazu.

Im Auto holte ich mein Notizbuch raus und schrieb:
1. Joey Deem.

Sie war zwischen 25 und 70. Phosphoreszierende blonde Perücke, wahrscheinlich die letzte ernstgemeinte »Vogelnestfrisur« nördlich von Little Rock. Unter diesem schimmernden Haargebirge lebhafte schwarze Augen in einem breiten, verlebten Gesicht. Die Reste einer hübschen jungen Larve waren noch hinter der Maske des Alters erkennbar. Obenrum ein stattlicher Busen in einen weißen BH gequetscht, untenrum sah sie aus wie ein klumpiger Pudding. Ihre engen, hellblauen Shorts hatten sich in ihre Muschi gearbeitet. Als ich auf die Veranda kam, wo sie auf einer durchgesessenen, weißen Plastikliege residierte, bedeckte sie ihren Schoß züchtig mit dem »National Enquirer«.

»Wenn Se Bill suchen«, sagte sie und musterte mich abschätzend von oben bis unten, »der is in der Fabrik. Der kommt erst später.«

»Ich bin Don Strachey von Millpond Plaza Associates«, sagte ich. »Sie sind Mrs. Wilson?«

Der Name Millpond schien eine belebende Wirkung auf sie zu haben. Sie stellte ihre Bierdose auf den Betonboden und machte große Augen. »Ja, ich bin Mrs. Wilson. Sie arbeiten für Crane Trefusis?«

»Im Augenblick, ja.«

Sie hantelte sich mit einer Hand hoch, mit der anderen zog sie sich ihre Perücke zurecht, lächelte wie ein Haifisch und bot mir den Stuhl neben sich an. Ich war in ihrer Achtung gestiegen.

»Also, dieser Crane ist ja ein Mordskerl, nich? Ein... Mords... kerl. Am Unabhängigkeitstag haben Bill und ich Crane eingeladen, hier bei uns. Hat er dir das erzählt, Bob? Cranes Frau ging's ja nich so gut, die kam nich. Aber Crane, der kam. Er saß genau da, wo du jetzt sitzt, und hat 'nen Chivas Regal mit'm großen Stück Zitrone getrunken. Sag mal, Bob, was kann ich'n dir Gutes tun?«

»Don heiße ich. Don Strachey. Ein kaltes Bier wäre toll.«

»Isses dir heiß genug?« sagte sie zwinkernd und versuchte, mittels ihres beweglicheren Oberbaus ihren unsportlichen Unterleib aus der Liege zu hieven. Wie ein Elefantentrainer, der seinen Schützling in Gang bringen will. Sie stieg vorsichtig über die Lücke zwischen der neuen Veranda und dem Haus und kam einen Augenblick später mit zwei Bierdosen zurück.

»Haben Sie zufällig heute abend die Fernsehnachrichten gesehen, Mrs. Wilson?«

»Nö, bin grade erst nach Hause gekommen. Haste den dicken Scheck dabei?« fragte sie und hob erwartungsvoll ihr Glas, bereit für einen Toast. »Bringste der alten Kay die wunderschönen einhundertachtzig Riesen von Crane?«

»Schön wär's«, sagte ich.

Sie zuckte mit den Schultern und trank trotzdem. »Hatt ich auch nich erwartet. Crane hat versprochen, daß er ihn selbst vorbeibringen wird, wenn der große Tag kommt. Zum Teufel damit. Wir kriegen's sowieso nich.«

»Das klingt resigniert, Mrs. Wilson.«

»Kay. Crane sagt auch Kay zu mir. Ja, ich weiß, daß man uns in die Pfanne gehaun hat. Zum Teufel damit. Die alte Dot Fisher is stur wie 'n Panzer. 'n harter Brocken.«

»Sie sagt, Sie hätten sie ab und zu besucht.«

»Ja, ich kenn Dot. Manchmal ham wir hier nich genug Wasserdruck, dann geh ich und hol mir was aus Dots Quelle. Sie is richtig nett. Ich hab immer gern mit ihr geredet. Ich hab mich fast angeschissen – Pardong –, wie ich letztes Jahr im Fernsehn gesehen hab, daß Dot eine von denen is, die's mit Frauen machen. Sie hat mich nie angefaßt. Das muß ich ihr lassn. Hat wahrscheinlich gewußt, daß sie das nich machn kann, wo doch Bill hier is. Ich war schon lange nich mehr bei ihr untn. Bill is sauer auf sie, und warum soll ich mir noch mehr Ärger aufhalsen, wie ich eh schon hab.« Sie nahm noch einen Schluck aus der Bierdose und fächelte sich mit dem »Enquirer« Luft zu.

»Mir scheint, Sie wissen nicht, was bei Dot in den letzten vierundzwanzig Stunden passiert ist.« Ich erzählte ihr von den Graffiti und den Drohungen. Sie hörte mir mit großen Augen und offenem Mund zu.

»Das stinkt zum Himmel!« sagte sie, als ich fertig war. »Ich könnt grad kotzen. Also wer auf Gottes grüner Welt würde denn so 'ne Nummer abziehen?«

»Das will ich ja herausfinden. Ich bin Privatdetektiv.«

»Ein Bulle?« Sie sah überrascht aus. »Ich dachte, du arbeitest für Crane?«

»Tu ich auch. Ich bin Privatdetektiv und habe einen Auftrag von Crane. Er hat mich sogar gebeten, doch mal bei Ihnen reinzuschauen, Kay, und Ihnen und Ihrem Gatten ganz herzliche Grüße zu übermitteln. Und ich soll Sie fragen, wer das sein könnte, der Mrs. Stout und Dot belästigt. Crane ist angewidert von der ganzen Geschichte und möchte, daß die Sache so schnell wie möglich aus der Welt geschafft wird.«

Fast hätte ich noch gesagt: »Er zahlt mir zehn Scheine«, aber dann ließ ich es doch.

»Der Crane, das is 'n Mordskerl«, sagte sie und nickte, in Erinnerungen schwelgend. »Sag ihm, er muß bald mal wieder vorbeischaun, wenn die liebe Kay wieder Zeit hat. Ich arbeite Schicht bei Annie Lee bis Labor Day und bin fix und kaputt, wenn ich heimkomm. Aber nach dem Labor Day krieg ich wieder Arbeitslosenunterstützung, und dann werd ich's mir mal wieder richtig gutgehn lassen. Scheibenkleister, ich hab's mir schließlich verdient – und dann können Bill und ich mal Besuch kriegen.«

»Ich werd's weitersagen. Geh ich recht in der Annahme, Kay, daß es keinen in Ihrem Bekanntenkreis gibt, der so sauer auf Dot Fisher ist, daß er sie bedroht, damit sie aus diesem Viertel verschwindet? Oder gibt es jemanden?«

»O Mann«, sagte sie und schnitt eine Grimasse. »O Mann, o Mann.« Sie nickte ihrem Bier zu und überlegte. »Na gut«, sagte sie verächtlich, »da wär mal Wilson. Er *war* vor einem Monat so stinksauer auf Dot Fisher, daß ich Angst hatte, er würde losmarschieren und ihr eine überbraten. Ein paarmal hätt er's fast gemacht. Er hatte ein paar Schlückchen getrunken und wollte runtergehn und sie aufmischen. Ihr eine langen und zeigen, wer hier der Boß ist. Er hätt's auch gemacht – bei mir hat er's auch mal probiert, vor dreißig Jahren, bis mein Bruder Moose ihm nachts Bescheid gestoßen hat. Seitdem hat er mir kein Haar mehr gekrümmt, und er wird's auch nich mehr versuchen.

Jedenfalls, Wilson sagt, er geht jetzt runter und scheuert Dot eine, sagt er. Also, das hab ich ihm gleich ausgetrieben. Bill, hab ich gesagt, ich hol die

Bullen, du dummes Schwein. Und ich hätt's gemacht! Auch wenn se's verdient hätte. Dot is eben eine alte Dame, und es wär nich recht gewesen. Jedenfalls, nach 'ner Weile hat's Bill gefressen – es is ihm endlich in seinen dicken Schädel gegangen, daß die alte Lesbe nich nachgibt, und er sagte, zum Teufel damit.

Dabei hätten wir die Kohle gut brauchen können. Und wie! Aber vor 'ner Woche hat Bill wieder mal eine von seinen Schnapsideen gehabt... Ganz was Heißes, wo wir ganz schnell reich werden, sagte er. Also hat er Millpond und Dot einfach vergessen. Bob, ich möchte nur fünf Cent für jedesmal, wo Bill mich zur reichen Frau machen wollte.«

»Wo arbeitet Bill?« fragte ich. »Und was arbeitet er?«

»Momentan«, sagte sie und machte noch eine Bierdose auf, »arbeitet Bill als Gabelstaplerfahrer. Aber er hält's nie lange an einem Platz aus. Wer weiß, wo er nächste Woche arbeitet. Wilson will um jeden Preis nach oben. Er hat Crane gefragt, ob Millpond was für ihn hätte, und Crane sagte, er würde sehen, was sich machen läßt. Crane hat nichts davon gesagt, oder?«

»Tut mir leid, nein.«

Sie lachte, aber nicht sehr fröhlich. »Klar. Na gut... Bill meint's gut. Die Wilsons haben alle furchtbar viel Energie. Wenn er sie nur richtig ausnützen würde...« Sie schaute weg, ein bißchen traurig, dann sah sie mich wieder an. »Verstehst schon, was ich meine, Bob?«

Ich nickte weise. Sie beobachtete mich, grunzte schließlich. Sie wußte, daß mir klar war, daß Wilson in seinem Alter – ich schätzte ihn auf Mitte 50, etwa so alt, wie ich inzwischen glaubte, daß seine Frau sei – bestimmt »seine Energie« nicht mehr »ausnützen« würde. Ich fragte mich nur, was für eine Idee Wilson hatte, mit der er die Wilsons reich machen wollte… Und ob sich Crane Trefusis tatsächlich für ihn umgeschaut hatte, wie er es Kay versprochen hatte.

Ich fragte: »Kay, waren Sie gestern nacht zu Hause?«

»Klar! Warum fragst du das?«

»Ich dachte, Sie oder Ihr Mann hätten vielleicht kurz nach Mitternacht irgend etwas Ungewöhnliches bemerkt, ein Auto oder so was. Wahrscheinlich ist hier an der Moon Road nachts nur wenig Verkehr. War Bill auch daheim?«

Sie hob ihre gemalte gelbe Augenbraue. »Klar war Bill zu Hause. Nee, wir haben nichts gehört. Wo soll denn Bill gewesen sein? Er is doch mein Mann, oder? Hast wohl gedacht, er treibt sich mit irgend 'ner Jüngeren und Schöneren rum?«

»Ich dachte, er hatte vielleicht Spätschicht.«

»So, so, das haste gedacht, haha.« Sie warf mir einen bedeutungsvollen Blick zu. »Ehrlich gesagt, Bob«, sagte sie in vertraulichem Ton, »mein Mann geht nich mehr fremd. Und ich auch nich. Auf jeden Fall… nich mehr oft.« Sie musterte mich abschätzend, ihre rosa Zunge strich langsam über ihre Zähne. Sie räkelte ihr Bein, und der »National Enquirer« rutschte zu Boden. Sie sagte: »Ab und zu, Bob, treff ich mal 'nen Mann, der mich für 'ne ältere Frau ganz sexy findet. So wie Joan Collins in ›Denver Clan‹. Und, wenn das ein Mann is, den ich auch attraktiv finde… na, dann…«

»Ich bin schwul.«

»Hah?«

»Ich bin homophil.«

»Was ›viel‹?«

»Ich steh auf Männer. So, wie Dot Fisher auf Frauen steht. Ich bin homosexuell. ›Schwul‹ heißt das. Und wenn auch die ›New York Times‹ einen anderen Namen dafür hat, Kay, ich bin eine Tunte.«

Es dauerte eine Weile, bis der Groschen fiel, dann warf sie den Kopf zurück und lachte schallend. »Oh, Scheibenkleister. Ha! Ha! Oh, mein – das is wohl das Schärfste. Ha! Ha! Oh, mein – das is die beste Ausrede, die je einer gebracht hat!«

Der Lach- und Hustenanfall dauerte etwa eine Minute, dann beruhigte sie sich allmählich und warf mir einen lieben, verständnisvollen Blick zu.

»Du mußt doch nich so was über dich selbst sagen, Bob. Ich weiß schon, daß ich nich mehr so attraktiv bin wie früher.« Sie versuchte noch mal zu lächeln.

»Wie wir alle«, sagte ich, obwohl ich wußte, daß manche Leute schön alt werden – wie zum Beispiel Timmy, das konnte man jetzt schon sehen. Und daß andere, wie zum Beispiel Kay Wilson, ihren Höhepunkt mit dreißig oder zwanzig, oder vierzehn hatten.

Ein paar Minuten lang machten wir etwas gequälte Konversation, ein Klischee jagte das andere – übers Altern. Dann holte ich aus meiner Brieftasche ein Bild von Timmy und mir, eng umschlungen, bei der Schwulenparade 1978 in New York. Sie schaute es sich mit spitzem Mund an und musterte mich genau, ob ich auch wirklich der Mann auf dem Bild sei. Als sie sich schließlich zur Genüge überzeugt hatte, daß ich es war, lehnte sie sich zurück und sagte: »Oh, Mann. Du bist mir einer, Bob. Mann o Mann. Wenn ich das den Mädels im Heim erzähle.«

Kay holte ein paar Kartoffelchips für uns. Dann fragte ich sie, ob es irgendein Familienmitglied oder einen Bekannten gäbe, der so sauer auf Dot Fisher sei, daß er sie belästigen oder bedrohen würde. Kay nahm die Gelegenheit beim Schopf und erzählte mir alles über ihre sechs erwachsenen Kinder, die alle als Verdächtige nicht in Frage kamen.

Zwei aus der Wilsonbrut lebten in Südkalifornien, zwei lebten in Queens, einer machte bei der Armee in Deutschland Karriere, und die Jüngste, Crystal-Marie, war in einer Nervenheilanstalt. Keins der Kinder war in letzter Zeit in Albany gewesen. Was die Freunde betraf, so waren zwar alle auf ihrer Seite und sehr aufgebracht, aber keiner von ihnen hatte Anstalten gemacht, den Wilsons freiwillig zu helfen, Dot und Edith zu vertreiben.

Ich dankte ihr und sagte, daß ich noch mal kommen würde, um mich mit ihrem Mann zu unterhalten.

»Klare Sache, Bob. Ruf aber vorher an, damit wir

bestimmt zu Hause sind und nich unterwegs. Und sag Mrs. Fisher, es tut mir leid, daß sie solche Probleme hat. Vielleicht hüpf ich morgen mal runter und sag guten Tag. Und vergiß nicht, Crane 'nen schönen Gruß zu sagen. Der Crane, das is ein Mordskerl, ein Mordskerl. Und weißte was, Bob, du bist auch 'n Mordskerl, Mann o Mann!«

Ich drückte mir einen schnellen dreifachen Burger bei Wendy's rein. Beim Essen gingen mir zwei Leute durch den Kopf: Joey Deem und Bill Wilson.
Durch den rauschenden Freitagabendverkehr fuhr ich die Central runter, hielt am Freezer Fresh und bestellte mir ein Schokoladeneis mit Streuseln.
»Ist Joey Deem heute hier? Ich hätte mich mal gerne mit ihm unterhalten, nur ganz kurz.«
»Joey? Nein, der hat sich krank gemeldet«, sagte mir ein junger Schwarzer mit einem Freezer-Fresh-Papierhut.
»Kommt er heute nicht mehr?«
»Nicht, wenn er krank ist«, sagte der Junge ganz locker und tauchte mein Eis in eine Schüssel mit bunten Zuckerstreuseln, von denen ich bestimmt Verdauungsstörungen kriegen würde. »Die Bezirksinspektion steht da nicht drauf.«
Von einer Telefonzelle aus rief ich bei Dot Fisher an, um zu hören, ob Lew Morton gekommen war. War er, sagte Dot. Außerdem sei auch noch ein Streifenpolizist da, um das Haus zu bewachen, bis Peter Greco um Mitternacht zurückkäme. Es waren

keine weiteren Drohbriefe oder Anrufe gekommen.

Ich fuhr weiter in Richtung Stadt. Die Sonne zerschmolz hinter mir in einer schwarzen Dunstdecke. Als ich so dahinfuhr, überlegte ich mir, daß diese Sache wahrscheinlich viel einfacher sein würde, als ich befürchtet hatte. Oder vielleicht doch nicht. Schließlich hatte Crane Trefusis seine Hand im Spiel. Einerseits dies, andererseits das.

KAPITEL 5

Die Geschichte von dem Vorfall bei Dot Fisher hatte in den schwulen Kreisen von Albany schon die Runde gemacht. Fünfzig von denen, die die Sechs-Uhr-Nachrichten gesehen hatten, kamen ins Gay Community Center, um sich von Fenton McWhirter beschimpfen zu lassen. Zwei Stunden später hatten tatsächlich zwölf unterschrieben, daß sie beim schwulen Generalstreik mitmachen würden. Zwölf-tausend brauchte er, um was zu erreichen, aber McWhirter nahm, was er kriegen konnte. Die Spenden für die Streikkampagne betrugen 37.63 Dollar.

Aus dem Center rief ich bei Dot an. Sie erzählte mir, daß man sie noch einmal per Telefon bedroht hatte. »Tod den Lesben von der Moon Road!« hatte der Anrufer gesagt und dann eingehängt. Dot und Edith saßen in der Küche, während Dots Freund Lew Morton die Hintertür bewachte, zusammen mit einem Streifenpolizisten, der draußen patrouillierte. Dot klang ein bißchen zittrig, aber beherrscht. Sie sagte, sie wäre in guten Händen, bis Peter um Mitternacht käme.

Im Center gab man mir auch eine telefonische Nachricht von Timmy. Er hatte eine Autopanne und würde mich später treffen, irgendwo auf der Rolle, lautete die Nachricht. Klare Sache, dachte ich mir.

Ich suchte Peter Greco. Um zehn Uhr schloß ich

mich ihm, McWhirter und den anderen sechs freiwilligen Zettelverteilern an. Wir zwängten uns alle in mein Auto und fuhren die Central Avenue hoch, um die Flamme der Revolution lodern zu lassen.

Schwitzende Menschenmassen schoben sich durch die dampfenden Straßen. Die Bars waren noch heißer und chaotischer als sonst, aber die Revolution war anscheinend noch nicht angesagt. Die Stimmung dieser Nacht war gereizt, ohne ersichtlichen Grund. Vielleicht lag es an der drückenden Hitze, oder an der bloßen Tatsache, daß wir in den achtziger Jahren lebten. Einem Jahrzehnt, in dem die meisten Leute, ob schwul oder normal, sich erst noch überlegen mußten, was sie eigentlich vorhatten, und deshalb erst mal gar nichts taten. Es war wie in den fünfziger Jahren. Nur diesmal war Reagan an der Macht und die Neofaschisten, Aids und die Atombombe breiteten sich aus wie die Pest… Es war das Zeitalter des nervösen Herumirrens.
Die Musik in dieser Nacht trug auch nicht gerade zur Entspannung bei. Kalter, sarkastischer Punkrock, der nur noch die echten Fans auf der Tanzfläche hielt. Angeblich existierte die alte, freundliche, sinnliche Tanzmusik der siebziger noch in Manhattan – sie wird in Privatclubs im Westvillage gehegt und gepflegt, wie Stammbäume in mormonischen Tresoren. Aber in dieser Nacht schien Albany nicht mal genug Energie für Nostalgie zu haben. Die Musik kam mir noch lauter vor als sonst. Als ob Quantität

besser als Qualität sei – ein Trugschluß. Im Coconuts, dieser Pseudosüdsee-Disco, in der die Lacoste-Freaks rumhängen, hielten sich – so kam es mir wenigstens vor – sogar die Fische im Aquarium mit kleinen Fischhänden die Ohren zu.

Fenton McWhirters Anwesenheit entfachte auch nicht gerade Begeisterungsstürme. Die meisten Leute nahmen die Zettel ganz freundlich entgegen. Dann lasen sie den Text, und man konnte zusehen, wie ihnen die Augenbrauen hochschossen, als ihnen langsam dämmerte, was man da eigentlich von ihnen verlangte. Einer fragte McWhirter, ob er den Verstand verloren hätte, die anderen dachten sich das nur.

Es gab nur einen »Zwischenfall«. Im Watering Hole vermasselte McWhirter einem blondmähnigen, vollgedröhnten Cowboy mit bösen Augen einen Billardstoß. Der Cowboy sah beinahe echt aus, so, als ob er gerade von einem Viehtrieb von Abilene nach Schenectady in die Stadt gekommen wäre. Er stank auch drei Meilen gegen den Wind nach Kuhstall. Oder vielleicht war's eine neue Duftnote von »Brut«: »Shitkicker«. Der Cowboy packte McWhirter am Kragen und befahl ihm, seinen »schwulen Arsch aus dem Weg zu hieven«, aber ich trennte die beiden. Greco besänftigte den Cowboy mit einem Cola-Rum und versuchte unverdrossen, ihn zu rekrutieren. Plötzlich erkannte der Cowboy McWhirter und Greco. Er hatte sie im Fernsehen gesehen. Grecos Masche schien ihm auch zu gefallen, aber er sagte, sein Gemeindepfarrer hätte was dagegen. Also unterschrieb er nicht.

Im Green Room übernahm McWhirter die Disco im hinteren Raum. Greco stürzte sich in den Smog der Pianobar: Bierdampf und Rauch. Ich zog mit Greco durch die Meute besoffener, alternder Tunten, obwohl mir diese Kneipe immer schon unsympathisch war. Wahrscheinlich deshalb, weil ich immer das unbestimmte Gefühl hatte, daß es eigentlich meine Szene wäre. Der blonde Cowboy kam kurz nach mir und Greco rein. Er schaute sich kurz um, dann flüchtete er in die Nacht hinaus. War wohl auch nicht seine Szene.

Ganz überraschend traf Greco in der Pianobar seinen früheren Liebhaber, mit dem er vor zehn Jahren zusammengewesen war. Tad Soundso. Das lag anscheinend in dieser Nacht in der Luft. Timmy glänzte immer noch durch Abwesenheit.

Greco und Tad waren beide sehr überrascht. Die Unterhaltung war kurz und verkrampft. Ich hörte zwar nicht zu, kriegte aber, nachdem ich von Berufs wegen und aus Neigung neugierig bin, so einiges mit, indem ich ab und zu zu ihnen rüberschaute. Tad war alleine an der Bar gestanden und hatte sich mißmutig mit etwas Warmem, Trübem in seinem Glas beschäftigt. Er wurde schnell aggressiv, und Greco zog sich betreten und verwirrt zurück.

»Ein nicht so freudiges Wiedersehen?« fragte ich. Greco zuckte die Schultern und versuchte angestrengt so zu tun, als ob er drüberstünde, aber in seinen Augen konnte man sehen, wie sehr es ihm zu schaffen machte.

»Schau dich nicht um«, sagte ich und versuchte zu sehen, ob Timmy vielleicht hereingekommen wäre. War er nicht. »Vorbei ist vorbei. Entschuldige dich nicht und versuche nicht, etwas zu erklären. Schau dich nicht um, es könnte dich jemand verfolgen. Sonst noch Probleme?«

Greco lachte nicht. »Tad hat sein Geld zurückverlangt«, sagte er und schüttelte fassungslos den Kopf. Zuerst dachte ich, Tad hätte Greco ausgehalten, da er so ungefähr in meinem Alter oder vielleicht etwas älter war. Greco sagte ganz traurig: »Er hat nur über seine lumpigen dreitausend Dollar geredet. Das ist das einzige, woran er sich erinnern kann. Obwohl wir ein volles Jahr zusammen waren, kann er sich nur noch an das erinnern. O Gott.«

»Tad ist wohl der geborene Buchhalter«, sagte ich.

»*Damals* hat er nicht gesagt, daß es ein Kredit ist. Es ist so unfair. ›Woher nehme ich nur dreitausend Dollar‹, sagte ich. Er sagte einfach: ›Du mußt es dir besorgen, bevor du Albany verläßt.‹ Er hat nur davon geredet und daß letztes Jahr sein Geschäft pleite gegangen ist, und daß er keine müde Mark mehr hat. Es tut mir leid, daß es Tad nicht gutgeht. Er hat was Besseres verdient. Er war immer sehr eifersüchtig, aber auch sehr liebevoll und großzügig.«

Greco fing plötzlich an zu husten und zu keuchen und sagte, die schlechte Luft würde ihm zu schaffen machen. Also gingen wir in die drückende, aber rauchlose Nacht hinaus und stellten uns neben mein Auto.

»Hat Tad dich aufgenommen, als du dich das erstemal zu deiner Homosexualität bekannt hast?«

»O nein«, sagte Greco und lachte. Er atmete jetzt etwas leichter. »Das war's nicht. Ich habe mich schon mit vierzehn zu dem bekannt, was ich bin, und mit achtzehn stand ich schon auf eigenen Füßen. Das mit Tad war vor zehn Jahren. Ich war damals vierundzwanzig und hatte schon mehrere feste Beziehungen hinter mir. Tad war vielleicht der vierzehnte oder fünfzehnte. Ich weiß es nicht mehr so genau.«

Das neue Zeitalter. Mit vierundzwanzig hatte ich mich noch dran aufgepeitscht, daß Winnetou es vielleicht mit Old Shatterhand trieb.

Ganz unbekümmert fuhr Greco fort: »Ich bin erst ein Jahr, nachdem ich Fenton kennengelernt habe, richtig seßhaft geworden. Da wurde mir erst klar, was ich eigentlich mit meinem Leben machen wollte. Nein, die Sache mit Tad war so... Er war in mich verliebt, und er bezahlte die Erstausgabe meiner Gedichte. Ich zog nicht so recht. Ich war nicht so verrückt nach Tad wie er nach mir. Aber ich war so begeistert, meine Sachen gedruckt zu sehen, daß ich nicht mehr klar denken konnte. Ich hab gewußt, daß es einen Haufen Geld gekostet hat, aber – mein Gott, wie kann man nur nach *zehn* Jahren noch so verbittert sein?«

»Genau. Man möchte meinen, daß die Gefühle eines Menschen für einen anderen sich nach so langer Zeit verändert hätten. Daß sie weniger stark und leidenschaftlich sind.« Ich schaute, ob Timmys gelber Chevette vielleicht gerade von der Central einbog.

»O Gott, es wird Zeit für mich«, sagte Greco und schaute auf die Uhr. »Ich muß bis Mitternacht zu Hause sein und bei Dot und Edith bleiben, damit ihr Freund nach Hause gehn kann. Kommst du auf ein Stündchen mit raus?«

Ich schaute ihn an und überlegte, wie diese Einladung wohl gemeint war. Er war nicht unbedingt mit Blindheit geschlagen – wenn man mit vierundzwanzig schon vierzehn bis fünfzehn Liebhaber gehabt hatte. Er sah, daß ich interessiert war.

»Wir könnten eine Runde im Weiher schwimmen und uns dann zusammen die Sterne angucken«, glaubte ich zu hören. In Wirklichkeit sagte er: »Wir könnten noch ein paar Zettel drucken, bis Fenton nach Hause kommt. Der Kopierer ist im Auto.«

Ideale? Hatte ich die auch mal gehabt? Würde ich je wieder welche haben?

Ich sagte: »Nein danke. Timmy – mein Liebhaber – sucht mich wahrscheinlich, also werd ich noch ein bißchen hier rumhängen. Ich bin später zu Hause, falls es bei Dot irgendwelche Probleme gibt. Ansonsten komm ich gleich morgen früh raus.«

»Es freut mich, daß du uns hilfst«, sagte er lächelnd. »Auch wenn der große Satan dich dafür bezahlt.«

Seine Augen waren liebevoll und freundlich, und ich hätte ihn gerne berührt.

»Laß das bloß nicht Ayatollah Fenton hören«, sagte

ich. »Er hat die fixe Idee, daß man mir nicht vertrauen kann, weil ich ein Sklave des Molochs bin.«

»Fentons Vertrauen muß man sich erst erarbeiten«, sagte Greco, »aber, wenn er dir mal vertraut, dann für ewig.«

Er grinste noch mal. Dann sah er mich an, als ob er sich vergewissern wollte, daß ich ihn auch richtig verstanden hätte, weil er mir doch etwas sehr Nützliches gesagt hätte. Dann strich er mir wieder mit der Hand übers Gesicht, der nervtötende, kleine Scheißer. Wir gingen zusammen zurück in die Bar, um von McWhirter die Autoschlüssel zu holen.

Ein paar Minuten später ging Greco über den Parkplatz zum Auto und ich zu McWhirter und den Zettelverteilern. Im Green Room hatten sie zwei Unterschriften für den schwulen Generalstreik gesammelt, damit wuchs die Ausbeute des Barbummels auf sechs.

Um fünfzehn Minuten nach drei war Timmy immer noch nicht aufgetaucht. Um halb vier hatte ich einen schlanken jungen Mann namens Gordon, dessen schwarze, lockige Haare genau wie die von Greco aussahen, zu eindeutigen Zwecken aufgerissen. Seine Augen waren genauso dunkel, aber lange nicht so strahlend, und das, was dahintersteckte, ließ auch zu wünschen übrig. Um drei Uhr vierzig fuhren wir auf den Parkplatz einer höheren Bildungsanstalt an der Washington Avenue. Um drei Uhr einundfünfzig fuhren wir wieder ab. Er bat mich, ihn am Watering Hole abzusetzen, das noch ganze neun Minuten offen sein würde. Das tat ich auch.

»Bis die Tage, Ron«, sagte er.

»Bis die Tage, Gordon, bis bald.«

Dann fuhr ich nach Hause.

Die Dusche war nicht unbedingt notwendig, nur aus Gründen der allgemeinen Hygiene oder zur Abkühlung. Ich hätte mir nicht einmal die Zähne putzen oder beide Hände waschen müssen. Aber ich blieb trotzdem gute, reinigende fünfzehn Minuten unter dem kühlenden, lauwarmen Strahl.

Ich setzte mich in einen Sessel und zündete mir im Geist eine Zigarette an. Gerne hätte ich eine richtige geraucht und überlegte, ob ich nicht im Price-Chopper welche holen sollte. Seit vier Jahren hatte ich dem Teufelszeug abgeschworen. Aber was soll's. Ich beschloß statt dessen, einen Joint zu rauchen, nur um das beruhigende Kratzen im Hals zu spüren.

Ich wühlte im Gefrierschrank herum, aber alle Alupäckchen enthielten Hühnerhälse. Timmy, der einzige Ire, der seinen Verstand im Hintern hatte, sammelte anscheinend für eine Hühnerhalsparty oder sonst irgendeine Scheiße.

Ein Auto fuhr auf den Parkplatz. Wie der Blitz war ich wieder im Sessel. Ich schlug »Eine Liebe von Swann« auf und starrte gebannt auf eine Seite, so, als ob ich seit der Amtszeit von Eisenhower darin vertieft wäre, was, mit Unterbrechungen, der Wahrheit entsprach.

Seine Schritte im Korridor. Seine Haare sind sicher zerzaust. Er hat Samen an den Augenbrauen. Analschluckauf.

Sein Schlüssel im Schloß.

»Da bist du ja. Schwerer zu fangen als ein Wiesel!« Er legte sein Jackett auf die Couch und beugte sich runter zu mir, um mich zu küssen. »Seit halb elf bin ich auf der Rolle. Überall, wo ich hinkam, warst du gerade gegangen. Im Green Room haben wir uns nur um eine Minute verpaßt. Tut mir leid, daß alles schiefgegangen ist, aber mein verfluchter Kühler hatte ein Leck, und anscheinend hatte halb Albany heute abend Kühlerprobleme, also mußte ich übers Wochenende einen Leihwagen nehmen. Wie ist es denn heute abend gelaufen?«

Er kletterte ganz eifrig aus seinen Brocks Brothers Klamotten. Natürlich bemerkte er voller Entsetzen, daß er sein Jackett auf die Couch gelegt hatte, und trug es zum Schrank, wo er es glattstrich und vorsichtig auf einen Holzbügel hängte.

»Oh, gar nicht schlecht«, sagte ich und hielt vorwurfsvoll ungeduldig meinen Finger auf die Zeile in »Eine Liebe von Swann«, bei der ich 1977 steckengeblieben war.

»Ich habe McWhirter im Green Room getroffen«, sagte er ganz beiläufig, zog sich die Hose aus und klemmte sie energisch in den Hosenbügel. »Er fand nicht, daß es besonders gut gelaufen wäre. Ja, er war sogar richtig deprimiert. In den Bars haben nur fünf Leute für seinen schwulen Generalstreik unterschrieben. Kein Aufstand der Massen auf der Central Avenue.«

»Wirklich, du hast ihn getroffen? Er hat dir das erzählt? Als ich um drei Uhr dreißig aus dem Green Room ging, hatten schon sechs unterschrieben.«

»Ja, aber ein Typ hat sich's anders überlegt«, sagte er und faltete sein schmutziges Hemd sorgfältig zusammen, ehe er es in den Wäschekorb legte. »Er ist zurückgekommen und hat seinen Namen wieder von der Liste gestrichen. McWhirter hat dem armen Schwein auch noch ein paar sehr unpassende Worte auf den Weg gegeben. Es war nicht schön anzuhören. Sie taten mir beide leid.«

»Oh.«

Er zog seinen Slip aus. Sein Schwanz hing weich, verschrumpelt und erschöpft da.

»Ich dusch mich schnell«, sagte er ganz lässig. Was für ein Schauspieler. »Und dann wird gefickt.«

Ich sagte: »Moment mal.« Mein Herz klopfte und klapperte wie die Klimaanlage im Büro.

Er drehte sich an der Schlafzimmertür um und schaute mich an. Ich sagte: »Hattest du einen schönen Abend mit dem lieben Boyd? Du hast vergessen, mir davon zu erzählen.«

»Oh, Scheiße«, sagte er, schüttelte leicht amüsiert den Kopf. »Boyd ist so eine Pflaume. Ich erzähl dir gleich alles. Warte nur einen Moment, Junge. Ich stink vielleicht!«

Kein Wunder. Er huschte ins Badezimmer, wahrscheinlich um sich die Augenbrauen zu schrubben.

Ich las die Worte »Wohingegen jedoch« in »Eine Liebe von Swann« ein paarmal, dann legte ich das vergilbte Lesezeichen wieder ein. Ich wartete. Das Wasser hörte auf zu rauschen, ich schlug das Buch wieder auf und las noch mal »Wohingegen jedoch«.

»Wohingegen jedoch.«

»Wohingegen jedoch.«

»Wohingegen jedoch.«

Timmy kam mit einer dramatischen Erektion zurück ins Zimmer. Ganz schön sportlich, dieser Timmy.

»Ich steh auf deinen Hintern, Donald Strachey«, sagte er ganz leise und stürzte sich mit einer Begeisterung, die er sonst nur für verlorene Kleidungsstücke hatte, auf mich.

»Hast du's mit dem lieben Boyd gemacht, du weißt schon was, diese gewisse, bei Insidern gefragte Sache?«

Er hielt auf halbem Weg inne und setzte sich auf den blöden lila Flokati, den ich noch nie ausstehen konnte.

Ganz verkniffen sagte er: »Nein, Boyd und ich haben's nicht getan.«

Er stand da, seine Augen blitzten vor Wut. Man konnte sehen, wie es in seinem Kopf arbeitete. Die Aufregung unterhalb der Gürtellinie hatte sich gelegt, und er starrte mich an, als ob ihn gerade einer ins Knie gefickt hätte – im übertragenen Sinn diesmal. Ein wunderbarer Abend für Timmy.

»Ich wollte nur mal fragen. Als du zur Tür reinkamst, hattest du so komisches, weißes Zeug an deinen Augenbrauen.«

»Auf meinen Augenbrauen. Auf meinen *Augenbrauen*. Hoppla«, sagte er, tat recht schuldbewußt und fuhr sich mit der Hand über die Augenbrauen. Dann überkam ihn die Wut, und er schrie mir ins Gesicht: »Hoppla, hoppla, hoppla, *hoppla*!«

Sein Gesicht war ganz dicht vor meinem. Ich drehte mich weg. Er schwitzte, atmete schwer. Seine Augen waren wie weißblaue Untertassen.

Er sagte: »Schau mich an.«

Ich sagte nichts.

Er sagte: »Einer von uns traut dem anderen nicht.«

Ich merkte, daß ich rot wurde.

Er sagte: »Du bist derjenige, der dem anderen nicht vertraut.«

Ich wußte, was jetzt kommen würde.

Er sagte: »Du hast kein Vertrauen zu demjenigen von uns zweien, der im Price-Chopper im Juni einen Studenten aufgerissen hat und dabei von Phil Hopkins beobachtet wurde.« Phil Hopkins, dieses alte Tratschweib. »In welcher Abteilung denn, Lover? Ich würd's gern wissen. Ich möchte wissen, in welcher Abteilung vom Price-Chopper die Szene läuft, wenn ich mal wieder anfange, das zu tun, was der mißtrauische Teil von uns beiden momentan macht. Welche Abteilung ist die heißeste? Gemüse, Mundhygiene? Backwaren?«

Jetzt schaute ich ihn an. Ich machte den Mund auf, um etwas zu sagen, dann machte ich ihn wieder zu.

Dann machte ich ihn wieder auf und krächzte: »Die Fleischabteilung natürlich. Um es genau zu sagen, Geflügel.«

Er versuchte, sich das Lachen zu verkneifen. Ich versuchte, mir das Lachen zu verkneifen.

Wir lachten.

Wir lagen zusammen auf dem gemütlichen lila Flokati und rauchten einen Joint. Mein vorsichtiger Bürokrat hatte das Zeug im doppelten Boden einer Schachtel Eiskrem versteckt. Das Eis aßen wir auch.

»Entschuldigung.«

»Mmmm.«

»Ich hab mir selbst nicht getraut. Das weiß ich. Irgendwie.«

»Ahha. Also, wieviel waren's? Seit Juni.«

»Ich dachte, schmutzige Details würden dich nicht interessieren.«

»Zahlen sind nicht schmutzig.«

Er hatte keine Ahnung. »Seit Juni? Oh… vielleicht drei. Ungefähr.«

»Mehr oder weniger?«

Ich sagte: »Sieben.«

Er seufzte ganz tief. »Schau, Don, mir gefällt das nicht. Du weißt, daß es mir nicht gefällt. Vielleicht sollte es mir nichts ausmachen, aber es macht mir etwas aus. Ich bin kein Mann der schönen, neuen Welt. Ich bin einfach ich, Timothy J. Callahan, ein alterndes Kind der Gemeinde St. Mary in Poughkeepsie, und es macht mir etwas aus.

Ich weiß auch, daß du es immer wieder machen wirst. Da ist kein Kraut dagegen gewachsen. Das hast du mir schon vor langer Zeit gesagt. Aber«, sagte er und schaute mir ganz traurig in die Augen, »wenn du es schon machst… Und ich erlaube es dir *nicht*, ich bin schließlich nicht dein Vater und du bist kein Kind, sondern ein freier, erwachsener Mensch. Also, wenn du es schon unbedingt machen mußt, so ab und zu, dann möchte ich dich um zwei Sachen bitten, okay?«

»Um was?«

»Erstens: Hol dir kein Aids oder Herpes.«

»Ich versprech's.«

Er seufzte wieder. »Und zweitens«, er schaute mich traurig an, mit einem Hauch von Bitterkeit – »glaube nicht, Don, daß ich es auch tue.«

Ich sagte nichts. Mir fiel nichts ein. Ich wußte, wieviel besser es für uns beide wäre, wenn ich damit aufhören würde. Aber ich wußte auch, daß ich nicht damit aufhören würde.

Schließlich sagte ich: »Kapiert.«

»Also«, sagte er und machte es sich wieder bequem. »Soll ich dir von meiner Verabredung mit Boyd erzählen?«

»Klar. Wie war's denn?«

»Fantastisch. Wir haben uns ein Zimmer im Hilton genommen und gebumst, daß die Wände gewackelt haben.«

Ich drehte mich langsam um und studierte sein Gesicht. Ganz lange.

Er zuckte mit den Schultern. »Oh. Es war belanglos, Don. Nur wegen alter Zeiten. Das war alles. Ich meine, es hatte nichts mit *uns* zu tun.«

Er konnte nicht lange ernst bleiben – das konnte er nicht –, und als er zu lachen begann, packte ich ihn. Er hatte mir was vorgeflunkert, das boshafte Luder. Ich war zu dreiundneunzig Prozent sicher.

Wir kamen allmählich wieder in Fahrt, waren dann aber doch zu müde und schliefen gerade engumschlungen ein – da klingelte das Telefon.

Ich tastete mich zum Beistelltisch vor und schnappte mir den Hörer. »Hier ist Strachey.«

»Ist Peter bei dir?«

»Peter? Nein. Bist du's, Fenton?«

»Peter ist nicht hier. Er ist nicht nach Haus gekommen. Wo ist er?«

»Er ist doch gegen Mitternacht vom Green Room weggefahren, oder? Mit deinem Auto. Ich hab gesehen, wie du ihm die Schlüssel gegeben hast.«

»Aber er ist nicht hier«, jammerte McWhirter, die Angst in seiner Stimme war deutlich zu hören. »Das Auto ist auch nicht hier.«

»Bleib, wo du bist. Laß Dot und Edith nicht allein. Ich bin in zwanzig Minuten da.«

Wir zogen uns an. Auf dem Weg die Central Avenue stadtauswärts brachte ich Timmy über die Ereignisse des Tages aufs laufende. Er sagte kaum etwas, aber es gefiel ihm gar nicht.

Wir hielten am Parkplatz des Green Room. Kein Mensch war weit und breit zu sehen. Ein Auto stand

am äußersten Ende des geteerten Platzes. McWhirters alter grüner Fiat. Die Fenster waren zu, das Auto
leer und die Türen abgesperrt. Keine Schlüssel in der
Zündung.
Wir rasten die Central Avenue entlang. Ein wolken-
loser Morgen brach an.

KAPITEL 6

Ich telefonierte immer noch, als Ned Bowman um neun Uhr fünfzehn ankam. Seit fast einer Stunde weckte ich Leute, die ich gestern abend im Green Room gesehen hatte. Ich beschrieb Greco und fragte, ob jemand gesehen hätte, wie er das Lokal verließ, im Auto oder zu Fuß, alleine oder in Begleitung. Niemand hatte ihn gesehen, obwohl ich zugeben mußte, daß zu der Zeit, als ich anrief, keiner der zirka zwanzig Männer, mit denen ich sprach, besonders wach, geschweige denn im Vollbesitz seiner Kräfte war.

Lieutenant Ned Bowman, der wie immer seine Standarduniform – weiße Socken, dunkles Sportsakko und fertiggebundene, braune Krawatte – trug, begrüßte Dot sehr förmlich und tauschte böse Mienen mit McWhirter. Er ließ es über sich ergehen, daß man ihm Timmy vorstellte – Homosexuelle ohne Faltenröckchen verwirrten Bowman immer. Dann kam er rüber zu mir ans Wandtelefon und flüsterte: »Hallo, Schwester.«

»Einen wunderschönen guten Morgen, Lieutenant. Schöner Tag heute, nicht wahr? Ich bin gleich fertig.«

Ich beendete meinen letzten Anruf – wieder kein Erfolg –, dann ging ich rüber zu der recht gemischten Versammlung am Küchentisch. Dot hatte schlecht geschlafen. Sie hatte ganz rote Augen und zitterte. McWhirter, Timmy und ich hatten überhaupt nicht geschlafen, und die Hitze machte uns allmählich wieder zu schaffen. Bowman, der wahrscheinlich wunderbar in seinem klimatisierten Apartment in Delmar geschlafen hatte, brachte mit gewohntem Charme das Gespräch ins Rollen.

»Also, wer ist diese angeblich vermißte Person? Ist Greco dieser kleine Kerl, der gestern hier rumhing? Ist er Ihr Zimmerherr, Mr. McWhirter?«

»Peter Greco ist mein Geliebter«, sagte McWhirter ganz verkniffen, »Peter Creco ist seit neun Jahren mein Freund und Geliebter. Ja.«

»Tatsache? Ahha.« Bowman ließ sich Zeit und schrieb langsam und vorsichtig etwas in sein Notizbuch. Wir saßen da und schauten ihm zu. Dot nahm ihre Kaffeetasse hoch; sie klapperte auf dem Unterteller. »Wo hat der Vermißte seinen festen Wohnsitz?« fragte Bowman als nächstes.

»Castro vier-fünf-fünf«, sagte McWhirter ganz ruhig. »San Francisco, Kalifornien.«

Bowmans Augenbrauen schossen hoch, als ob das schon eine Spur wäre. Ich beugte mich vor, um sehen zu können, wie er schrieb: »455 Fidel Castro St. Frisco.«

»Also«, sagte er, »bevor ich hierher fuhr, hab ich die Polizeiberichte und die Krankenhäuser gecheckt. Ihr Freund hatte weder einen Unfall, noch ist er mit dem Gesetz in Konflikt gekommen.« Ich hatte diese beiden Sachen auch gecheckt und war zu demselben Ergebnis gekommen. »Also, dann erzählen Sie mir mal«, sagte Bowman, »wieso Sie auf die Idee kommen, daß Ihr Freund verschwunden ist? Welcher Vorfall gestern abend hat Sie denn auf diese Idee gebracht?«

McWhirter warf Dot, die völlig starr und verbittert dasaß, einen Blick zu. Timmy saß völlig fasziniert da – er hatte den legendären Bowman noch nie in freier Wildbahn erlebt. Ich stand auf und holte mir anstatt Kaffee ein Glas Eistee. Einen Moment lang überlegte ich, ob ich es mir oder Bowman über den Kopf kippen sollte.

McWhirter beschrieb die Ereignisse der vergangenen Nacht. Bowman machte Notizen. Er unterbrach nur einmal, um zu sagen, daß er McWhirter in den Sechs-Uhr-Nachrichten gesehen hätte. »Viel Glück bei Ihrem Streik, McWhirter«, sagte er ganz scheinheilig. »Ich bin selbst ein alter Gewerkschaftler.« Er schaute zu mir, damit ich kapierte, was er eigentlich dachte: »Diese Schwuchtel McWhirter ist wirklich ein Witz.«

»...und Peter sagt mir immer, wo er hingeht«, schloß McWhirter ganz aufgeregt. »Und er würde nie das Auto einfach so stehenlassen. Ich habe wirklich Angst, daß ihm etwas passiert ist«, sagte er und schüttelte frustriert den Kopf. »Viele Leute mögen uns nicht – mögen mich nicht. Ich bin schon zigmal bedroht worden... und die Leute wissen... und die Leute wissen, wieviel mir Peter bedeutet, wieviel ich ihm bedeute und –« er konnte nicht mehr weiterreden. Mit Tränen in den Augen wandte er sich ab.

Bowman schnitt eine Grimasse. Dieser Gefühlsausbruch eines Mannes wegen eines anderen machte ihm zu schaffen. Er schwieg einen Augenblick und sah nachdenklich aus. Vielleicht hatte er so etwas schon mal gesehen, oder vielleicht hatte er auch schon mal solche Gefühle wie McWhirter gehabt und sie im Keim erstickt. Was immer er auch für nützliche Gedanken gehabt hatte, er befreite sich schnell wieder davon.

Er sagte: »Mr. McWhirter, ist Ihr Freund schon mal mit einem anderen Mann weggegangen? Nur ein kleiner Seitensprung? Verstehen Sie, was ich meine? Tut er das nicht ab und zu?«

Ich beobachtete Timmy aus den Augenwinkeln. Seine Backe zuckte vorwurfsvoll, aber er schaute nicht in meine Richtung. Dot räusperte sich und schaute in meine Richtung. Ich zuckte mit den Schultern. McWhirter drehte sich langsam zu Bowman. Als ich den mörderischen Ausdruck in seinen Augen sah, versicherte ich mich schnell, daß keine stumpfen Gegenstände in seiner Nähe waren.

McWhirter sagte mit zusammengebissenen Zähnen: »Sie müssen natürlich an so was denken, nicht wahr?«

»Also, Sie müssen doch zugeben, daß manche Leute, auch wenn sie nichts dafür können ... immer in fremden Revieren jagen müssen.« Er schaute zu Dot. »Ich hoffe, Sie nehmen mir das nicht übel, Mrs. Fisher.«

Ich warf Bowman einen verächtlichen Blick zu, traute mich aber nicht, Timmy anzuschauen.

»Ist schon in Ordnung, Lieutenant. Wir sind doch recht liberal hier. Tun Sie sich keinen Zwang an.« Sie zwinkerte mir zu, so als wollte sie sagen, wenn er nur nicht »kotzen« sagt.

McWhirter, der auch unter besseren Bedingungen Schwierigkeiten mit dem Lachen hatte, kochte vor Wut und war kurz vor dem Durchdrehen. Als Timmy und ich um fünf Uhr dreißig angekommen waren, war er fast verrückt vor Angst gewesen. Er hatte wie ein Wasserfall geredet, wollte, daß ein Suchtrupp gestellt und die Nationalgarde gerufen würde. Dann hatte er plötzlich eine Haßtirade auf Greco losgelassen, weil der es zugelassen hatte, daß ihm etwas passierte »und damit alles versaute«. Danach war er für eine Stunde in bockiges Schweigen verfallen und hatte wortlos vor sich hingestarrt. Jetzt war die Wut wieder da, aber sie war auf ein anderes Ziel gerichtet.

»Sie armseliger Ignorant!« zischte er. »Sie kennen Peter überhaupt nicht. Sie kennen mich nicht. Ihr bigotter Schädel ist vollgestopft mit Homohasser-Klischees und…«

McWhirter hielt eine Rede. Thema: Schwule Lebensart sei genauso differenziert wie normale Lebensart. Er wies darauf hin, daß schwule Männer und Frauen, die »sexuell aktiv« wären – eine Gruppe, zu der er sich und Greco nicht mehr zählte –, wesentlich weniger verkrampft und viel befriedigter leben würden als normale Männer und Frauen. Das war zwar nur die halbe Wahrheit, aber es war sowieso egal, daß McWhirter die Tatsachen verzerrte, weil Bowman nicht zuhörte. Er klopfte nur mit seinem Schreiber auf dem Tisch herum und pfiff leise vor sich hin.

McWhirter schloß mit einem unfeinen Vorschlag, wo Bowman seine »altmodischen, systemversklavten, typischen Bullenansichten« hinstecken könnte. Bowman schaute kühl auf die Uhr und sagte: »Ich habe um zwölf Uhr einen Termin am ersten Aufschlag im Golfclub in Spruce Valley, McWhirter. Wenn Sie mir ein Foto Ihres Zimmerherrn geben, werde ich dafür sorgen, daß die fragliche Person gleich Montag früh auf die Vermißtenliste kommt.«

McWhirter sprang auf und stürzte aus dem Zimmer. Bowman ignorierte das und wandte sich an Dot. »Ich bin froh, daß es Ihnen gutgeht, Mrs. Fisher, und daß Sie keine Probleme mehr mit Vandalen oder Drohungen hatten. Wenn Sie es wünschen, wird ein Streifenpolizist heute nacht Ihr Grundstück in regelmäßigen Abständen patrouillieren. Sie brauchen uns nur anzurufen. Und Sie können ganz sicher sein, daß wir alle Hebel in Bewegung setzen werden, um in diesem Fall den Täter dingfest zu machen. Montag früh schick ich einen Mann her, der die Nachbarn überprüft. Und falls Sie Angst davor haben, in der Zwischenzeit hier alleine zu bleiben, wäre es vielleicht ganz gut, wenn Sie ein paar Tage bei Freunden oder Verwandten wohnen würden. Aber an Ihrer

Stelle würde ich diese Drohungen nicht allzu ernst nehmen. Wahrscheinlich waren es Kinder oder harmlose Irre, und Sie müssen nur durchhalten, bis es entweder aufhört oder wir jemanden verhaften.«

Er klappte sein Notizbuch zu, stand auf und drohte mir scherzhaft mit dem Finger. »Aber Sie sind ja in besten Händen bei diesem Typen«, sagte er und grinste. »Strachey ist jetzt wer. Wie man hört, sind Sie jetzt auf der Gehaltsliste von Crane Trefusis, Strachey. Von dem Kuchen hätt ich auch gern ein Stück. Könnten Sie vielleicht ein gutes Wort für einen alten Bullen einlegen, wenn Ihnen Crane das nächste Mal über den Weg läuft?«

»Sie würden sich bei Millpond nicht mehr wohl fühlen, Ned. Crane Trefusis hat sich der schwulen Befreiungsfront angeschlossen. Darum hat er mich eingestellt.«

»Tatsache? Crane hat aber sehr plötzlich seinen Geschmack geändert. Soviel ich weiß, verbringt Crane viel Zeit in einem Apartment in Heritage Village. Es gehört dieser langbeinigen Miß Compton, die sonst vor seinem Büro Wache schiebt, während seine Frau in Saratoga zockt und hurt. Aber wer weiß, wer weiß.«

Dot machte wieder ihr Hundepissegesicht, so, als ob Trefusis selbst im Zimmer wäre. Timmy starrte mit offenem Mund. Ich brachte Bowman zu seinem Auto.

»Ned, Sie irren sich«, sagte ich, als wir aus dem Haus waren. »Die zwei gehen nicht fremd. Peter Greco ist was passiert. Sie sollten der Sache nachgehen. Wirklich. Ich kenne Greco ganz gut.«

»Die haben sich doch gestritten, oder?« sagte Bowman.

»Nein.«

»Greco und dieses Arschloch McWhirter mit dem großen Maul haben sich gekloppt, und der Junge ist abgehauen. Das war mal mein Lebensinhalt, diese Familienzwistigkeiten. In der guten alten Zeit, als ich noch Streife ging. Wenn Sie erst mal so lange im Geschäft sind wie ich, Strachey, werden Sie auch eine Nase für diese Art Streit kriegen. Wenn Greco müde wird oder Hunger kriegt, kommt er zurück, und die Turteltäubchen küssen sich, oder was ihr da sonst so macht, und versöhnen sich. Ich geb ihm bis heute abend. Wenn er auftaucht, rufen Sie bitte mein Büro an und hinterlassen eine Nachricht, ja? Das spart mir einen Haufen Schreibtischarbeit am Montag.«

»Sie irren sich, Ned. Wie schon so oft. Sie zocken mit Vermutungen, anstatt Augen und Ohren offenzuhalten.«

»Nerv mich nicht, Schwuchtel.« Er stieg in seinen Dodge, schlug die Tür zu und fuhr davon.

Ich ging zurück ins Haus und in das Gästezimmer, in dem sich McWhirter verschanzt hatte. Als ich ihm von dem zufälligen Treffen Grecos mit seinem früheren Liebhaber Tad – Purcell hieß er mit Nachnamen, sagte McWhirter – erzählte, schien McWhirter überrascht, aber nicht beunruhigt. Er sagte, es wäre möglich, daß Peter vielleicht noch einmal mit Purcell reden wollte, um die Sache irgendwie zu klären, aber dann hätte er ihm Bescheid gegeben. Und überhaupt hätte Greco versprochen, um Mitternacht wieder bei Dot zu sein, und »Peter hält immer, was er verspricht«.

McWhirter war überzeugt, daß seinem Liebhaber etwas zugestoßen war. Er war auch überzeugt, daß die Polizei in dieser Sache keine große Hilfe sein würde, und dann sagte er noch: »Vielleicht stecken die Bullen dahinter. Ja. O Gott. Wahrscheinlich waren's die Bullen!«

Ein ekliger Gedanke schoß mir durch den Kopf, aber ich behielt ihn erst einmal für mich.

KAPITEL 7

Ich ging zurück in die Küche und wählte eine Nummer in Pinehill, einem Stadtteil von Albany.

Eine schlaftrunkene männliche Stimme: »Ja?«

»Don Strachey. Ich brauch ein bißchen Hilfe.«

»Wie wir alle.«

»Hast du gestern abend Dienst gehabt?«

»Bis vor drei Stunden. Aber ich bin nicht ins Bett gegangen, als ich nach Hause gekommen bin. Ich bin aufgeblieben für den Fall, daß du noch anrufst.«

»Mach mich nicht fertig, Lyle. Ich hab dir gesagt, daß ich vielleicht nicht anrufe. Daß ich einen Liebhaber habe.«

»Sei froh. Vielleicht krieg ich auch noch mal einen ab. Da ist ein geiler Typ bei mir in der Abteilung, auf den hab ich ein Auge geworfen. Er ist schwul, ich weiß es, und er weiß, daß ich es weiß. Aber er ist schüchtern. Und er hat eine Frau und sechs Kinder.«

»Du solltest dich noch ein bißchen weiter umschauen.«

»Ahha, weiter umschauen.«

»Wann kommst du endlich in Gang, Lyle? Das ist einfach die falsche Stadt für dich.«

»Gibt's denn überhaupt die richtige für mich?«

»Vielleicht noch nicht. Stockholm wär 'ne Möglichkeit, oder Kopenhagen.«

»Ja. Schade, daß ich nicht Hindu spreche. Was willst du überhaupt, wenn du schon nicht das willst, was ich gerne möchte?«

»Informationen. Ich würde gerne wissen, ob eure Gorillas von der Sitte vielleicht gestern abend wieder mal Tuntenhetzen gespielt haben. So gegen Mitternacht, an der Central, beim Green Room.«

»Ich weiß nichts davon. Aber so schnell würde ich das wahrscheinlich auch nicht erfahren. Außer es steht im Protokoll, und dann wär's auch nicht sicher. Manche Verhaftungen sind wirklich notwendig. Weißt du, Strachey, da draußen gibt's wirklich ein paar Kriminelle. Falls sich das noch nicht bis zu dir rumgesprochen hat.«

»Ich kann mir schon vorstellen, daß diese Typen ab und zu über einen echten Kriminellen stolpern. Eine mathematische Wahrscheinlichkeit. Aber die Geschichte ist anders – Haß. Eine fingierte Anklage auf Prostitution, Belästigung, Widerstand gegen die Staatsgewalt. Was immer sie solchen Leuten heutzutage anhängen. Ein Junge namens Peter Greco ist gegen halb zwölf vor dem Green Room verlorengegangen. Er ist zierlich, dunkelhaarig, Lockenkopf, niedlich. Vielleicht ein bißchen knabenhaft für deinen reifen Geschmack, Lyle, aber genau der richtige Typ für das beliebte Spiel: Laß-uns-mal-'ne-Tunte-hauen.«

»Ich werd mich mal umhören. Aber solche Typen lassen niemanden verschwinden, Strachey, das weißt du doch. Sie schnappen sich jemanden, dann fahren sie ihn ein bißchen spazieren, beschimpfen ihn vielleicht ein bißchen, mischen ihn vielleicht auch ein bißchen auf und lassen ihn wieder laufen. Ein paar landen im Bau, ein paar in der Notaufnahme vom Albany Krankenhaus. Daß einer vom Erdboden verschwindet, wäre neu.«

»Das weiß ich auch. Das wäre ganz was Neues.«
Schweigen. »Ahha. Mein Gott. Ja, es war wohl nur eine Frage der Zeit, nehme ich an. Die sind verrückt – total außer Kontrolle. Vielleicht haben sie's diesmal wirklich fertiggebracht.«

»Das befürchte ich ja.«

»Scheiße.«

»Hinterlaß 'ne Nachricht bei meinem Auftragsdienst, wenn du was erfährst.« Ich gab ihm die Nummer. »Ich werd ihn ab und zu abfragen und melde mich dann wieder bei dir. Und noch was. Kannst du rausfinden, ob in letzter Zeit irgend jemand bei euch auf dem Revier mit Crane Trefusis bussiert? Vielleicht weht der Wind aus der Richtung.«

»Mit dem Einkaufscenterzauberer? Meinst du *den* Trefusis?«

»Genau den.«

»Das wird nicht so leicht sein. Aber sobald ich eine Tasse Kaffee getrunken habe, werd ich mich auf die Socken machen und mich umhören. Keiner wird mich hier vermissen, da kannst du Gift drauf nehmen. Du weißt ja, wie das ist, oder?«

»Bis dann, Lyle. Und vielen Dank.«

»Vielen Dank«, sagte er. »Aber sicher.«

Timmy erklärte sich bereit, auf der Farm zu bleiben und auf Edith und Dot aufzupassen. Als Beschäftigungstherapie ließ ich ihn noch ein paar Leute anrufen, die auch Freitag nacht unterwegs gewesen waren und die vielleicht vor dem Green Room etwas Ungewöhnliches gesehen hatten. Vielleicht auch nichts Ungewöhnliches, wenn die Polizei von Albany beteiligt war.

Unten an Dots Weiher saß Edith auf einem flachen Stein, die Füße im moosgrünen Wasser. Ihren Rock hielt sie züchtig zehn Zentimeter über der Wasseroberfläche.

»Guten Morgen, Mr. Lovecraft. Gehen Sie schwimmen?«

»Tag, Mrs. Stout. Ich will nur kurz meine Birne abkühlen. Vielleicht gelingt's mir später, auch noch den Rest einzutauchen.«

Ich bückte mich und steckte meinen Kopf zwanzig Sekunden unter Wasser. Dann stand ich auf und schüttelte mich wie ein Hund.

»Schwillt Ihr Kopf in der Hitze an?« fragte Edith.

»Ja, und dann paßt mir mein Hut nicht mehr.«

»Meinen Füßen geht's genauso.« Sie schaute zum Haus. »Ich muß aufpassen, was ich sage. Dorothy kann das Wort ›Füße‹ nicht ausstehen. Falls Sie es noch nicht bemerkt haben, Dorothy ist sehr exzentrisch. Ich habe schreckliche Angst, daß sie senil wird. Aber sie ist ein tolles Mädchen, und ich weiß nicht, was ich ohne sie tun würde. Es ist nicht leicht für Leute, die so sind wie wir, wissen Sie.«

»Ich weiß. Ich gehöre auch zum Klub.«
Sie schaute mich lange und nachdenklich an, auch ein bißchen verwirrt. Schließlich sagte sie: »Sie werden ja wohl wissen, was Sie mögen, Mr. Lovecraft. Aber – zwei große, haarige Männer miteinander? Ich hoffe, Sie nehmen mir das nicht übel, aber ich kann mir kaum etwas Langweiligeres vorstellen.«
Überall lauern Abgründe. Aber über diesen konnte man wenigstens lachen. Ich sagte: »Ich schon.«
Die alte Frau sah mich ziemlich verwirrt durch ihre Brille an, bis ihr Gehirn das verarbeitet hatte. Dann sagte sie: »Das glauben *Sie*, Kleiner.«

Auf dem Weg zur Central fuhr ich langsam am Haus der Deems vorbei, aber immer noch kein Lebenszeichen. Es stand kein Auto in der Einfahrt. Später würde ich Joey Deem vielleicht erwischen. Vorläufig waren Dot und Edith in guten Händen.
Bei den Wilsons lag Kay auf einem Liegestuhl neben der neuen Veranda. Ein riesengroßer Oldsmobile Baujahr 71, mit verrosteten Kotflügeln und einem Riß in der Seite, stand in der Einfahrt. Das Auto hatte einen Howe Caverns Aufkleber auf der hinteren Stoßstange und ein Schild, auf dem »Mafiastabsauto« stand, im Rückfenster. Eine traurige Rostlaube von der Sorte, die immer frech in Feuerwehrausfahrten parken.
Ich hielt an und schrie: »Crane schickt Ihnen Grüße, Kay. Und eine Empfehlung an den Herrn Gemahl. Ist Mr. Wilson zu Hause?«

»Hallo, du bist's.« Sie setzte sich auf und schaute sich vorsichtig um. »Ja.« Sie blies ihren enormen Oberkörper auf und schrie: »Willl-sooon.«

Ich stieg aus und ging in Richtung Haus. Die Tür flog auf.

»Warum brüllst du denn jetzt schon wieder?« Er entdeckte mich. »Wer ist denn der?«

»Keine Ahnung. Er sagt, er sucht dich.«

Er war locker zehn Zentimeter größer als ich, breiter, bulliger, mit einem Kinn wie ein alter Stiefel, einer flachen, schiefen Nase und mißmutigen kleinen Augen voller Haß. Er hatte dunkelgrüne Arbeitskleidung an, und in einer Faust von der Größe eines kleinen Nilpferdes hielt er ein Stück abgebrochenes Abflußrohr.

»Guten Morgen, Mr. Wilson. Ich bin Donald Strachey und vertrete Crane Trefusis von der Millpond Plaza Associates. Hätten Sie einen Moment Zeit für mich?«

Er kniff die Augen zusammen. »Vielleicht, vielleicht auch nicht. Was springt für mich dabei raus?«

»Crane Trefusis hat mich gebeten, mal reinzuschauen und Ihnen die herzlichsten Grüße zu übermitteln. Und um Sie zu bitten, mir bei der Aufklärung eines Problems, das wir momentan haben, zu helfen.«

Er zog eine verächtliche Miene. »Crane Trefusis ist ein verlogenes Stück Scheiße. Ich helfe Crane Trefusis erst an dem Tag, wo er mir die hundertachtzig Riesen in die Hand drückt. Richten Sie ihm aus, daß er sich seine herzlichen Grüße in den Arsch schieben kann. Jetzt haun Sie ab! Ich muß den Abfluß richten.«

»Aber Bill! Der Mann –!«

»Und du hältst die Schnauze!« Er beobachtete mich immer noch und sagte: »Haben Sie die dicke Kohle dabei, Mister?«

Ich zuckte mit den Schultern.

»Dann steigen Sie jetzt in den japanischen Blechhaufen, mit dem Sie da rumfahren, und haun Sie ab.«

»Er ist deutsch«, sagte ich. »Und wird jetzt in Pennsylvania produziert.«

Er sah aus, als ob ihn sein Sinn für Humor jeden Moment verlassen würde. Ich sagte: »Einen schönen Tag allerseits«, und nahm Wilson beim Wort.

Auf dem Weg zurück in die Stadt fragte ich mich noch mal, wie Bill Wilson es anstellen wollte, seine Frau bald reich zu machen. Auf jeden Fall nicht im diplomatischen Dienst. Aber egal, was Wilson auch für Fehler hatte – und es gab genug Mittel und Wege, die rauszufinden. Eines mußte man ihm lassen, er hatte eine ausgezeichnete Menschenkenntnis.

Tad Purcells Adresse war laut Telefonbuch von Albany in der Irving Street, gleich bei der Swan Street. Dieser Wohnblock war eine Oase vornehmer Wohnlichkeit, die wie eine Warze in westlicher Richtung aus dem Sanierungsprojekt South Mall ragte. In weiteren fünf Jahren würde sich die programmierte Seuche von Fensterkästen voller Ringelblumen und weißen Türen mit Messingtürklopfern sicher bis zur Lark Street ausgebreitet haben. Wo dann die enteigneten Armen bleiben würden, fragte sich keiner. Die lokale Amtsmaschinerie war mit anderen nebulösen Projekten beschäftigt, und die UNICEF hatte mehr als genug in Somalia zu tun.

»Hallo, ich bin Don Strachey, ein Freund von Peter Greco. Könnt ich Sie mal kurz sprechen?«

Ein prüfender Blick, nicht gerade freundlich. »Ich hab Sie doch vor kurzem irgendwo gesehen«, sagte er. »Wo denn nur?« Eine Odolwolke, direkt aus New Jersey, verschlug mir den Atem.

»Gestern nacht im Green Room«, sagte ich. »Ich war mit Peter dort.«

Er verkrampfte sich sichtlich, schaute sich schnell um, dann sah er mich wieder an, irgendwie unschlüssig. Er fuhr sich mit einer wohlmanikürten Hand durch seine frischgefönten schwarzen Locken, die schon ein paar weiße Strähnen hatten.

»Oh, klar. Das hatte ich mir fast gedacht. Worüber wollten Sie denn mit mir sprechen?«

»Über Peter. Er ist vielleicht in Schwierigkeiten.« Ich beobachtete seine Reaktion. Sein leicht faltiges, ovales Gesicht, das genau an der Kippe von Jugend und was auch immer für ihn danach kam stand, glühte vom Rasierwasser. Aber es wurde noch röter. Er machte ein spitzes Mündchen, beugte den Kopf, als ob er das Krokodil auf seinem Hemd um Rat fragen wollte. Dann schaute er mich wieder an.

»Peters Freunde sind auch meine Freunde«, sagte er

schließlich und lachte nervös. »Ich muß in ein paar Minuten los, aber ein bißchen Zeit hab ich schon. Klar. Warum nicht? Kommen Sie doch rein. Wie war Ihr Name, Rob?«

»Don. Don Strachey.«

»Machen Sie sich's bequem, Don.«

Ich folgte ihm in das kleine Wohnzimmer, das mit Speisekarten berüchtigt teurer Restaurants von Albany dekoriert war, und setzte mich auf einen leinenbezogenen Klappstuhl. Links von mir stand ein großer Farbfernseher, darauf ein gerahmtes Foto von Peter Greco. Das Foto war nicht mehr ganz neu. Purcell setzte sich auf die Couchlehne und zündete sich eine Mentholzigarette an. Irgendwo über uns rauschte Wasser.

»Also ich muß sagen, es überrascht mich nicht *unbedingt*, daß Peter in Schwierigkeiten ist«, sagte er. Sein Tonfall war sarkastisch, aber man spürte die Angst.

»Hat er Schwierigkeiten mit der Polizei?«

»Vielleicht. Irgendwie. Die Sache ist so: Peter ist gestern nacht nicht in das Haus zurückgekommen, in dem er zur Zeit wohnt. Dot Fishers Farm, draußen auf der Moon Road. Seine Freunde machen sich große Sorgen um ihn.«

Er blies den Rauch zur Decke und dachte darüber nach. »Wirklich? Soso. Wo glauben denn seine Freunde, daß er die Nacht verbracht hat?«

»Ich dachte, Sie wüßten's vielleicht.«

»Ach wirklich? Soso. Wie finden wir denn *das*? Wie kommen Sie nur darauf?« Er wurde ein bißchen rot und biß sich in die Backe. Er tat so, als müßte er sich das Lachen verkneifen. Entweder wußte er was und zierte sich, oder er genoß einfach die Vorstellung, daß ich glaubte, Peter Greco hätte die Nacht mit ihm verbracht, und wollte diese Illusion so lange wie möglich aufrechterhalten.

»Peter hat, kurz bevor er verschwand, mit Ihnen gesprochen. Sie wollten dreitausend Dollar von ihm. Sie verlangten das Geld, er hat's mir erzählt.«

Ein nervöses Lachen. »Hat er das gesagt? Mein Gott, Peter hat das doch nicht *ernst* genommen, oder? Er weiß doch, daß ich nur deshalb verbittert war, weil… wegen dem, was zwischen uns war.« Er wurde wieder ganz rosa, fast so leuchtend wie Dots Phlox und schaukelte hin und her. »Nach zehn Jahren! Mein Gott. Er müßte doch wissen, wie ich mich nach ein, zwei Drinks aufführe. Ich meine, Sie wissen doch, wie das ist.«

Ich glaubte allmählich zu wissen, wie das mit Tad Purcell war, aber ganz sicher war ich mir noch nicht. Er sog den Rauch seiner Zigarette tief ein, dann klopfte er ein paarmal die Asche ab, auch, als schon keine mehr dran war. »Wissen Sie, Peter und ich waren mal ein Paar«, verkündete Purcell plötzlich mit einem stolzen, nicht ganz überzeugenden Lächeln. »Hat Peter Ihnen das erzählt?«

»Hat er«, sagte ich. »Peter sagte, ihr hättet eine schöne Zeit zusammen gehabt.«

Er lehnte sich sichtlich entspannter zurück und fixierte das Foto auf dem Fernseher.

»Peter war ein sehr wichtiger Teil meines Lebens. Die Erinnerung an die Zeit mit ihm hege ich tief in meinem Herzen.«

»Das ist mir klar.«

»Wissen Sie, bevor Peter mich traf, trieb er sich nur auf der Straße rum«, sagte er und schnitt eine Grimasse. »Er hat sich mit Hippies und solchem Gesindel rumgetrieben. Aber, als wir uns kennenlernten, hatte Peter schon die Nase voll von diesem Leben auf der Straße. Immerzu ziellose Revolutionsspiele und unreifes Gewäsch. Wir müssen doch alle mal erwachsen werden, nicht wahr?«

»Richtig.«

Er war sichtlich dankbar, mal wieder ein Opfer zu finden, das sich diese alte Geschichte anhörte – wahrscheinlich seine einzige, befürchte ich. Purcell stürzte sich mit Elan in die Story. »Gleich beim ersten Mal, als ich Peter auf dem Weg durch den Park ansprach, war mir klar, daß er die Nase voll hatte von diesem kindischen Lebenswandel. Peter hatte keine Illusionen mehr. Er war bereit, sein Leben zu ändern, bereit für ein bequemes, sicheres und vernünftiges Leben. Er hatte gerade eine üble Hepatitis hinter sich, vielleicht war das der Grund. Ich meine, die Hepatitis war wahrscheinlich nicht der Hauptgrund.«

»So was schlaucht jeden.«

»Jedenfalls – wir sind uns begegnet, und, ob Sie's glauben oder nicht, es war Liebe auf den ersten Blick. Bingo! Mein Gott, ich war so verrückt nach dem

Kerl, daß ich einfach – also, ich hab was Dummes und Unüberlegtes gemacht. Das ist sonst gar nicht meine Art. Ich habe also Peter die Art Leben, die er meiner Meinung nach brauchte, ermöglicht. Ich bot ihm ein Heim, das er mit mir teilen konnte. Mein Heim und meine Liebe. Ich meine, ab und zu hat man eine Chance im Leben, und man läßt alle Vorsicht sausen und ergreift sie, hab ich recht?«

»Sie haben recht. Ab und zu.«

»Also«, sagte er und grinste nervös, »einmal in meinem Leben hat sich mein schwaches Herz – eine meiner größten Schwächen – tatsächlich bezahlt gemacht. Peter blieb bei mir. Er akzeptierte das Heim, das ich ihm bot, die Sicherheit, die Tatsache, daß er sich auf jemanden verlassen konnte, wenn er einen anderen Menschen brauchte. Leider«, – sein Gesicht wurde ganz lang – »leider ging es schief. Ich meine, es hat elfeinhalb wunderbare Monate gehalten. Aber dann, sehen Sie, Peter hatte sich nicht wirklich geändert. Nein, es stellte sich raus, daß Peter gar nicht bereit war, erwachsen zu werden. Er war einfach zu unreif, um mein Geschenk zu würdigen.«

Er seufzte wieder und schaute Peters Foto an. »Oh, mein Gott, Peter war *so* süß. So schön, in jeder Hinsicht. Aber, wissen Sie«, sagte er und beugte sich mit spitzem Mündchen wie ein Verschwörer zu mir, »mir ist jetzt klar geworden, daß es nicht nur Unreife war. Peter fehlte etwas. Jetzt weiß ich es. Verstehen Sie, was ich meine? Wahrscheinlich war es ein Mangel an Erziehung. Ein psychologisches Problem, das

Peter unfähig machte, die Vorteile von Heim und Herd zu sehen. Das ist einfach zu schade. Der arme Peter, er hat's sicher schon bereut. Sich so eine Chance entgehen zu lassen. Ich hab's auf jeden Fall bereut.«

Ich nickte matt. Purcell schien zu erwarten, daß ich ihm jetzt lang und breit mein Beileid ausdrücken würde, aber er wartete vergebens. Schließlich sagte ich: »Peter und Sie müssen sich doch recht gut gekannt haben, Tad. Da ist es doch seltsam, daß Peter Ihre Bemerkung wegen der dreitausend Dollar so falsch verstanden hat.«

»Absolut! Das finde ich ja auch. Wie konnte er so etwas Albernes nur ernst nehmen? Außer... ich glaube, daß ich damals noch mehr vertragen habe. Als Peter mich noch gekannt hat, wurde ich nicht gleich so... hysterisch. Ich war auch nicht so ekelhaft zu Leuten. Wahrscheinlich bin ich erst später so geworden, um es genau zu sagen, erst nach Peter. Und nachdem ein paar andere Beziehungen mit Leuten, die so ähnlich wie Peter waren, nicht hingehauen hatten. Sie wissen sicher, was für Typen ich meine. Leute, die einfach nicht schätzen, was man ihnen bietet. Ich hab festgestellt, daß viele Tunten so sind. Ach ja. Was kann man schon dagegen tun? Das ist wahrscheinlich mein Schicksal, kein Glück in der Liebe.«

Oben drehte jemand das Wasser ab. Ich versuchte, einen klaren Gedanken zu fassen, aber es gelang mir wieder nicht. Ich sagte: »Tut mir leid, daß Sie so eine

Pechsträhne hatten, Tad. Viel Glück für die Zukunft. Also, sagen Sie mir, wann haben Sie Peter zuletzt gesehen?«

»Wann? Gestern abend. Wie soll ich das verstehen?«

»Ich meine, um welche Zeit? Haben Sie nach dem Gespräch an der Bar, bei dem ich auch dabei war, noch mal mit ihm geredet? Das war so gegen elf Uhr vierzig.«

Er lachte trocken und klopfte wieder nicht vorhandene Asche in einen blauen Aschenbecher, der so groß wie eine Radkappe war. »Also, gestern abend hab ich überhaupt nicht auf die Zeit geachtet. Jedenfalls nicht, bis die Stunde der Wahrheit anbrach. Aber, nein, ich habe Peter nach unserer… ersten Diskussion nicht mehr gesehen.«

Über uns hörte man Schritte.

Purcell sagte: »Würden Sie mich bitte einen Moment entschuldigen? Bin gleich wieder da.«

Er lief die Treppe hinter der Couch hoch. Verhaltene Stimmen. Ich blätterte eine Ausgabe von »Food Production Management« durch. Ich las, daß man eine viereckige Tomate entwickeln wollte, um Lager- und Frachtkosten zu vermindern. Purcell hüpfte die Treppe wieder runter, ganz rosa wieder, wie eine Wintertomate. Warum wurde er nur dauernd rot?

»Sagen Sie mir noch eins, Tad. Wann haben Sie gestern den Green Room verlassen?«

Er zündete sich noch eine an. »Warum fragen Sie mich das?«

»Ich dachte, Sie hätten Peter vielleicht später noch mal getroffen.«

»Ha. Schön wär's. Leider nicht, wäre wahrscheinlich sowieso nichts dabei rausgekommen. Nein, ich hing bis halb vier im Green Room rum, in der Hoffnung, Peter würde vielleicht zurückkommen, damit's mir wieder besserginge. Er haßte es immer, im Streit auseinanderzugehen. Mein Gott, er war so lieb. Aber wahrscheinlich hat er sich verändert und ist alt und zynisch geworden, wie wir alle. Auf jeden Fall, gegen halb vier gab ich die Hoffnung auf und fuhr runter zum Watering Hole. Herberge zur letzten Hoffnung, oder? Ich dachte, ich hätte vielleicht Glück und würde mich wieder verlieben. Soll ja schon vorgekommen sein.«

»Wie man hört. Peter hat mir erzählt, daß es Ihnen in letzter Zeit nicht so gutging. Sie hatten ein schlechtes Jahr, finanziell. Tut mir leid.«

Er blinzelte, schnitt eine Grimasse und zog an seiner Zigarette. »Ich habe letztes Jahr meinen Lebensmittelgroßhandel verloren. Reagans Wirtschaftspolitik hat mir den Garaus gemacht. Und ich hab die Pflaume gewählt. Aber das, was ich jetzt mache, ist auch nicht schlecht«, sagte er und zuckte mit den Schultern. »Ich bin in der Lebensmittelverteilung für Albany Med. Ich verdiene nicht schlecht. Vielleicht bin ich mit 80 schuldenfrei.« Er lächelte säuerlich.

Wieder Schritte über uns. »Klingt, als hätten Sie gestern nacht Glück gehabt«, sagte ich und schaute hoch. »Oder leben Sie nicht allein?«

Er rutschte etwas verlegen rum, leicht irritiert. »Oh, Sie haben's gemerkt. Er hat Sie reden hören und wartet, bis Sie gegangen sind. Er sagt, er möchte nicht gesehen werden. Er betrügt seinen Freund und möchte nicht, daß er es erfährt. Ich kann Leute nicht ausstehen, die das machen. Ich sage immer, entweder ist man gebunden oder nicht... Da gibt's keine Zwischenlösung. Auch wenn er sagt, es sei das erste Mal in sechs Monaten, find ich's trotzdem zum Kotzen. Der Kerl ist sowieso das Letzte. Mein Gott, muß ich zu gewesen sein. Meine Ansprüche sind auch nicht mehr das, was sie mal waren. Fünf vor vier im Watering Hole. Mein Gott. Und mir schwant Fürchterliches, ich glaube, der Kerl hat Herpes.«

Ich schaute auf die Uhr – elf Uhr fünfzehn. »Hoffentlich irren Sie sich, Tad. Sie sagten vorhin, es würde Sie nicht wundern, daß Peter in Schwierigkeiten steckt. Warum?«

Sein Gesicht verzog sich vor Wut. Er keifte. »Weil Peter Leute benützt. Früher oder später kriegt man Schwierigkeiten, wenn man Leute so behandelt. So was rächt sich immer. So kann man nicht ungestraft weiterleben. Leute wie eine Zitrone ausquetschen und sie fallenlassen, wenn nichts mehr geht, als ob sie Lepra hätten. Manche Leute werden da sauer. *Sehr* sauer. Natürlich«, fügte er mit einem zittrigen Seufzer hinzu, »bin ich längst drüber weg.«

Ich wollte ihm eigentlich erzählen, daß Peter mit Fenton McWhirter seit neun Jahren eine anscheinend gute Beziehung hatte. Aber Purcell wußte das sicher auch schon und ignorierte, was es bedeutete. Er glaubte nur, was er glauben wollte.

»Tun Sie mir bitte einen Gefallen, und rufen Sie mich an, falls Peter hier aufkreuzt oder sich bei Ihnen meldet.« Ich gab ihm meine Karte und ging in Richtung Tür. »Ich hoffe, Sie kriegen kein Herpes, Tad. Soll ja mörderisch sein.«

Er schaute die Treppe hoch und verzog das Gesicht.

»Die Hölle«, sagte er, »die absolute Hölle. Zum Kotzen.«

Ich schloß die Tür mit dem Messingklopfer hinter mir. Sei bereit. Sei bereit.

Ich ging die Irving hoch zu meinem Auto. Es stand vor einem Haus, wo unter jedem Fenster ein Blumenkasten voller Petunien hing. Aus dem kleinen, von Ringelblumen gesäumten Rasenstück erhob sich ein schmiedeeiserner Pfosten. Darauf thronte ein Vogelhaus, neben dessen rundem Schlupfloch ein Miniaturblumenkasten angelegt war. Zwei winzige Gänseblümchen wuchsen daraus.

Ich schloß mein Auto auf und stieg ein. Es war heiß wie ein Ofen. Man hätte eine Quiche darin backen können. Ich machte das Fenster auf und beobachtete Purcells Haus, das zirka zwanzig Meter entfernt war. Die Windschutzscheibe beschlug von meinem Atem. Ich schaltete das Gebläse ein. Purcells bitterer Biographieeintopf war so verworren selbstbetrügerisch und traurig, daß er eigentlich nur wahr sein konnte. Trotzdem wollte ich mit eigenen Augen sehen, wer heute nacht sein Gast gewesen war oder nicht.

Nach zwei Minuten ging Purcells Haustür auf, und Peter Greco erschien. Ich traute meinen Augen nicht. Der schlanke, dunkle Typ ging schnell die Holztreppe runter und klopfte dabei auf das verschnörkelte Geländer. Dann wandte er sich in Richtung Osten zur Swan.

Mit einem Satz war ich aus dem Auto und rannte ihm hinterher.

»Peter! Peter!«

Ich holte ihn ein. Er drehte sich um. »Hallo... Ron, nicht wahr? Wie läuft's denn so, mein Freund?«

»Hallo, hallo. Hallo Gordon.«

Es war das Greco-Double, das ich gestern nacht im Green Room aufgerissen hatte und mit dem ich 26 Minuten verbracht hatte. Klare Sache.

Er sagte: »Wir sollten uns mal wieder treffen, wie wär's, Ron? Aber jetzt kann ich nicht. Tut mir leid. Ich muß meine Großmutter im Krankenhaus besuchen.«

»Oh, wie furchtbar. Was hat sie denn? Herpes?«

Er starrte mich wütend an, aber plötzlich schien er Angst zu kriegen, als ob ich der Irving-Street-Grabscher wäre oder sonst jemand, dem man nicht vertrauen konnte. Er drehte sich um und ging schnell weg. Einmal schaute er sich um, um zu sehen, ob ich ihm folgen würde.

Tat ich nicht. Da konnte er lange warten.

KAPITEL 8

Kurz nach elf Uhr fand man die Lösegeldforderung.

Timmy hatte einen Abschleppwagen organisiert, der McWhirters Auto zu Dot rausschleppen sollte. Dort sollte die Tür von einem Schlosser aufgebrochen werden, und der Fiathändler wollte dann neue Schlüssel liefern. Der Brief steckte in einem einfachen weißen Umschlag hinter dem Scheibenwischer des Autos. Der Fahrer des Abschleppwagens hatte ihn gar nicht bemerkt, aber Timmy, der immer ein Auge für Sachen, die nicht an ihrem Platz waren, hatte, entdeckte ihn, als der Schlepper bei Dot vorfuhr. Der Brief, der nicht am Fiat gesteckt hatte, als Timmy und ich ihn leer und verlassen um fünf Uhr früh entdeckt hatten, war an Dot adressiert.

Timmy erzählte es mir, als ich vom Telefon des Price-Chopper, zwei Blocks von Tad Purcells Haus, bei Dot anrief.

Ich kaufte einen Beutel Eiswürfel und lutschte einen Würfel auf dem Weg zur Moon Road. Die Sonne stach erbarmungslos von einem gleißend weißen Himmel, und am Boden bildete sich eine Pfütze. Der Eisbeutel hatte ein Loch.

Dot und ich lasen den Brief ein paarmal durch. Die Schrift war plump, fast kindlich. Keinem von uns war sie bekannt. Es war jedenfalls nicht die Handschrift des Drohbriefs vom Freitag.

Der Brief lautete: *Zahlen Sie 100000 Dollar, wenn Sie wollen, daß Pete am Leben bleibt. Wir melden uns, Mrs. Fisher.*

McWhirter war wie in Trance. Er lief ständig in Dots Küche auf und ab und sah dabei entnervt, hilflos und verlassen aus. Wir mußten Slalom um ihn laufen, sobald wir uns bewegten.

Ich rief im Spruce Valley Club an und ließ Bowman ausrufen.

»Greco ist entführt worden. Dot Fisher hat eine Lösegeldforderung erhalten. Sie wollen einhundert Riesen.«

»Sie wollen mich wohl verarschen, Strachey? Dafür bring ich Sie ins Kittchen.«

»Nein, es ist wahr.«

»Jesus Christus. An einem Samstag. Schon gut, schon gut, ich bin in zwanzig Minuten da. Wehe, wenn das nicht wahr ist, Strachey, dann haben Sie sich's ein für allemal bei mir verschissen, kapiert?«

»Ein für allemal bei Ned verschissen, wenn's nicht wahr ist, ich hab's notiert.«

Ich erreichte Crane Trefusis in Marlene Comptons Apartment im Heritage Village. »Einer von Dot Fishers Gästen ist gekidnappt worden«, sagte ich. »Eine Lösegeldforderung ist gekommen. Sie verlangen einhundert Scheine. Wissen Sie etwas darüber, Crane?«

»Sagten Sie gekidnappt?«

»Ja.«

Schweigen. Dann: »Ich weiß nichts darüber, natürlich nicht. Hat man die Polizei verständigt?«

»Ja.«

»Wer ist das Opfer?«

»Sein Name ist Peter Greco. Ein Freund von Dot, der zufällig ein paar Tage zu Besuch ist. Vielleicht möchten Sie die hundert Scheine zur Verfügung stellen, Crane, damit wir Peter freikaufen können. Dot hat keine hundert Scheine. Sie hat nur ihre Lehrerpension und ein bißchen Sozialrente. Plus, selbstverständlich, ein Haus und acht Morgen.«

Eine Pause, dann drehten sich die Räder wieder. Er sagte ruhig: »Nein. Sie irren sich.«

»Irre mich wobei?«

»Daß Millpond etwas mit dieser Sache zu tun hat.«

»Ahha.«

»So weit würden wir nie gehen.«

»Richtig. Wir sind keine Verbrecher.«

Wieder Schweigen. Dann: »Ich – ich werde sogar eine Belohnung aussetzen für die sichere Rückkehr dieses Mannes. Von meinem eigenen Geld.«

»Wieviel?«

»Fünf Scheine.«

»Wir sprechen hier über ein Menschenleben, Crane.«

»Natürlich. Siebentausendfünfhundert.«

»Sie zahlen mir zehn Scheine, damit ich jemanden fange, der eine Scheune beschmiert hat.«

»Acht.«

»Zehn. Mindestens.«

»Also gut, zehn.« Er seufzte. »Sie sind ein sehr hart-
näckiger Mann, Strachey. Sie werden es noch weit
bringen in diesem Geschäft, da bin ich ganz sicher.«
Diesem Geschäft? »Sie wissen genauso gut wie ich,
daß Sie wahrscheinlich diesen Fall klären und die Belohnung kassieren werden. Sie lassen nichts aus,
nicht wahr? Meine Informanten hatten recht damit,
Sie so hoch einzuschätzen. Ich bin beeindruckt.«
Ich hatte meine Spielchen mit ihm wegen der Belohnung gemacht, ohne daran zu denken, wer sie letztendlich kassieren würde. Aber die Vorstellung, daß
noch mal »zehn Scheine« in meine Richtung flattern
könnten, machte mir kein Kopfzerbrechen. Je mehr
ich darüber nachdachte, desto klarer wurde mir, wie
nützlich die zusätzlichen zehn sein würden, wenn
nicht sogar notwendig. Am meisten machte mir
Angst, daß es vielleicht gar nicht zur Auszahlung der
Belohnung kommen könnte.

»Ich werde das Geld der Wohlfahrt spenden, wenn
ich derjenige bin, der es kriegt«, log ich. »Vorerst hab
ich aber eine Frage, Crane: Arbeitet Bill Wilson für
Sie?«

»William Wilson aus der Moon Road?«

»Richtig. Kays Mann.«

»Nein.«

»Kay hat gesagt, Sie würden sich umschauen nach einer Stellung für Bill.«

»Jaja. Leider ist die Stelle des Vizepräsidenten für
Bevölkerungskontakte bei Millpond schon verge-

ben. Aber ich werde Mr. Wilson im Auge behalten. Warum fragen Sie nach Wilson?«

»Er stand auf Ihrer Liste der Verdächtigen, erinnern Sie sich?«

»Das war wegen des Vandalismus, nicht wegen des Kidnapping. Glauben Sie, es gibt da eine Verbindung?«

»Könnte sein. Das Motiv ist bei beiden dasselbe. Nämlich, Dot Fisher zum Verkaufen zu zwingen, Crane.«

Er sagte nichts.

»Crane? Sind Sie noch da?«

»Ich hab nachgedacht.«

»Worüber?«

»Ich habe mir überlegt, Strachey, daß Sie und Mrs. Fisher vielleicht – wie soll ich es ausdrücken – etwas nicht ganz Astreines vorhaben? Wäre das möglich? Etwas, was Ihnen die Sympathien der Bevölkerung einbringt und somit Millpond unter Druck setzt, das Angebot an Mrs. Fisher noch zu erhöhen? Natürlich ist das nur so ein Gedanke.«

»Denken Sie lieber noch mal, Crane. Ich arbeite doch für Sie, oder? Ich mache das nur, weil wir zufällig mal gemeinsame Interessen haben. Und ich bin natürlich ganz wild drauf, Ihre zehn Scheine einzustecken. Wenn wir an dem Punkt angelangt sind, an dem sich unsere Interessen nicht mehr überschneiden und ich nicht mehr für Sie arbeiten kann, dann laß ich Sie das ganz schnell wissen. Ich glaube, Sie werden es genauso machen. Hab ich recht?«

»Natürlich«, sagte er bestimmt, auch wenn's ein bißchen hohl klang. »Wofür halten Sie mich eigentlich?«

»Wunderbar. Ich erwarte, daß die zehn Riesen Belohnung publik gemacht werden, sobald die Nachricht von der Entführung veröffentlicht wird. Im Augenblick wird die Polizei, wenn sie ihr Handwerk versteht, die Sache noch geheimhalten. Das glaube ich jedenfalls. Ihr Angebot gilt aber ab sofort, wenn ich Sie richtig verstanden habe. Einverstanden?«

»Einverstanden. Und vorläufig können Sie Mrs. Fisher davon in Kenntnis setzen, daß Millpond sein Angebot für ihren Besitz noch mal um 10 Prozent erhöht.«

»Ich werde Ihr gezieltes Angebot an Mrs. Fisher weitergeben, Crane.«

»Danke.«

Ein Herzchen.

Ich wählte die Nummer eines Mannes auf der äußeren Delaware Avenue. Seine Familie organisierte Glücksspiele in der ganzen Stadt. Vor sieben Jahren hatten wir mal ein Techtelmechtel, aber wir trennten uns, weil unsere Auffassungen vom Umgang mit Menschen zu verschieden waren. Vinnie und ich telefonierten ab und zu und plauschten ein bißchen. Ich fragte Vinnie nach Cranes Verbindungen mit dem Syndikat.

»Ein Haufen Kohle. Crane wäscht sie blütenweiß. Wieso willst du das wissen, Strachey?«

»Ich bin für ein paar Tage auf seiner Gehaltsliste. Ich

möchte gerne wissen, für wen ich da eigentlich arbeite. Am meisten interessiert mich, wer die Drecksarbeit für Trefusis macht. Wen schickt er zur Nachhilfe, wenn einer nicht schnell genug kapiert, was Sache ist?«

»Da müßte ich mich erst mal ein bißchen umhören, aber ich glaube, er hat da jemanden. Einen aus der Sicherheitsabteilung. Dale Sowieso. Ex-Bulle. Säufer. Willst du es ganz genau wissen?«

»Bitte. Es darf keiner bei Millpond wissen, daß du rumschnüffelst. Aber überprüf's.«

»Für dich mach' ich das. Halbe Stunde.«

»Ich ruf dich wieder an. He, Vinnie, wer war denn der blonde Knabe, mit dem ich dich letzten Monat in der North Pearl Street gesehen habe? Weiß dein Papi, daß du mit Iren rumziehst?«

»Hehe.« Er hängte ein.

Als nächstes wählte ich eine Nummer in Latham, die einem Mann gehörte, dem ich mal einen Gefallen getan hatte. Vor fünf Jahren hatte mich Whitney Tarkington engagiert, einem Erpresser das Handwerk zu legen. Er hatte Angst, seine Großmutter, eine spießige Dame aus Saratoga, könnte erfahren, daß er homosexuell sei, und ihn enterben. Ich hatte die Sache diskret erledigt, wenn auch nicht ganz ohne Blutvergießen. Leider wurden Whitneys Konten von einem Bankierskomitee genau überwacht, also konnte er mir nicht mein übliches Honorar bezahlen. Statt dessen versprach er mir die Hilfe seines mit dicken Brieftaschen gesegneten schwulen Freundeskreises, wann immer ich diese spezielle Hilfe nötig hätte.

»Hal-lo-oo.«

»Tag, Whitney. Don Strachey hier. Der Tag ist gekommen. Deine Freunde mit den dicken Brieftaschen müssen mir einen Gefallen tun. Ich möchte mir einhundert Riesen leihen.«

»Wie-der-seehn.«

»Warte, häng nicht ein, Whitney! Du kriegst das Geld in... drei Tagen zurück. Ich garantiere es. Und die Verwalter deiner Billionen, Whitney, werden dir einen Orden verleihen. Weil – jetzt hör genau her, Whitney – ich werde zehn Prozent Zinsen zahlen. Zehn Prozent in drei Tagen.«

»Bitte wiederholen Sie den letzten Satz beim Ertönen des Pfeiftons. Biep.«

»Zehn Prozent in drei Tagen. Du hast richtig gehört, Whitney. Baby. Stell dir vor, wie du da rauskommst! Und wenn du die hundert Riesen nicht in deiner Brieftasche hast, rufst du einfach ein paar von deinen Immobilienerben an und sammelst, na sagen wir mal, je zwanzig Riesen bei fünf von den Gestalten ein. Und Dienstag mittag oder so zahl ich dir die hundert zurück, plus weitere zehn.«

»Donald, mein Lieber, ich muß zugeben, du hast mein Interesse geweckt. Aber wirklich, Donald, hast du's noch nicht gehört? Kokaingroßhandel ist illegal im Staate New York. Sie werden uns erwischen, und man wird's sogar in Saratoga erfahren. Was würde Mutter sagen? Weißt du, ich habe ihr versprochen, daß ich sie nie öffentlich blamieren werde. Es wäre doch wirklich ein gesellschaftlicher Fehltritt, wenn mich so ein schnuckliger Polizist mit Guccihelm in Ketten nach Attica schleift, findest du nicht auch? Und Großmutter! Ich wäre ja *finito* bei Großmutter!«

»Ich kann dir versprechen, die Sache hat nichts mit Rauschgift zu tun.«

Nur ich war vielleicht gedopt. Meine Hände waren schweißnaß, mein Puls ziemlich beschleunigt und unregelmäßig. Ich erzählte ihm von der Entführung. Er hörte zu und unterbrach mich ab und zu mit kleinen Uuuhs und Aahs.

»Du riskierst da einiges, nicht wahr, Donald?«

»Ja, ja. Aber erzähl keinem von der Entführung, Whitney. Noch nicht. Erzähl den Leuten einfach, es wäre ein todsicheres Investment. Schweinebauch von einem Güterzug, der auf Omas Krocketrasen entgleist ist, oder so was.«

»Ach, mein Lieber, das ist ja einfach gräßlich. Und auch, wenn ich sehr wenig übrig habe für Radikale mit Sternchen vor den Augen, unter diesen Umständen muß ich wohl –«

»Könntest du ein paar Strich zugeben, Whitney? Die Banken in den Einkaufszentren machen am Samstag früher zu. Also, die hundert bringst du zu dieser Adresse…«

Ich ging zurück zu Timmy und Dot, die gerade versuchten, McWhirter mit einer Tasse Kräutertee zu beruhigen.

Timmy sagte: »Wer war das?«

»Manufacturers Hanover Trust. Die Zweigstelle in Saratoga.«

»Super. Die sind bestimmt eine große Hilfe. Hast du ein Konto aufgemacht?«

»Nein. Nur was abgehoben.«

KAPITEL 9

Bowman starrte lange und eindringlich die Lösegeldforderung an, als ob – wenn er es lange genug
machen würde – die Buchstaben sich verändern
würde und da geschrieben stände: *Das ist ein Irrtum,
Lieutenant, Sie können wieder zum Golfplatz gehen,
wo Sie hingehören.* Aber das passierte nicht.

»Das ist nicht dieselbe Handschrift wie auf dem anderen Brief, nicht wahr?«

»Nein«, sagte ich. »Sie ist anders, schlampiger. Satz-
stellung und Interpunktion sind noch mieser.«

»Wer hat dieses Stück Papier schon alles in der Hand
gehabt?« fragte er. Vier von uns hoben die Hand.

»Ich brauche von allen vieren die Fingerabdrücke.
Sie haben mir die Sache nicht gerade leichterge-
macht, verdammt noch mal. Ich nehme an, Ihre haben wir schon in der Kartei, Strachey. Sie sind ja
schließlich eine staatlich anerkannte Nervensäge.«

»Klare Sache, Ned.«

Mit grimmigem Blick ging er zum Telefon, rief sein
Büro an und beorderte zwei seiner Assistenten zu
Dots Farm.

»Also, jetzt erzählen Sie mir noch einmal«, sagte er
und setzte sich erschöpft, »was dieser Typ Greco gestern alles gemacht hat. Lassen Sie sich Zeit, und lassen Sie nichts aus. Wo, wann, wer und warum.«

Ganz langsam und mit zusammengebissenen Zähnen sagte McWhirter: »Das haben wir Ihnen alles schon erzählt.«

»Genau, genau, Mr. McWhirter. Und würden Sie's mir bitte alles noch mal erzählen? Nur so, weil ich so schöne blaue Augen habe.«

McWhirter war schon über den Tisch gesprungen und hatte Bowman am Kragen, ehe Timmy »Heilige Maria« schreien konnte. Dot sprang auf und schrie: »Hört sofort auf, ihr zwei.« Timmy und ich packten McWhirter von hinten und rissen seine Hände von Bowmans Hals. Sein Gesicht war schon ganz lila. Dann schleiften wir den wild um sich schlagenden McWhirter zur Hintertür raus. »Da runter«, stammelte ich. »Schnell!«

Edith lag auf einer Liege unterm Birnbaum, eine gebrechliche Hand am Hals. Wir warfen McWhirter in den Teich. Sie beobachtete uns durch zusammengekniffene Augen.

»Ich kann nicht schwimmen«, keuchte er und wedelte recht feucht und sinnlos mit den Armen rum.

»Oh, Scheiße«, sagte Timmy.

Ich sagte: »Ich glaube, meine Tchibo-Uhr ist nicht wasserdicht. Außerdem bist du derjenige, der auf Schwimmer steht.«

Er riß sich die Kleider vom Leib wie der Blitz oder wie der Donner. Dann hechtete er ins Wasser und präsentierte seinen knochigen Hintern der Welt.

Er schleifte den keuchenden und würgenden McWhirter an Land. Der blieb schwer atmend auf dem Bauch liegen. Dann schlug er mit aller Kraft zweimal auf die Erde. Er fing leise an zu weinen.

Ich sagte: »Tut mir leid, Fenton, wirklich. Ich habe nicht gewußt, daß Sie nicht schwimmen können. Wir dachten nur, es würde keinen guten Eindruck machen, wenn Sie einen Polizisten erwürgen. Ned Bowmans Kollegen würden die Welt nicht mehr verstehen, und Ihnen vor lauter Verwirrung wahrscheinlich das rechte Schlüsselbein bis zur Leber reindrücken. Wir haben es nur zu Ihrem Besten getan, glauben Sie mir. Und jetzt werden wir Peter für Sie finden.«

McWhirter warf mir einen wütenden Blick zu. Man konnte genau sehen, wie seine kleinen grauen Zellen wieder anfingen zu arbeiten. Offensichtlich war Ned Bowmans Hals noch nicht vor Fenton McWhirters Klauen sicher. Aber im Augenblick hielt sich seine Wut in Grenzen. Timmy blieb bei ihm, und ich ging durch die sengende Hitze zurück ins Haus. Das Thermometer an Dots Hintertür zeigte 99 Grad.

»Wenn diese Geschichte vorbei ist«, sagte Bowman, »dann wird Mr. Fenton McWhirter doppelt und dreifach für diesen Vorfall bezahlen, Strachey. Ich mache Sie verantwortlich für das, was hier gerade passiert ist.«

Dot preßte ein Handtuch mit Eiswürfeln an Bowmans Hals. Er sah ein bißchen blaß aus, aber rauchte vor Wut.

Ich sagte: »Interessante Beweisführung auf jeden Fall.«

»Momentan verlange ich nur, daß Sie mir erklären, was hier überhaupt los ist. Ist es ein echter Fall von Entführung oder ein mieser Publicity-Stunt, den Sie und Ihre schwulen Freunde sich ausgedacht haben, damit ich meine Zeit vergeude? Spuck's aus!«

»Ned, ich habe schon immer Ihre wahrhaft elisabethanische Ausdrucksweise bewundert. Spuck's aus, das gefällt mir. Sie drücken sich immer so gewählt aus – kein aalglattes Amtsschimmelgewieher. Ein schlichtes, einfaches ›Spuck's aus!‹ Wirklich gut...«

Er stand plötzlich auf und ging in Richtung Tür. Die Eiswürfel schepperten auf Dots poliertem Eichenboden.

»Das sollten Sie besser nicht machen, Ned«, sagte ich. »Leider ist diese ganze unselige Sache kein Märchen. Die Bundespolizei wird früher oder später ihre Nase in die Sache stecken. Ich könnte mir denken, daß Sie einen guten Vorsprung haben möchten und die Sache nicht ein paar Typen mit Hüten überlassen möchten. Oder haben die alle Fedoras am Grab von Hoover gelassen? Oder vielleicht sogar im Grab?«

Er ging zu seinem Stuhl zurück, nicht ohne einem Eiswürfel einen kräftigen Tritt zu versetzen. Er warf mir einen wütenden Blick zu, der versprach: »Dich krieg ich noch.« Er keifte: »Erklären Sie das!«

Ich erzählte ihm alles, was ich wußte, ehrlich und detailliert – ganz was Neues, Bowman konnte das im Augenblick wohl nicht richtig schätzen. Ich berichtete auch alles über die Ereignisse der letzten vierundzwanzig Stunden, so, wie ich sie erlebt oder gehört hatte. Ich beschrieb meine Beziehung zu Crane Trefusis, Dot Fishers Beziehung zu Crane Trefusis und wieviel Trefusis davon, daß Dot plötzlich hunderttausend Dollar brauchte, profitieren würde. Bowman gab zu, daß auch er schon zu diesem Schluß gekommen war. Ich erzählte ihm von meinem Abend mit McWhirter und Greco, über Grecos unglückseliges Treffen mit Tad Purcell und über meinen wenig erfolgreichen Besuch bei Purcell heute morgen. Aus Respekt vor Bowmans zartem Gemüt, was sexuelle Dinge betraf, sagte ich nichts über Gordon und seine kranke Großmutter.

Ich beschrieb die Deems und die Wilsons und ihr Interesse daran, daß Dot ihren Besitz verkaufte. Ich sagte auch, daß das Kidnapping möglicherweise keine Beziehung zu der Millpondgeschichte hätte, aber auch, daß Greco selbst keine Feinde, zumindest keine uns bekannten hätte – außer vielleicht den guten Tad Purcell, der aber Samstag abend anderweitig beschäftigt gewesen war. Außerdem wußte jeder, der genug Haß auf McWhirter schob, um seinen Lover zu entführen, daß er höchstens zwölf Dollar auf der Bank hatte.

Die Geschichte zwischen Dot Fisher und Millpond schien mir die vielversprechendste Spur. Ich schlug vor, den Graffitikünstler von Dienstag nacht – Joey Deem? Bill Wilson? – schnellstens zu ermitteln und ihn entweder im Zusammenhang mit der Entführung weiter zu überprüfen oder als Verdächtigen auszuklammern. Ich sagte nichts von meinem Verdacht in bezug auf die Detektive der Nachtschicht, die sowieso nicht raffiniert genug waren, um etwas so Hochgestochenes durchzuziehen.

Dot Fisher hörte sich das alles ganz ruhig an. Bowman schnitt Grimassen, rutschte hin und her und machte Notizen. Als ich fertig war, verkündete Dot ganz ruhig: »Ich werde das Haus verkaufen.«

Ich sagte: »Nein. Nicht nötig.«

Bowman beobachtete uns.

»Aber natürlich werde ich das tun. Was wär ich denn für ein Mensch, wenn ich das nicht tun würde?« Ihre Hände zitterten, und sie steckte sie schnell in die Kleidertaschen. »Nach allem, was Sie da erzählt haben, ist es ganz offensichtlich, daß ich Peter und Fenton in diese furchtbare Situation gebracht habe. Also muß ich sie da auch wieder rausholen.« Sie mußte immer wieder blinzeln, und ihre Augen waren ganz feucht.

Bowman sagte: »Sie haben beschlossen, das Lösegeld zu zahlen?«

»Mein Gott, ich habe nicht im Traum daran gedacht, es nicht zu bezahlen! Peter ist in Lebensgefahr. Stellen Sie sich seine Angst vor. Ich kriege schon eine Gänsehaut, wenn ich nur dran denke. Und ich weiß, daß er ohne zu überlegen für mich dasselbe tun würde.«

»Natürlich, Dot. Aber es ist wirklich nicht notwendig.«

»Sie sind still! Ich habe meinen Anwalt, Dave Myers,

gleich nachdem die Lösegeldforderung kam, angerufen. Ich habe ihm nicht gesagt, warum ich meine Meinung geändert habe, und David, der Gute, wollte es mir ausreden. Aber ich ließ mich nicht davon abbringen. Er sagte, er würde bis zwei Uhr warten, dann Crane Trefusis anrufen, um ihm mitzuteilen, daß ich das Angebot von Millpond annehme. Ich sollte es mir in der Zwischenzeit noch einmal gründlich überlegen. Da gibt es nichts zu überlegen. Die einzige Überlegung ist: Wie kommt Peter heil wieder hierher?«

Bowman sagte: »Es ist fünf vor zwei.«

»Rufen Sie Myers an«, sagte ich. »Oder ich rufe ihn an und sage ihm, er soll die Sache vergessen. Ich hab das Geld, die hundert Scheine. Ich werd's auf jeden Fall bald kriegen.«

Bowmans Augenbrauen schossen hoch. »Sie? Woher haben Sie denn hundert Riesen, Strachey? Dealen Sie jetzt mit Koks?«

Wenn man heutzutage vom großen Geld spricht, denkt keiner mehr an U.S. Steel oder an General Motors. Ein neues Amerika: Computerchips, Videospiele und Kokain.

Dot sagte: »Oh, Don, das ist sehr lieb von Ihnen, aber ich könnte niemals –«

»Es ist nicht mein Geld«, sagte ich. »Jemand leiht es uns, falls wir es wirklich brauchen. Die Kidnapper kommen mir vor wie blutige Amateure, und ich bin mir fast sicher, daß wir, wenn wir die hundert Scheine tatsächlich übergeben müssen, sie innerhalb von Minuten oder Stunden wieder in Händen haben. Es ist nur eine Vorsichtsmaßnahme. Ein Werkzeug, ein Köder. Um drei Uhr wird das Bargeld hierhergebracht. Dann sind wir auf alles vorbereitet.«

Dot machte den Mund auf, sagte aber dann doch nichts.

Bowman verkniff sich ein Grinsen und sagte: »Ich stimme ihm voll und ganz zu. Mr. Strachey hat die Lage gut analysiert. Gute Arbeit, muß ich schon sagen. O ja, Mrs. Fisher. Wenn ich Sie wäre, würde ich auf jeden Fall das Geld dieses Herrn nehmen.«

Dot zögerte wieder, dann schaute sie auf die Küchenuhr. Sie stand rasch auf, kam zu mir, küßte mich schnell auf die Backe und ging zum Telefon.

Ich sagte zu Bowman: »Ich rechne mit voller Unterstützung der Polizei von Albany in dieser heiklen Sache, Ned. Ich bin sicher, ich kann mich in diesem speziellen Fall ganz auf Sie verlassen. Richtig?«

Seine Augen wurden ganz glasig vor Freude, und er tat so, als würde ihn die ganze Sache nichts angehen. Er zuckte mit den Schultern. Er versuchte zu gähnen, aber es blieb ihm am Zäpfchen hängen. Also hustete er ein bißchen.

Ich ignorierte einfach die kleinen Säugetiere, die in meinem Magen herumhüpften, und sagte: »Ich denke mir, Ned, daß wir uns Zeit erkaufen müssen. Wenn die Kidnapper Dot anrufen, soll sie versuchen, sie hinzuhalten. Einverstanden?«

»Einverstanden.«

»Ich denke mir auch, daß die Amateure, mit denen

wir es hier offensichtlich zu tun haben, wahrscheinlich in Panik geraten, wenn unnötig viel Publicity
gemacht wird. Die Geschichte sollte mindestens
vierundzwanzig Stunden geheimgehalten werden.
Einverstanden?«

»Einverstanden.«

»Super. Also jetzt wissen wir beide, woran wir sind,
Ned. Sagen Sie mir, womit Sie nicht einverstanden
sind – außer unseren üblichen Schwierigkeiten. Tun
Sie uns beiden den Gefallen, erzählen Sie mir jetzt,
wo der Schuh drückt, dann können wir uns spätere
Feindseligkeiten ersparen.«

»Oh, nichts Besonderes, nehm ich an. Ich hab mir
nur überlegt, ob Sie und Ihre schwulen Freunde vielleicht hier eine Riesenshow abziehen, um die Polizei
von Albany als Idioten hinzustellen. Sagen Sie, Strachey. Ist das eine Möglichkeit? Ist das eine? Der Gedanke läßt mich nicht mehr los.«

Vielleicht lag's an der Hitze oder an meiner Erschöpfung, oder an beidem, jedenfalls fing Bowman
allmählich an, mir auf die Nerven zu gehen. Ich
sagte: »Mensch, Ned. Sie meinen also wirklich, wir
hätten ein teuflisches Komplott geschmiedet, um
den Wählern von Albany zu zeigen, daß das Straf-
verfolgungssystem von Albany County im wesentlichen verwirrt, unfähig, falsch motiviert, zynisch,
ängstlich, feige und von ignoranten Tagelöhnern
und Nassauern durchsetzt ist, die, wenn sie nicht
gerade den Schwulen oder den Schwarzen das Leben schwermachen, nur ein Interesse haben, näm-

lich wiedergewählt, wiederberufen, wiedereinge-
stellt zu werden, um an der richtigen Stelle zu sitzen,
einen kräftigen Batzen von allen Bestechungen,
Schmiergeldern, Schutzgeldern und sonstigen Geld-
geschäften zu kriegen? Glauben Sie, das würden wir
tun, Ned? Nein. Das würden wir nie tun.«
Wenn Blicke töten könnten... »Ich hab da so meine
Bedenken.«
»Euer Geheimnis ist uns heilig, Ned. Wir würden nie
petzen.«
Er kam ganz nahe zu mir und wollte gerade wieder
irgendeine langweilige Drohung ausstoßen, da ging
die Tür auf, und eine ganze Horde kam rein: Timmy,
McWhirter, Edith, zwei stramme Typen im Sakko –
wahrscheinlich die Nachwuchsdetektive, die Bow-
man vorhin angefordert hatte – und mittendrin, die
Hüften lösten wahrscheinlich eine Anzeige von fünf
auf der Richterskala aus, Kay Wilson. Kay hielt ein
Päckchen, das Dot, die gerade ihren Anruf beim Anwalt beendet hatte, entgegennahm.
»Ja, vielen Dank, Kay. Vielen Dank.«
»Jemand hat das in unseren Briefkasten gesteckt,
Dot, Schätzchen, und ich dachte mir, schlepp doch
deine alten Knochen gleich hierher, weil da steht:
›Sofort aushändigen – es geht um Leben und Tod.‹«
Wir glotzten alle das Paket an. Es war in braunes Papier gepackt, wohl eine zerschnittene Tüte, und maß
zirka 20 × 10 × 2 Zentimeter. Es war dieselbe Handschrift wie auf der Lösegeldforderung. In »sofort«
fehlte das r.

Bowman verlangte und bekam eine Gemüsezange und ein Filiermesser. Ohne das Paket mit den Fingern zu berühren, schnitt er den Tesafilm durch, mit dem das Papier festgeklebt war. Die Schachtel war feuerrot, genau die Art, in der Weihnachtsgeschenke ankommen, wie zum Beispiel eine Brieftasche oder ein Luxustaschentuch. Ein Blatt Papier, zweimal gefaltet, war mit Klebeband darauf befestigt.

Bowman bat Kay Wilson, Edith, Timmy und mich, draußen zu warten. Sie gingen. Ich blieb. Bowman paßte das zwar nicht, aber er ignorierte meine Befehlsverweigerung erst mal und ging seiner Pflicht nach.

Auf dem entfalteten Papier stand folgende Botschaft: *Legen sie heute Nacht um drei Uhr einhunderttausend Dollar in Mrs. Fishers Postkasten, oder wir schicken euch Petes Hers. Wenn sie dem Auto folgen stirbt Pete.*

Wir starrten alle auf die Schachtel.

McWhirter sagte zittrig: »Machen Sie's auf.«

Bowman hob vorsichtig den Deckel an und schlug ihn zurück.

McWhirter hielt sich an der Tischkante fest und stöhnte. Dot flüsterte: »Mein Gott.« Bowman schüttelte angewidert den Kopf. Auf weißen, weichen Papiertüchern lag feucht, irrsinnig, grau und unverkennbar – ein menschlicher Finger.

KAPITEL 10

McWhirters Stimme versagte. Kaum hörbar flüsterte er, »Wir müssen ihnen das Geld geben.«
Dot stöhnte. »Ja, natürlich, natürlich.«
Ich sagte: »Das Geld wird um drei Uhr hier sein. Aber keine Sorge, wir kriegen's zurück.«
»Ja«, sagte Bowman grimmig. »Es wäre wohl besser, wenn wir das Bargeld bereithalten. Für alle Fälle. Jesus, diese Leute machen keine Scherze.« Er saß da, starrte den Finger an und klopfte mit zweien von seinen auf den Tisch. Dann schaute er zu McWhirter auf und sagte: »Mr. McWhirter, es soll schon Kidnapper gegeben haben, die... also, ich frage Sie lieber direkt. Sind Sie ganz sicher, daß der Finger in der Schachtel von Ihrem Freund Peter Greco ist?«
McWhirter wurde ganz weiß, schaute weg und sagte leise: »Ja. O Gott, ja.«
Bowman verzog das Gesicht, wahrscheinlich bei dem Gedanken, daß ein Mann den Finger eines anderen so genau kannte. Dann schickte er einen seiner Jungdetektive zum Auto, um ein paar technische Hilfsmittel zu holen.
Ich sagte: »Offensichtlich müssen wir Greco so schnell wie möglich aus der Hand dieser Leute befreien. Wie sollen wir vorgehen? Wir haben dreizehn Stunden Zeit.«
»Wenn sie nicht noch dümmer und schlampiger

sind, als ich glaube«, sagte Bowman, »werden sie, ohne Greco, in einem gestohlenen Auto auftauchen, sich das Geld schnappen und sich aus dem Staub machen, in der Hoffnung, wir trauen uns nicht, sie zu verfolgen, weil sie Greco noch in ihrer Gewalt haben. Ich werde dieses Haus total überwachen lassen und auch das andere Ende der Moon Road, die Central Avenue bis raus zur Colonie und zurück bis zur Everett Road. Ich werde auch einen Hubschrauber anfordern.«

»Um drei Uhr morgens?«

»Nein«, krächzte McWhirter. »Gebt ihnen einfach das Geld. Hab ich denn hier gar nichts zu sagen? Wenn ihr so weitermacht, wird Peter umgebracht. Schaut, wozu diese Leute fähig sind. Schaut euch das an.« Wir schauten. »Gebt ihnen das Geld und ich... ich werd's zurückzahlen.«

»Mr. McWhirter«, sagte Bowman, »ich kann mir vorstellen, wie Ihnen zumute ist – ungefähr.« Er warf mir einen warnenden Blick zu. Wahrscheinlich hatte er Angst, daß ich ihn für menschlich halten könnte. »Ich meine«, gackerte er weiter, »ich kann mir vorstellen, daß Sie jetzt sehr verstört und aufgeregt sind. Aber glauben Sie mir, die Chancen stehen gut, daß wir Ihren Freund wohlbehalten wiederfinden.« Wir schauten alle wieder auf den Finger. »Ich will damit sagen... der sicherste Weg, Ihren Freund lebendig wiederzufinden, ist, diese Leute nicht entwischen zu lassen, zu dem einzigen Zeitpunkt, an dem wir genau wissen, wo sie sind. Haben Sie mich verstanden? Wenn wir sie mit den hundert Riesen laufenlassen, werden sie vielleicht frech und glauben, sie kommen mit allem durch. Wenn Sie wissen, was ich meine.«

McWhirters Gesicht war ganz verzerrt vor Unschlüssigkeit. Er versuchte, etwas zu sagen, brachte aber keinen Ton raus.

Ich sagte: »Lieutenant Bowman hat Erfahrung in solchen Sachen, Fenton. Er hat recht. Sie können sicher sein, daß die Sache mit aller Finesse, derer die Polizei von Albany fähig ist, geregelt wird.«

Bowman sah mich erwartungsvoll an. Er glaubte wohl, daß noch ein paar Tiefschläge folgen würden, aber als nichts kam – Schmeicheleien bis zum Kotzen waren hier angebracht –, sagte er: »Da können Sie drauf wetten.«

Dot Fisher schlug plötzlich mit ihrer kleinen Faust auf den Tisch. »Also, ihr seid doch wirklich das Letzte! An wen war bitte dieser Brief adressiert, wenn ich mal fragen darf? Und das Paket. An wen war das adressiert? Bitte?«

Keiner hatte bis jetzt das Wort Finger ausgesprochen. Man sagte einfach »das« oder »das Paket«. Ich sagte zu Dot: »Die Lösegeldforderung und das Paket waren beide an Sie adressiert.«

»Genau. Also sollte ich doch in dieser Sache ein Wörtchen mitreden dürfen. Und ich sage euch, ihr bringt Peter in schreckliche, schreckliche Gefahr. Das werde ich nicht dulden! Ich habe hier zu entscheiden, und ich habe meine Entscheidung getrof-

fen. Wir werden den Kidnappern zahlen, was sie verlangen, und sie gehenlassen. Und dann, wenn Peter
wieder hier ist, bei den Leuten, die ihn lieben, *dann*
erwarte ich, daß ihr alles tut, was in eurer Macht
steht, um diese abscheulichen Wilden hinter Schloß
und Riegel zu bringen, wo sie hingehören!«

Bowman sagte: »Aber –«

»Und noch etwas«, sagte Dot und winkte Bowman
ab. »Wenn Mr. Strachey das Geld nicht innerhalb
von sieben Tagen zurück hat, dann werde ich meinen
Besitz verkaufen und ihm alles zurückzahlen. Keiner
kann mich davon abhalten. Das wär's dann.«

Meine Chancen hatten sich verdoppelt. Wenn die
hundert Riesen auf irgendeine Weise verschüttgin-
gen, konnte ich mich entscheiden: Riesenversager
oder Riesenarschloch.

Bowman schüttelte den Kopf und stammelte etwas
von großem Fehler, falls Dot das Lösegeld einfach
zahlen würde, und daß sie sowieso nichts dagegen
machen könnte, und daß es doch bekannt wäre in
professionellen Kreisen, daß in sieben von zehn Fällen letztendlich…

Dot saß stocksteif da. Nur die lavendelfarbenen
Adern an ihrem Hals pochten wie verrückt.

Es gelang mir, Bowmans Aufmerksamkeit zu erre-
gen. »Sie will es auf ihre Art machen, Ned. Es ist
Mrs. Fishers Entscheidung. Nicht unsere.«

Sein wütender Blick war auf mich gerichtet. Während Dot und McWhirter mit eingezogenen Köpfen
auf seinen nächsten Ausbruch warteten, erwiderte

ich den Blick und zwinkerte ihm zu. Er kapierte sofort.

»Na, denn«, sagte er und warf die Hände in die Luft. »Wenn Sie's so haben wollen, Mrs. Fisher. Wenn Sie darauf bestehen, das Lösegeld zu zahlen, dann zahlen Sie, und wir werden mit allen Mitteln diese bösartigen Perversen verfolgen – war nicht so gemeint, Strachey –, und dann kriegen Sie Ihr Geld zurück. Oder was noch davon da ist.«

McWhirter hatte den Finger wie hypnotisiert angestarrt, jetzt streckte er plötzlich seine Hand hin und berührte ihn. Er stöhnte, sprang aus dem Stuhl hoch und stürmte quer durch die Küche, dann den Gang hinunter. Wahrscheinlich kam der Knall von der zugeschlagenen Tür des unteren Badezimmers.

Während der Diskussion waren die zwei Nachwuchsdetektive ins Zimmer gekommen, und einer von ihnen machte jetzt eine Plastikschachtel mit Styroporkügelchen auf. Er klappte den Deckel der Fingerschachtel wieder zu und hob mit der Zange die ganze Chose in die Schachtel mit den Kügelchen. Der andere Detektiv packte die ganze Maschinerie zum Fingerabdrucknehmen aus und schickte sich an, von all denen, die das Paket und die Lösegeldforderung in der Hand gehabt hatten, Abdrücke zu nehmen. Ich wollte gerade rausgehen und Kay Wilson zum Abdrucknehmen holen, da klingelte das Telefon, und Dot ging ran.

Bowman kam rüber zu mir und flüsterte: »Ich

werde heute abend mit fünfzig Mann da draußen aufmarschieren. Wir kriegen sie.«

Ich sagte: »Ich habe heute meine Freunde belogen, Ned. Das gehört sonst nicht zu meinen schlechten Angewohnheiten. Also, baut keinen Scheiß.«

»Geht in Ordnung. Und, Glückwunsch mein Freund. Das ist das erste Mal, daß Sie voll und ganz auf der Seite des Gesetzes stehen. Da kommen mir fast die Tränen.«

Dot knallte den Hörer auf die Gabel. »Also, das ist wirklich der Gipfel!«

»Wer war das?« fragte Bowman.

»Es war... wieder diese Stimme. ›Ihr Lesben verschwindet von hier. Lesben verschwindet oder sterbt.‹ Wenn ich den je in die Finger kriege –«

Das Telefon klingelte wieder.

»Haben Sie einen Nebenanschluß?« fragte Bowman.

»Oben im Schlafzimmer. Vorne raus, an der Ecke nach Südwesten.«

Bowman sagte: »Heben Sie ab, wenn ich rangegangen bin«, und trabte den Gang hinunter. Ich legte meine Hand auf den Hörer. Beim fünften Mal wurde das Klingeln abrupt unterbrochen, ich hob den Hörer ab und reichte ihn Dot.

»J-ja. Hallo?«

Wir warteten, sahen, wie sie die Luft anhielt und dann ganz langsam wieder rausließ.

»Es ist für Timmy.« Sie seufzte. »Es ist nicht die Stimme. Es ist ein Mann für Mr. Callahan. O Gott, o Gott.«

Ich fragte: »Hat der erste Anrufer Peter erwähnt?«

»Aber nein«, sagte Dot. »Hat er nicht. Oder sie. Ich bin mir immer noch nicht sicher, ob es ein Mann oder eine Frau ist.«

Bowman kam zurück. Ich sagte: »Ich glaube, es sind zwei. Zwei verschiedene Leute oder Gruppen.«

»Ja. Oder fünfunddreißig. Ich muß so schnell wie möglich das Telefon überwachen lassen und eine Fangschaltung installieren lassen, ganz schnell.«

Draußen im Hof hatte Kay Timmy in einen Fliederbusch gedrängt und sang ein Loblied auf den »Mordskerl« Trefusis. Timmys Augen waren zwar offen, aber ich hatte den Verdacht, daß er trotzdem ein bißchen eingenickt war. Ich hatte das schon beobachtet auf den Cocktailpartys, die von den Lobbyisten der Versicherungsindustrie gegeben werden. Edith stand alleine bei den Päonien und leerte vorsichtig japanische Käferfallen aus.

»Telefon.«

Kay drehte sich um. »Für mich? Das ist sicher Wilson, der will sein Mittagessen. Sag ihm, ich bin schon unterwegs.«

»Nein, es ist für Mr. Callahan.«

»Oh, dein Freund?«

»Das ist der Mann.«

Sie kicherte. »He, Bob, sag mal, wer von euch ist der Junge und wer das Mädchen?«

Timmy ging schnell an mir vorbei ins Haus, seine Augen nach oben verdreht.

Ich sagte: »Das würden Sie wohl gerne wissen. Um

145

ganz ehrlich zu sein, Kay, das weiß nur unser Chiropraktiker ganz genau.«

»Euer was?«

»Was macht denn Ihr Gatte heut, Kay? Hat Bill Wilson schon eine reiche Frau aus Ihnen gemacht?«

»Du willst mich wohl verarschen, Kleiner? An dem Tag, an dem mir dieser Penner mehr als nur einen Haufen dummer Sprüche bietet, an dem Tag schickt mir Charles Bronson 'ne Kiste Jack Daniels und ein Dutzend Rosen. Sag mal, ist Dots Blumengarten nicht 'ne Schau? He, was machen Sie da, Mrs. Stout? Fressen die Mehlwürmer Ihre Tulpen?«

»Eh, Mrs. Wilson, was haben Sie gesagt?«

»Ich hab gefragt, ob die Würmer Ihre Blumen fressen? Ja, schaut so aus. Ich hab 'ne Dose Insektenkiller im Haus, wenn Sie ihnen was verpassen wollen. Das Zeug macht sie nieder.«

Ich sagte: »Kay, Sie werden für ein paar Minuten im Haus gebraucht. Die Polizei braucht Ihre Fingerabdrücke. Damit sie Ihre von denen der anderen Leute unterscheiden können, die das Paket, das Sie gebracht haben, in der Hand gehabt haben.«

Ihre Augen wurden ganz groß, als wir in Richtung Haus gingen. »He, Bob, was zum Teufel is hier eigentlich los? Überall schnüffeln die Bullen rum. Das war mal 'ne anständige Gegend. Was war überhaupt in dem Päckchen? Dein Schnuckeputz wollt mir nich erzählen, was los ist. Was is denn das große Geheimnis?«

»Einer von Dots Gästen ist verschwunden. Die Polizei hilft ihn suchen. Er wird schon wieder auftauchen, machen Sie sich keine Sorgen.«

»Vielleicht hat man ihn entführt«, sagte sie ganz gierig. »Und jetzt schicken sie ihn Stück für Stück zurück. Ich hab in der Zeitung gelesen, daß die Mafia das so macht. War das in dem Päckchen? Die Zunge von irgend so 'nem armen Schwein, oder sein linkes Ohr, oder sein Schwanz? Scheiße, keiner is nirgends mehr sicher. Wenn se dich kriegn wolln, dann kriegn se dich.«

Mir wurde ganz schlecht, aber ich gab ihr keine Antwort. Wir gingen ins Haus. Timmy hatte seinen Anruf beendet, und Bowman war am Telefon. Seinem höflichen Ton nach zu schließen, sprach er mit einem Vorgesetzten. Ich stellte Kay dem Fingerabdruckmann vor, und Timmy zog mich zur Seite.

»Mel Glempt hat gerade angerufen. Einer von den Green Room Barkeepern, die ich vorher angerufen habe, hat ihn gerade getroffen und ihm erzählt, daß Peter verschwunden ist. Nur, daß er verschwunden ist, nicht mehr. Mehr weiß bis jetzt keiner. Glempt hat gestern abend etwas gesehen, und der Barkeeper hat ihm gesagt, er soll mich anrufen und mir das erzählen. Glempt hat gestern nacht, kurz nach Mitternacht, auf dem Parkplatz vom Green Room einen Kampf oder eine Schlägerei beobachtet.«

»Und?«

»Und... also, das war's wohl. Ein junger Mann – ein Junge, sagt Mel, aber es muß Peter gewesen sein –, dieser junge Mann wurde in ein Auto gedrängt. Er schien sich zu wehren, aber ein Typ hat ihm eine Binde oder so was um den Kopf gewickelt, damit er nichts sehen konnte, und hat ihn auf den Rücksitz des Autos verfrachtet – irgendeine große, alte dunkelgrüne Kiste – dann fuhr das Auto ganz schnell weg. Es waren zwei Männer, der Dränger und der Chauffeur.«

»Und Glempt hat das niemandem gemeldet? Scheiße.«

Timmy sagte gar nichts. »Na, hat er denn wenigstens gesehen, was für ein Auto es war?«

»Nein.«

»Hat er die Leute erkannt, die's gemacht haben?«

»Nein.«

»Kann er sie beschreiben?«

»Einen von ihnen, sagt er. Den, der den Jungen geschnappt hat, aber den Fahrer nicht.«

»In welche Richtung sind sie gefahren?«

»Die Central stadtauswärts. In westlicher Richtung.«

»Das müssen wir Bowman gleich erzählen. Seine Leute sollen mit Glempt reden. Ich möchte auch mit ihm reden.«

Ich wandte mich zu Bowman, der immer noch am Telefon hing. Timmy sagte: »Warte.«

Er sah mitgenommen aus. Seine kornblumenblauen Augen hatten diesen neblig-grauen Schimmer wie immer, wenn er Angst hatte.

Timmy sagte: »Einer der beiden – der, der vor dem Wagen stand, den Mel kurz gesehen hat – war ein

Bulle. Ein Bulle in Uniform. Deshalb hat Mel die Polizei nicht angerufen. Er dachte, es *wäre* die Polizei.«

Ich schaute rüber zu Bowman. Als er merkte, daß ich ihn beobachtete, drehte er mir den Rücken zu und telefonierte leise weiter.

KAPITEL 11

Ich rief Mel Glempt an. Er erzählte mir noch einmal, was er Timmy schon erzählt hatte. Ich bat ihn, seine Geschichte Bowmans Leuten zu erzählen, und schließlich erklärte er sich bereit, es zu tun, allerdings mit erheblichen Bedenken.

Mein Auftragsdienst hatte keine Nachricht für mich. Ich erreichte Streifenpolizist Lyle Barner bei sich zu Hause und verabredete mich mit ihm für drei Uhr dreißig. Er fragte, ob ich alleine käme.

Ich sagte nein und fragte, ob schon etwas bei der Überprüfung der Nachtschicht rausgekommen sei. Er sagte nein. Ich bat ihn, nochmals nachzufragen.

Bowmans zwei Assistenten fuhren ab, einer mit dem Finger und den beiden Briefen zum Labor, der andere, um die Deems, die Wilsons und Tad Purcell zu verhören. Ich drängte Bowman in eine Ecke und beschrieb ihm, was Mel Glempt gestern nacht vor dem Green Room gesehen hatte.

Bowman sagte: »Das ist doch ein abgekartetes Spiel. Sie wollen mich reinlegen. Sie lügen.«

Ich schüttelte den Kopf. Falschspiel war schon eine Möglichkeit, aber die Karten hatte ich nicht gezinkt.

Er wollte den Namen des Zeugen wissen. Ich gab ihm auch die Adresse und Telefonnummer. Ich fügte noch hinzu: »Er redet mit Ihnen und Ihren Leuten,

aber er will nicht mit den Leuten von der Nachtschicht reden, und es wäre ihm lieber, wenn sie seinen Namen nicht erfahren.«

»Wieso? Warum denn das?«

»Weil ein paar Gestalten in der Polizei von Albany
nicht immer das tun, was recht ist. Oder was legal ist.
Geben Sie's zu, Ned. Das ist die traurige Wahrheit.«

Er warf den Kopf zurück und schnaubte verächtlich,
als ob ich ihn davon überzeugen wollte, daß die Welt
eine eiförmige Scheibe sei, die auf einem Dreizack
ruht. Bowman wußte aber genau, was ich meinte. Er
ging zum Telefon und zögerte. Dann, nachdem er
sich vergewissert hatte, daß er mit dem Rücken zu
mir stand, wählte er eine Nummer.

Dot Fisher machte Sandwiches und Senegalesische
Suppe und stellte noch mehr Eistee raus. Sie ging
leise vor sich hin murmelnd durch die Küche und
quälte sich jedesmal, wenn jemand sie ansprach, ein
müdes Lächeln ab.

McWhirter kam zurück ins Zimmer und fing wieder
an, hin und her zu laufen. Er hatte Fragen: »Ist das
FBI verständigt worden? Warum verhaftet ihr diesen
Gangster Trefusis nicht? Er steckt doch dahinter.
Wann haben sie Peter geschnappt? Wie?«

Ich beobachtete McWhirter genau, als ich ihm erzählte, was Mel Glempt gesehen hatte. Einen Moment stand er zitternd da, dann warf er sich in einen
Stuhl und vergrub sein Gesicht in den Händen.

Bowman beendete seinen Anruf und kam wieder an

den Tisch. Er schüttelte den Kopf, seine Augen waren klar. Er schien mir etwas zu fröhlich für die augenblickliche Situation, so, wie ich sie einschätzte. Er sah mich gelassen an und sagte schlicht: »Hmm-mm.« Als ob das alles erklären würde. Glempt hatte sich entweder geirrt, und es war kein Bulle, den er gesehen hatte, oder er log.

Timmy begriff, was da vorging, und warf mir einen Blick zu. Das war eine Lektion für dieses sonnige Gemüt voller Optimismus, das einen Großteil seines erwachsenen Lebens in den Hinterzimmern der staatlichen Legislatur zugebracht hatte.

Bowman sagte schließlich, er würde zwei seiner Männer schicken, um Glempt zu verhören, damit er seinen »verworrenen Bericht« über die Entführung kriegen würde. Er verkündete außerdem, daß das halbe Detektivbüro jetzt die Sache bearbeiten würde und er deshalb noch mehr Informationen über Grecos Herkunft und das, was er in letzter Zeit gemacht hatte, brauchen würde. Das gälte auch für Dot und Edith. Ich überzeugte Bowman davon, daß ich mich persönlich um »den Bullen, den Glempt gesehen hatte«, kümmern würde – Bowman wand sich vor Widerwillen und Wut. Also ging das Verhör die nächste halbe Stunde, das ganze Mittagessen lang, weiter.

Nichts kam dabei raus. Grecos Familie war vor elf Jahren nach San Diego gezogen, und außer Tad Purcell hatte er keine bekannten Kontakte mehr in Albany. Dot fielen auch keine Feinde von ihr und Edith ein – frühere Studenten, Verwandte, Nachbarn – außer denen, die uns sowieso schon bekannt waren, die Wilsons, die Deems und Crane Trefusis.

Bowman sagte, daß momentan Detektive die Aktivitäten von Dots Nachbarn in der Moon Road untersuchen würden und er selbst Trefusis verhören würde. Das schien mir ein reichlich alberner Zeitvertreib. Bowman räumte ein, daß sein Büro auch ein paar notorische ortsansässige »Haßgruppen« untersuchen würde, machte aber keinerlei Anstalten, die »Haßgruppe«, gegen die man den einzigen Beweis hatte, zu untersuchen.

»Lieutenant Bowman«, sagte Dot, »Sie essen Ihre Senegalesische Suppe nicht. Möchten Sie lieber was anderes?«

»Was ist denn da drin?«

»Ein Haufen frisches Gemüse aus unserem Garten. Die Kräuter und Gewürze sind aus Ediths kleinem Kräuterbeet.«

»Mm. Sieht gut aus.« Er studierte die grünlich-gelbe Currysuppe.

Ein leises Klopfen an der Tür. Schwerfällig stand Dot auf.

»Es ist für Sie, Don. Ein Mann mit einem schönen Koffer.«

Ich ging nach draußen und sah, wie Whitney Tarkington – weiße Leinenhose, burgunderrotes Calvin-Klein-Polohemd – seinen Guccikoffer auf der Terrasse abstellte. Er öffnete den Verschluß und hielt ihn auf.

»Alles da, Donald. Einhunderttausend, die bald einhundertzehntausend sein werden. Große Scheine.«

»Dollar meinst du.«

»Natürlich Dollar. Was sonst?«

»In der Tasche hätte ich eigentlich Lire erwartet.«

»Haha.«

Ich schaute in die Tasche und traute meinen Augen nicht. »Ich sehe Dollar, ja. Ich sehe aber auch… Schecks?«

»Achtundzwanzigtausend Dollar in bar, zweiundsiebzigtausend in Schecks. Mehr ging nicht an einem Samstag, Donald. Mein Gott, ich mußte mir schon meinen gepflegten Hintern aufreißen, um das hier in drei Stunden aufzutreiben. Ich meine, hunderttausend Dollar in bar? Ich bin doch nicht Omi?«

»Schecks, Whitney? Du glaubst doch nicht etwa, daß Kidnapper Schecks als Lösegeld akzeptieren?«

»Sie sind gedeckt. Wirklich!«

»Scheiße. Darum geht's ja nicht. Scheiße.«

»Ich will damit sagen, daß sie Montag früh gedeckt sind. Sie sind ganz sicher gedeckt. Du kannst mit deinem Leben drauf wetten, Donald.«

»Mein Leben nicht, Whitney. Aber Peter Grecos Leben. Trotzdem vielen Dank.«

»Schon in Ordnung. Ich war dir eine Gefälligkeit schuldig, nicht wahr? Jetzt sind wir quitt. Wir werden es sein, wenn du mir einhundertzehntausend Dollar – in U. S. Währung, bitte – von dieser Stunde an in zweiundsiebzig Stunden übergibst.«

Er grinste und strich sich durch seine Dauerwelle.

»Natürlich«, sagte ich. »Bis Dienstag, Whitney. Selbe Zeit, selber Ort. Vielleicht kriegst du sogar die Tasche zurück.«

»Bitte laß sie reinigen, wenn sie was abkriegt«, sagte er. »Tschüüüß.«

Er stieg in sein kanariengelbes Auto und fuhr weg. Timmy schaute raus.

»Ist das ein 911er Porsche? Sieht man nicht oft hier.«

»Schaut eher aus wie ein Gloria Vanderbilt«, sagte ich und ging ins Haus.

Ich rief Crane Trefusis wieder an. »Ich muß ein paar Schecks einlösen. Schecks für zweiundsiebzigtausend Dollar. Sie sind gedeckt. Aber die Banken schließen, und im Price-Chopper haben sie mir die Kreditkarte gesperrt, wegen eines leidigen Zwischenfalls mit einem Rinderbraten, einem Bund Spargel und einem kleinen Scheck, den die Staatsbank von Albany aus unerfindlichen Gründen einfach nicht ernst nehmen wollte. Sie werden mir natürlich unter die Arme greifen.«

Eine Pause. »Natürlich. Haben Sie die Schuldigen schon gefunden?«

»Welche?«

»Irgendeinen.«

»Noch nicht.«

»Sie werden.«

»Da können Sie drauf wetten, Crane. Haben Sie vielleicht ein paar Informationen für mich, die mir weiterhelfen?«

»Tut mir leid, nein. In meinem Geschäft habe ich wenig mit Kriminellen zu tun, Strachey.«

»Wieviel?«

»Wieviel was?«

»Wieviel Zeit verbringen Sie in Ihrem Geschäft mit Kriminellen? Eine Stunde pro Woche? Drei Tage? Fünf Minuten? Wieviel?«

»Überhaupt keine, soviel ich weiß. Aber wahrscheinlich wird es mir nicht gelingen, einen Skeptiker von Berufs wegen, wie Sie, davon zu überzeugen.«

»Bleiben Sie bitte am Ball, Crane. Mehr will ich nicht. Man kann nie wissen.«

»Natürlich.«

Wir handelten aus, wie wir am besten die Schecks in Bargeld verwandeln könnten. Dann legte ich auf.

Bowman hatte seine Senegalesische Suppe nicht gegessen, dafür aß er gerade sein zweites Sandwich.

Ich sagte: »Ned, stell dir vor, die Kidnapper verstecken sich unten in der Suppenschüssel.«

Er warf mir ein Küßchen zu. Dot, deren Verständnis für andere anscheinend grenzenlos war, schüttelte den Kopf. Sie schämte sich für Bowman. Das war nicht gerade einfach. Man konnte sich höchstens seinetwegen schämen.

McWhirter marschierte wieder auf und ab.

»Ich habe das Geld«, sagte ich. »Teils in bar und teils in Schecks, die ich einlösen werde, bevor wir es brauchen.«

McWhirter fixierte angstvoll die Tasche, als ob er befürchtete, daß sie acht Pfund abgeschnittene Glied-maßen enthielte.

Dot sagte leise: »Vielen Dank.«

Bowman sagte: »Ich wünsch mir auch solche Freunde wie Sie, Strachey. Gute Arbeit. Sieht aus, als hätten wir alles. Ich laß einen Mann kommen, der die Scheine kennzeichnet und die Seriennummern notiert.«

»Was machen wir jetzt?« fragte Timmy. »Einfach warten? Ich könnte 'ne Mütze Schlaf gebrauchen.«

»Komm schon«, sagte ich, nahm die Schecks aus dem Koffer und stopfte sie in einen Brotbeutel, der auf dem Küchenbüffet lag. »Du kannst morgen schlafen. Wenn das hier alles vorbei ist. Jetzt müssen wir ein bißchen rumfahren und ein paar Leute besuchen.«

»Wohin? Wen?«

»Das wirst du schon sehen. Wir haben beide viel zu tun. Ich hab eine kleine Liste.«

»Kommen Sie ja meinen Leuten nicht in die Quere«, warnte uns Bowman. »Und wenn Sie etwas erfahren, das ich wissen sollte, dann will ich es ganz schnell wissen. Kapiert, Strachey?«

»Kapiert, Ned. Sie kennen mich doch. Klare Sache.«

KAPITEL 12

Als wir am Haus der Deems vorbeifuhren, sagte ich zu Timmy: »Ich schau hier später vorbei. Ich glaub nicht, daß die Deems in dieser Geschichte das Hauptproblem sind. Vielleicht gar keins. Aber eine Kleinigkeit möchte ich doch überprüfen. Es wäre mir eine große Hilfe, wenn du für mich eine andere leidige Sache überprüfst.«

Als wir bei den Wilsons vorbeihoppelten, erklärte ich Timmy, was genau er über Bill Wilson rausfinden sollte.

»Ich werde mein Bestes tun«, sagte er, »aber die Sache macht mir allmählich ganz schön Angst. Ich weiß nicht, ob ich der richtige Mann bin für so harte Sachen. Zuerst waren's die Vandalen gegen Homophile, das war schon ekelhaft genug. Jetzt wird Leuten weh getan. Man verstümmelt sie.«

»Mir gefällt das auch nicht.«

»Stell dir vor, der Finger deines Freundes kommt per Post. Hätte auch noch schlimmer kommen können.«

»Es war nicht seiner.«

Wir bogen in die Central.

»Es – was war nicht wessen?«

»Der Finger war nicht von Greco.«

»Komm jetzt, wirklich? Woher weißt du das? Ich dachte McWhirter hat Bowman gesagt, es wäre seiner.«

»Greco hat dichte, schwarze Haare an seinen Fingern. Ich weiß es. Er hat mein Gesicht berührt. Es hat ein bißchen gekitzelt. Der Finger in der Schachtel war so schlank wie die von Greco, aber ohne Haare. Und die paar Haare, die drauf waren, waren heller als Grecos.«

»*Er hat dein Gesicht berührt?* Je-sus, Donald.« Er wand sich in seinem Sicherheitsgurt. »Willst du mir die näheren Umstände erklären, Lover, oder soll ich meine eigenen sensationellen Schlüsse draus ziehen und das Ganze in deiner Akte ›sieben seit Juni‹ abheften? Mann, o Mann. Du bist einfach – unglaublich.«

»Er hat es einmal draußen in Dots Garten gemacht und einmal auf dem Parkplatz vom Green Room. Es ist eine Macke von Greco. Gesichter berühren. Er ist ein süßer, zutraulicher Kerl ohne Hemmungen. Es ist keine automatische Geschichte, wie die üblichen Homo-Cocktailparty-Bussis. Er kann einfach nicht anders. Unkonventionell, aber sehr anziehend. Und die Geste ist ganz spontan. Man mußt ihn einfach mögen.«

»Mögen. Richtig.«

Ich bog in die Calvin ein, in Richtung Süden, zum Stadtteil Pine Hill. Ich sagte: »Also, wer traut jetzt wem nicht?«

Er schmollte, wand sich noch ein bißchen. Dann sah er mich völlig erstaunt an. »Aber McWhirter muß es gewußt haben!«

»Aha.«

»Es ist doch anzunehmen, daß McWhirter den Finger seines Freundes kennt.«

»Mit an Sicherheit grenzender Wahrscheinlichkeit.«

»Aber dann – warum hat er gelogen? Dot hat mir erzählt, daß er den Finger als den von Greco identifiziert hat.«

»Dazu fällt mir auch nichts mehr ein. Ich werde ihn auf jeden Fall heute noch fragen.«

Wir bogen links ab, in die Lincoln.

»Und du hast nichts gesagt, weil…?«

»Ich habe mir gedacht, der gramgebeugte Liebende soll es selbst den zuständigen Behörden melden. Die Tatsache, daß das nicht geschehen ist, ist beinahe so faszinierend wie der Finger selbst. Ich glaube, ich weiß, warum McWhirter nichts gesagt hat. Aber ich bin mir nicht ganz sicher.«

»Es überrascht mich, daß Bowman nicht an seiner Behauptung gezweifelt hat. Ihn in die Mangel genommen hat. Oder vielleicht mit in die Stadt genommen zu einer Gegenüberstellung: ›Mr. McWhirter, gehört einer dieser acht Finger dem Mann, mit dem Sie eine gotteslästerliche Beziehung haben?‹«

»Bowman wird sich auf die Leute vom Labor verlassen«, sagte ich. »Und die können nichts beweisen, weil ich nicht glaube, daß Grecos Fingerabdrücke in der Kartei sind. Er war nicht beim Militär und ist wahrscheinlich noch nie verhaftet worden. Auch bei blutigen Demonstrationen ist Greco einfach nicht der Typ, den Bullen aufs Korn nehmen. Auf jeden

Fall kein Wort darüber, bis wir mit McWhirter geredet haben. Wenn Ned das wüßte, dann würde er voreilige, falsche Schlüsse draus ziehen. Zum Beispiel, daß McWhirter die Sache eingefädelt hat.«

»Oder ein paar voreilige, richtige Schlüsse.«

»Das wäre auch eine Möglichkeit. Aber ich glaube, da spielt etwas anderes mit.«

»Was?«

»Ich möchte es erst mal an McWhirter ausprobieren. Ich rate nur. Es hat etwas mit McWhirters desillusionierter Weltanschauung zu tun.«

Ich bog in die Buchanan ein, Timmy saß schwitzend neben mir und trommelte mit den Fingern auf dem Armaturenbrett herum. »Aber wenn das nicht Grecos Finger war, wem gehört er dann?«

»Gute Frage.«

Lyle Barners Wohnzimmer war eine Symphonie riesenhafter, dunkler Möbel, »Mittelmeerstil«, die mit üblem, dunklen Lack überzogen waren. Chemie macht Ischia möglich. Alles aus demselben Sonderangebot: das glänzende Ungetüm von Bar, die Couch, die Stühle und auch der Fernseher mit Atari-Zusatz, um den die Möbel gruppiert waren. Alles war von einer dicken Staubschicht überzogen, außer die Mitte der Couch und die Mitte des Couchtisches, auf dem Barners Füße lagen. Der einzige Lesestoff war der Fernsehteil der »Times Union«. In dem Zimmer war nichts Dekoratives, keine Kunstgegenstände, keine Fotografien. Es war das Zimmer eines

Mannes ohne eine Vergangenheit, an die er sich erinnern wollte, und ohne eine Zukunft, an die er glauben wollte.

Ohne Timmy eines Blickes zu würdigen, obwohl ich ihn gerade vorgestellt hatte, sagte Lyle: »Willst du ein Bier? Gott, wie ich dieses Wetter hasse.«

»Danke, aber eine halbe Dose würde mich glatt umhauen. Wir haben noch nicht geschlafen.«

»Aha. Aber ich werd eins trinken.«

Lyle Barner war ein untersetzter, muskulöser Mann mit angehendem Bierbauch und blondbehaarten Schultern. Er hatte ein großes flächiges Gesicht, wohlproportioniert, nur Augen und Mund waren etwas verkrampft nach unten gezogen. Barners lockiges Haar war üppig und voll, bis auf einen talergroßen, kahlen Fleck oben, den ich mal für ein paar Minuten hatte betrachten dürfen. Er hatte nur einen schwarzen Slip an.

Ich saß mit Timmy auf der Couch. Barner schmiß sich in einen Sessel und legte ein Bein über die Armstütze. Er musterte mich, und zwar nur mich, und sagte: »Schon 'ne Weile her, daß ich dich so in Natur gesehen habe, Strachey. Freut mich, daß du immer noch so sexy bist wie eh und je.«

»Was hast du rausgekriegt?« sagte ich.

Er nahm einen Schluck. »Weißt du, Strachey, ich habe auch nicht viel geschlafen. Nur mit dem Unterschied, daß ich gestern nacht die Bürger geschützt habe. Was hast du gemacht? Warst wahrscheinlich wieder auf der Rolle wie immer, so wie's aussieht.«

Er sah Timmy kurz verächtlich an, als ob er sagen wollte, wo hast du denn den aufgegabelt? Ich hatte mir in meinem dummen Kopf zurechtgepuzzelt, daß es Lyle Barner guttun würde, zwei entspannte schwule Männer zu sehen, die mehr oder weniger mit sich im reinen waren, eine friedliche und stabile Beziehung hatten und wußten, daß es allen schwulen Männern möglich war, dieses Ziel anzustreben und zu erreichen. Aber so langsam dämmerte mir, daß heute nicht der Tag war für so einen Anschauungsunterricht.

Timmy sagte etwas pikiert: »Es ist sehr heiß hier. Ich glaube, ich warte im Auto. Nett, Sie kennenzulernen, Lyle.« Ein vorwurfsvoller Blick.

Lyle nickte kurz, sah aber weiterhin nur mich an. Timmy stand auf und ging zur Tür. Wir lauschten seinen Schritten auf der Treppe.

Die Haustür knallte ins Schloß. »He, der ist ja richtig niedlich«, sagte Lyle. »Aber, aber, wenn das dein Freund wüßte.«

»Du bist einfach zu zynisch, Lyle. Du solltest lernen, es abzustellen, dann wärst du vielleicht ein recht attraktiver Mann.«

Er zuckte zusammen und schaute weg.

»Willst du mir jetzt helfen oder nicht? Ein Menschenleben hängt womöglich davon ab. Was hast du rausgefunden?«

Lange starrte er die Wand an. Man merkte, wie es in ihm brodelte. Schließlich sagte er, das Gesicht immer noch abgewandt: »Ich bin so zynisch, weil… weil mich keiner liebt.« Sein Gesicht verzog sich zu einer Grimasse, und er schloß die Augen. »Ich will, daß mich jemand gern hat.« Er kämpfte mit den Tränen, saß stocksteif da, atmete kaum, nur sein muskulöses linkes Bein zuckte wie verrückt.

»Momentan bist du wirklich nicht zum Gernhaben, Lyle. Selbstmitleid schreckt ab. Keiner steht auf Winsler.«

Mit erstickter Stimme sagte er: »Du hast mich einmal geliebt.«

Die alte Geschichte. Immer dasselbe. Ich sagte: »Wir haben uns gegenseitig den Schwanz gelutscht... pure Freundlichkeit. Ich mache mich nicht drüber lustig, aber meistens hat es für mich nicht mehr Bedeutung, als einem Fremden beim Reifenwechseln zu helfen. Vielleicht liegt's in der Beliebtheitsskala sechs oder acht Punkte höher. Und ja, ich weiß, es macht viel mehr Spaß. Außerdem muß man sich hinterher die Hände nicht mit Terpentin waschen. Dafür muß man sich nach dem Reifenwechseln auch nicht die Zähne putzen. Einerseits dies, andrerseits das.«

Er wollte kein Verständnis. Er sagte: »Näher bin ich bis jetzt der Liebe noch nicht gekommen.«

»Du wirst ihr schon noch näherkommen.«

Er schnaubte verächtlich.

»Du mußt raus aus Albany, Lyle. Hier packst du's nie. Geh vielleicht nach Westen. In San Francisco stellen sie schwule Bullen ein. Geh dahin. Du hast gute Referenzen. Geh in eine halbwegs zivilisierte Stadt und hör auf, dich selbst zu hassen und es anderen Leuten in die Schuhe zu schieben. Finde erst mal raus, was für ein toller Mann du sein kannst, und lebe es auch. Es wird dir gefallen. Anderen Leuten wird es auch gefallen.«

»Ich kann nicht«, sagte er und schüttelte traurig den Kopf. »Ich war noch nie woanders. Ich kann nicht.«

»Ich kenne jemanden in San Francisco, der dir helfen kann. Ich werde ihn anrufen.»

»Nein, tu's nicht. Ich kann einfach nicht.«

»Ganz bestimmt wird es nicht leicht sein. Aber du bist es dir selbst schuldig. Dir selbst und Clyde Boo aus Arkansas, der da draußen auf dich wartet. Das Leben mit Clyde wird auch nicht einfach sein. Aber auf jeden Fall leichter als das hier.«

Er starrte die leere Wand an.

»Aber bis es soweit ist«, sagte ich, »mußt du mir helfen.«

Jetzt schaute er mich wieder an, mit Tränen in den Augen. »Legst du dich zuerst zu mir her?«

»Also wirklich, Lyle… wirklich. Ich glaube, Frau Knigge würde das nicht gerne sehen. Wo doch mein Liebhaber unten im Auto wartet und so weiter. Ich glaube, du mußt noch viel lernen – richtiges Timing, gesellschaftliche Umgangsformen. Wir würden uns beide hinterher beschissen fühlen. Im Augenblick bin ich auf dem Gebiet auch ein bißchen überlastet.«

Er schmollte in seinen einladenden Schoß, ziemlich lange – es war mir nicht entgangen –, dann schaute er mich wieder an. Er zuckte die Schultern und lächelte zaghaft. »Versuchen kann man's ja, oder?«

Ich wußte nicht, was aus Lyle werden würde. Würde er es schaffen oder nicht? Wenn ja, armer Clyde.

Ich sagte: »Ich versteh dich. Schüchternheit bringt einen nicht weiter. Nur alles zu seiner Zeit. Aber mit der Zeit wirst du das schon hinkriegen. Da bin ich mir ganz sicher. Also. Du wolltest mir ein paar Fragen beantworten, richtig?«

»Oh, ja. Klar. Wenn dir das lieber ist.« Er holte sich noch ein Bier.

Bevor ich Lyles Appartement verließ, rief ich meinen Freund Vinnie an. Er bestätigte, was er mir vorher erzählt hatte, und gab mir noch ein paar Einzelheiten. Alles deckte sich genau mit dem, was Lyle in Erfahrung gebracht hatte.

Timmy hatte den Autositz ganz nach hinten gekippt und schnarchte leise vor sich hin.

»Wach auf. Lyle hat uns sehr geholfen. Wir haben volles Programm und viel zuwenig Zeit.«

»Ha?«

Ich nahm die erste Straße nach rechts und fuhr in südlicher Richtung auf die Western zu.

»Lyle sagt, es gibt keine Beweise dafür, daß einer der Typen, die Nachtschicht hatten – Detektive und Streifenpolizisten –, irgendwelche Privattouren gemacht hat. Es ist nicht ausgeschlossen, daß irgendeiner, der am Tag Dienst hatte, nach Einbruch der Dunkelheit noch in Uniform war. Aber Lyle hat mich an jemanden weitervermittelt, von dessen Existenz ich erst vor ein paar Stunden erfahren habe. Ich glaube, das ist unser Mann. Lyle kennt einen Exbullen – einen, der immer Nachtschicht geschoben hat und der bestimmt noch seine alte Uniform hat und auch das Zeug dazu, sie zu benützen. Der Mann schluckt ganz gerne und am liebsten in einer ›Klasse‹-Umgebung. Lyle hat ein Treffen an einem entsprechend stimulierenden Plätzchen arrangiert. Und außerdem – hör jetzt gut zu –, dieser Kerl macht sogenannten privaten Sicherheitsdienst. Rate mal, für wen er momentan arbeitet.«

Timmy blinzelte und rieb sich die Augen. Er schaute auf die Uhr. »Für wen?« sagte er.

»Crane Trefusis.«

»Jesus, es ist – es ist gleich halb fünf. Du warst fast zwei Stunden da drin.«

»Richtig. Wir haben noch etwas über neun Stunden Zeit. Während du Wilson überprüfst, fahr ich zu Trefusis – ich muß diese Schecks einlösen –, aber vorher treff ich noch…«

»Du hast ihn gekannt, nicht wahr?« sagte er – jetzt war er hellwach. »Ich meine im biblischen Sinn. Lyle war einer von ihnen, nicht wahr?«

»Was? Einer von den berühmten ›Zwölf seit Juni‹?«

Zwölf. Welche Zahl hatte ich nur gesagt?

Er fing an, völlig unkontrolliert zu zittern, als ob seine Stoßdämpfer kaputtgingen. Dann schrie er plötzlich: »Laß mich raus!«

»Wie bitte?«

»Ich sagte, laß mich aus diesem Scheißauto raus! Halt an und laß mich raus. Sofort!«

»Komm, Timmy, du bist müde, erschöpft.«

Er riß die Tür auf, als ich in die Western einbog. Wenn er nicht angeschnallt gewesen wäre, wäre er aus dem Auto geschleudert worden. Ich fuhr an den Randstein. Er klickte den Gurt auf und war wie der Blitz aus dem Auto. »Aber Timmy –«

Ich beobachtete, wie er die Straße entlangstapfte, so zirka 30 Meter. Er hielt an, zögerte. Dann drehte er sich um und stapfte wieder zurück.

Er beugte sich durchs offene Fenster rein. Seine rot-weiß-blauen Augen fixierten mich durch häßliche Schlitze. Er zischte: »Ich werde Wilson überprüfen. Das hab ich versprochen. Ich werde dich bei Mrs. Fisher anrufen und dir mitteilen, was ich rausgefunden habe. Dann werde ich schlafen. Und um zwei Uhr dreißig morgens werde ich aufstehen und ausgehen. Ich möchte nicht mit dir zusammensein. Ich möchte mit jemand anderem zusammensein. Egal mit wem. Du bist zum Kotzen. Wortwörtlich, zum Kotzen.«

Er beugte sich vornüber, steckte zwei Finger in den Hals und kotzte ausgiebig in den Rinnstein.

Liebe.

»Schau«, sagte ich, »es sind zwölf oder fünfzehn Blocks bis zur Wohnung. Wir sollten uns ausspre-chen. Steig wieder ein, und ich...«

Er hatte seinen Mund mit einem schneeweißen, lie-bevoll gebügelten Taschentuch abgewischt, das er mit zwei spitzen Fingern aus seiner Handtasche genommen hatte. Er steckte den Arm durchs Fenster und warf das eklige Ding auf den Sitz neben mir. Mehr hatte er anscheinend nicht zu sagen. Er drehte sich um und schwankte die Avenue runter. Ich folgte ihm zwei Blocks, hinter mir tobten die Autofahrer. Dann beschloß ich, Wichtigeres zuerst – Peter Grecos Leben nämlich –, kompliziertere Angelegenheiten später, und machte mich auf den Weg zur Washington Avenue. Als ich an Timmy vorbeifuhr, beobachtete ich aus dem Augenwinkel, wie er mich aus dem Augenwinkel beobachtete. Mein Auto stank.

Kapitel 13

Die Bar des neuen Albany Hilton in der City lag wie
ein abgestürzter Millionärsjet voller Spiegel, Chrom,
Rosenholz und geschliffenem Glas in einem
Dschungel von Bambus, schwedischem Efeu, Aspa-
ragus, Farnen und Gummibäumen.
Dale Overdorf machte gerade seine zweite Tour zum
Herrenklo, und ich gab dem Barmann ein Zeichen.
»Noch ein Bier für den Gentleman und für mich
noch einen doppelten Eiskaffee.«
Ich schaute auf die Uhr. Zwölf nach sieben. Overdorf war erst kurz nach sechs erschienen, und in die-
ser Stunde hatte ich ihm bereits sechs homophobe
Biere spendiert und so gut wie gar nichts erfahren.
Während Overdorfs erster Klopause hatte ich bei
Dot angerufen und gehört, daß die Kidnapper sich
noch nicht gemeldet hatten und daß Timmy auch
noch nichts hatte hören lassen. Bowman erzählte
mir, daß Dots Telefon überwacht werde und eine
Fangschaltung installiert worden sei, und wenn ich
noch neunzig Sekunden dran bleiben würde, könnte
er mir sagen, woher ich anrief. Ich sagte, ich sei in der
Hilton Bar.
»Übernehmt ihr den Laden jetzt auch?«
»Jawohl. Der Fort Orange Club steht als nächstes
auf der Liste. Wir werden ihn in Oranginchens Pub
umtaufen.«

Klick.

Overdorf, der aussah wie ein Zuchtbulle in der Sauna, wackelte mit klingenden Goldkettchen auf mich zu. Als er so die Treppen von der Halle hochschwankte, sah er aus wie ein drittklassiger Schmierenkomödiant, der versucht, einen Betrunkenen zu spielen.

»G-Ganz schön heiß hier. Scheiße ist das heiß.«

Die Temperatur im Hilton lag bei ungefähr null Grad.

»Dale, du hast mir gerade erzählt, wie die Sicherheitsabteilung bei Millpond funktioniert. Die Sache mit Sonderprojekt ›Outreach‹?«

Er hievte sich auf seinen Hocker und nahm einen Schluck von dem anämischen Gebräu.

»Für wen sagst du, arbeitest du, Life-raft – oder wie immer du heißt?«

»Lovecraft. H. P. Lovecraft für Geschäftsfreunde, aber nenn mich Archie. Ich leite Cover U. S. Security Systems Inc. in Elmira. Weißt du's noch?«

»O ja. Ja, Lyle hat gesagt, daß du auch so 'n Scheißprivater bist, genau wie ich jetzt.«

»Richtig.«

»Aha. Also, wie gefällt dir Albany, Archie? Tote Hose hier, was? Nix los. Wenn du was erleben willst, dann mußte nach Scheiß Troy. Da is was los.«

»Das ist mir neu.«

»O ja. Jede Menge Action in Troy.«

»Genau wie in Elmira. Wenn man was erleben will, muß man nach Corning fahren.«

»Ja. Verstehe.«

»Überall dasselbe. Wenn man was erleben will, muß man woanders hinfahren.«

»Tote Hose. Scheiß Tote Hose.«

Ich knallte einen Fünfer auf die Theke. »Noch 'n Bier für den Gentleman, *s'il vous plaît.*«

Der Barkeeper warf mit einen vorwurfsvollen Blick zu, aber brachte die Flasche. Ich sagte, er solle den Rest behalten.

»Also, Dale, du warst gerade dabei, mir zu erzählen, was ihr für Sicherheitsmaßnahmen in Einkaufszentren habt. Damit habe ich noch keine Erfahrung, aber vielleicht möchte ich in die Geschichte auch einsteigen. Ladendiebe, Dealer in den Toiletten, der ganze Zinnober. Du hast gesagt, ihr hättet ab und zu auch mal härtere Brocken. Gefährlich, hast du gesagt. Meinst du Überfälle oder Geiselgeschichten oder so was?«

»Hehe.«

»Weißt du, ich will nur wissen, worauf ich mich freuen kann. Wo liegen die Gefahren, wo liegt das Risiko?«

Er kam ganz nahe. »Lasch dir sagen Lifecraft. Lasch dir eins verdammt noch mal sagen. Manschmal is es ganz schön heavy. Crane Trefusis ist ein scheißharter Brocken. Ich sag's dir, Crane kannste nich linken.«

»Ich glaub, für den würd ich gern arbeiten. Der läßt sich nicht verscheißern.«

»Verscheißern? Verscheißern?« Er riß seine glasigen

Augen ganz weit auf und fuhr sich mit einem fetten Finger über den Hals.

»Mensch, Dale, wer könnte denn schon so einen verscheißern? Das kann doch nur ein Irrer sein.«

»Da wirste staunen. Haufen Irre auf dieser Welt. Da wirste staunen.«

»Hat schon mal einer Crane gelinkt? Hast du schon mal einem für Crane 'ne Lektion erteilt?«

Er schaute sich prüfend in der Bar um, dann rutschte er wieder ganz nah zu mir. Bierselig sagte er: »Nein, aber ich hab mal einem das Schlüsselbein gebrochen.«

»Echt? Jetzt, vor kurzem?«

»Ungefähr vor 'nem Jahr. Das verdammte Arschloch wollte Millpond eine Viertelmillion aus dem Kreuz leimen für eine Standortgenehmigung in Syracuse. Crane hat mir 'ne Kassette mit einem bestimmten Gespräch drauf gegeben, die hab ich ihm vorgespielt, dann hab ich ihm fünf Riesen gegeben, und dann hab ich 'n bißchen mit ihm Fußball gespielt, damit er kapiert, daß er's nich mit 'nem Dorftrottel zu tun hat. Er hat's kapiert. Und wie er's kapiert hat.«

»Ich glaube, ein Klasseladen muß so Geschäfte machen, ab und zu, wenn er ganz oben bleiben will. Bei den großen Jungs.«

»Da kannste Gift drauf nehmen. Die Konkurrenz frißt dich mit Haut und Haaren, da brauchste 'nen dicken Oberarm.«

Overdorf zeigte seinen schenkeldicken Arm. Der

Barmixer schaute uns fragend an, aber ich schüttelte den Kopf.

»Hast du in letzter Zeit solche Probleme gehabt, Dale? Angeblich heizt ihm doch irgend so eine alte Schachtel aus West Albany ganz schön ein, sie hält sein neues Projekt auf. Irgend so eine alte, verrückte Lesbe.«

»Ne, Crane macht das angeblich selbst. Ich hatte nur eine harte Sache in letzter Zeit. Crane hat mich gebeten, einem der Besitzer von Millpond einen Gefallen zu tun, ein Lieferant von Bauzubehör, der so 'nen ganz Schlauen mit der Hand in der Kasse erwischt hat. Ich hab den Herrn zur Wiedervergutigung – Wiedergutigmachung überredet.«

»Warum habt ihr nicht einfach die Bullen geholt?«

»Keine Ahnung. Wollten dem Kerl wahrscheinlich nicht zu nahetreten. Ich war aber auch ganz nett zu ihm. Aber auch nicht zu nett. Nur so nett, wie's nötig war. Man hat nich viel gesehn, als ich mit ihm fertig war. Wieder 'n Schlüsselbein. He. Life-raft, wieviel Uhr isses?«

»Zehn vor acht.«

»Ja. Noch früh, zu früh, um nach Scheiß Troy zu fahrn. Albany is 'ne tote Hose.«

»Warst du gestern nacht in Troy, Dale? In Troy und hast einen draufgemacht? Oder hast du wieder so einen verdammten Auftrag gehabt?«

»Ja, ich war dort. War aber wenig los. Da war so 'ne Braut – ich war in der Kneipe von Bill Irwin, so um zwölf – da war so 'ne Braut, die hatte Titten wie

174

Dolly Parton. Da war also diese Braut, die geht auf mich zu und sagt: ›He, willste mal einen richtig schnuckligen Hals anknabbern?‹ Und ich sage: ›Ja, klar, und dabei soll's nich bleiben.‹ Und sie sagt: ›Okay, da haste‹, und drückt mir einen gottverdammten Hühnerhals in die Hand. Scheiße. Verdammt. Richtig griffig. Sie war wirklich griffig. Aber nix dahinter.«

»Das war erst gestern nacht? Mensch, und ich war alleine zu Haus und hab mir die Carson-Show angeguckt und mich gelangweilt.«

»Ja, aber heut komm ich zum Schuß. Ich meine, Scheiß Troy an 'nem Samstagabend? Da kannste Gift drauf nehmen, Life-raft. Wenn in Troy am Samstagabend nicht mehr die Post abgeht, dann kann ich ja gleich wieder nach Cobbleskill gehen. Da bin ich aufgewachsen, in Cobbleskill. Na. Das ist vielleicht 'ne tote Hose. He, kommste mit nach Troy? Ich kann nichts versprechen, aber… he, du bist doch bestimmt 'n ganz Scharfer, ha? Muschijäger? Immer ran an die Bouletten.«

»Ah… ja. Du hast recht. Immer ran an die Bouletten. Aber heute abend paß ich, Dale. Ich hab schon was vor.«

»Wirklich? Du baust wohl immer vor, was? Also dann steck einmal für mich mit rein, Kumpel. Falls in Troy nix los is.«

»In Troy nix los? Dale, das gibt's doch nicht.«

»Na ja. Überall dasselbe hier. Tot! Lauter tote Hosen. Stinkt zum Himmel.«

»Auch in Schenectady?«

»Ganz besonders Schenectady.«

»Ich glaube, ich kann froh sein, daß ich morgen nach Elmira zurückfahre.«

»Irgendwann mal zieh ich einfach Leine und fahr dahin, wo was los is. Ich muß meinen Arsch aus diesen toten Hosen kriegen.«

»Wo willst du denn hin, Dale?«

»Rochester. Wenn de was erleben willst, dann geh nach Rochester. Hör zu, Lifetaft, ich erzähl dir von Rochester…«

Ich überquerte die State Street und lief den Hügel zur Green runter. Es war gerade acht Uhr, und das Thermometer an der Ecke State und Pearl Street zeigte dreißig Grad an. Die Flutlampen schalteten sich in der anbrechenden Dämmerung ein. In ihrem orangen Licht sahen die Straßen aus wie die Pforten der Hölle, nur war weniger los, selbst an einem Samstagabend.

Dale Overdorf war ein Schuß in den Ofen gewesen, dachte ich mir, aber der Gedanke, daß ich irgendwas übersehen hatte, ließ mich nicht los. Ich spulte das Gespräch noch mal in meinem Kopf ab. Als Overdorf mit dem Muschijäger anfing, war ich versucht gewesen, ihm die frohe Botschaft ins Gesicht zu schleudern, aber ich ließ es. Für den Fall, daß ich ihn noch mal brauchte. Somit verpaßte er einen wichtigen Teil seiner Erziehung. Aber da war was gewesen. Ich wußte nur noch nicht, was.

Der Geschäftsführer im Le Briquet führte mich vorbei an schweißgebadeten Politikern, Lobbyisten und Unternehmern, die alle auf einen Tisch warteten. Wir gingen durch den Hauptsaal zu einem der hinteren Alkoven. An einem Tisch saß ein Bischof mit zwei minderen geistlichen Handlangern und zelebrierte ein weltliches Ritual mittels einer Flasche 76er Lafite Rothschild und eines Coq au vin. An einem anderen Tisch saßen drei Männer in blauschwarzen Anzügen, Hornbrillen und Bartansätzen. Sie lauschten aufmerksam einer schlanken, schwarzäugigen Frau mit einer Aktentasche im Schoß, die mit Lichtgeschwindigkeit auf sie einredete. »Ihr wißt ganz genau, daß der Senator diese Schafscheiße nicht mitmachen wird, also warum weiter Zeit vergeuden mit ein paar hirnrissigen Vorschlägen, die sich unsere Leute schon mindestens zehnmal angeschaut haben und jedesmal zum Kotzen fanden…« Aus der Jukebox säuselte Telemann.

Am Tisch des hintersten Alkovens saßen Crane Trefusis und Marlene Compton, die Blondine aus seinem Vorzimmer. Sie hielt eine unangezündete Zigarette in der Hand, und der Geschäftsführer, ganz der Profi, zauberte ein Feuerzeug aus seinem Ärmel und bot ihr eine kleine, blaue Flamme, die sie so souverän handhabe wie alle Frauen, die sich nie selbst eine anzünden müssen.

Ich dachte, Trefusis wird Marlene vorschlagen, sich doch die Nase zu pudern. Trefusis sagte: »Marlene, geh dir doch die Nase pudern.« Sie ging. Ich warf die

Tüte mit den Schecks auf das Leinentischtuch neben eine Vase mit einer einsamen, gelben Rose.

»Zweiundsiebzig«, sagte ich, »alle von hiesigen Banken.«

Trefusis stopfte sich die Tüte in eine Tasche und holte aus einer Brieftasche einen dicken braunen Umschlag.

»Zweiundsiebzig, U.S.-Währung.«

»Woher haben Sie das?« fragte ich ihn.

»Harte Arbeit.«

Ich knickte den Umschlag und stopfte ihn in die Gesäßtasche meiner Khakihose. Es trug ein bißchen auf.

Ich sagte: »Hat Dale Overdorf Peter Greco entführt?«

Er zuckte nicht einmal mit der Wimper. »Nicht, daß ich wüßte.«

»Ich glaube auch nicht, daß er es war.«

»Overdorf ist jeden Freitag ab fünf besoffen. Am Wochenende wäre er gar nicht dazu fähig. Das wäre sein Alibi, Strachey, und vor Gericht ein verdammt gutes. Woher haben Sie Dales Namen, wenn man fragen darf?«

»Ist einfach so aufgetaucht.«

»Dale ist während der Woche recht zuverlässig. Er geht unserem Sicherheitschef zur Hand, erledigt Spezialaufträge.«

»Aha.«

»Ich bin erstaunt, Strachey, daß ein Mann mit Ihrem Ruf diese Möglichkeit überhaupt in Betracht zieht.

Obwohl ich weiß, daß Sie Millpond nur zu gerne diese idiotische Entführungsgeschichte in die Schuhe schieben würden. Oder auch die Sache mit dem Vandalismus.«

»Sie haben recht. Ich vergeude viel Zeit. Aber manchmal macht sich das bezahlt. Und man kann dabei was lernen. Allgemein gesprochen.«

»Ja. Sie wissen sicher eine Menge über Land und Leute.«

»Ja.«

»Vielleicht sollten Sie eines Tages ein Buch schreiben, ›Memoiren eines schwulen Schnüfflers‹. Nennt man Leute mit Ihrem Beruf noch Schnüffler?«

»Ich glaube, das ist mit Sam Spade aus der Mode gekommen. Wir müssen jetzt nicht mehr mit der Nase über den Gehsteig. Ich bestimmt nicht.«

»Dann verschwenden Sie vielleicht Ihre Zeit, Strachey, und suchen Ihre Verbrecher am falschen Platz. Wenn ich mich hier so umsehe, sehe ich keinen.«

»Ich sehe sechs bis acht, aber macht nichts. Liegt das Geld für die Belohnung bereit?«

»Ich habe es bei meinem Anwalt, Milton Hahn, hinterlegt. Ich werde es publik machen, sobald Sie und die Polizei es genehmigen. Nachdem Sie mich angerufen haben, habe ich mit dem Polizeichef gesprochen, und er hält das auch für das beste.«

»Freut mich zu hören. Der Polizeichef und ich waren noch nie einer Meinung.«

»Das hat er erwähnt.«

»Da kommt Ihr Essen«, sagte ich, »und Ihre Emp-
fangsdame. Sie scheint sehr… empfänglich.«
»Das haben Sie bemerkt? Sie sind ja noch gewiefter,
als ich gedacht habe, Strachey.«
»Das habe ich mir in der siebten Klasse angeeignet.
Hat mir aber noch nicht viel gebracht.«
»Na, sind die lieben Jungs fertig mit ihrem Männer-
gespräch?« sagte Marlene. »Ich könnte einen Ochsen
verdrücken.«
Der Kellner, der gerade ein totes Tier auf einem Ser-
vierwagen zum Brennen brachte, zuckte zusam-
men.
»Wir sehen uns in der Kirche, Crane.«
Er lachte.
Ich ging.

Ich bog am Ende der Green Street ab und ging in
Richtung State. Bei McDonald's kaufte ich mir eine
Cola, einen Hamburger und drei große Portionen
Pommes frites und ging dann zu meinem Auto, das
auf einem Parkplatz an der South Pearl Street stand.
Ich aß und trank und ließ mir noch einmal alles durch
den Kopf gehen.
Meine Augen taten weh. Ich hätte sie gerne zuge-
macht, aber tat es dann doch nicht. Ich wußte, daß
ich schon irgend etwas übersehen hatte. Ich konnte
nicht riskieren, daß das noch mal passierte.
Ich stopfte die Tüte voller McDonald's-Abfälle unter meinen Sitz und fuhr durch die stinkende Hitze
zurück zur Central Street. Ich wünschte mir, ich hätte

vor drei Jahren die extra achthundert Dollar für die Klimaanlage bezahlt, und zum Teufel mit Jimmy Carter, wo immer der jetzt auch war. Obwohl, Timmy, dieser vergiftete Öko-Freak, hätte bestimmt was dagegen gehabt.

Timmy. Dieser Bastard. Timmy.

KAPITEL 14

Ich erwischte Mel Glempt in seinem Appartement in der Ontario Street. Er wiederholte noch einmal, was er mir heute morgen schon am Telefon erzählt hatte. Nämlich, daß er kurz vor Mitternacht aus dem Green Room gekommen war und gesehen hatte, wie ein großer Mann in Polizeiuniform einen zierlichen Mann niederschlug, ihm sehr professionell die Augen verband und ihn dann schnell auf den Rücksitz eines großen, schwarzen Autos verfrachtete, das sofort in Richtung Westen davonschoß. Glempt sagte, er hätte auf dem spärlich beleuchteten Parkplatz weder das Gesicht des Bullen noch das des Fahrers gesehen. Glempt konnte sich an keine weiteren Einzelheiten erinnern. Er sagte, er hätte seine Geschichte den zwei Polizeidetektiven erzählt, die vorbeigekommen waren, und sie wären »höflich« gewesen.

Zurück auf der Central Street, hielt ich am Freezer Fresh und fragte einen blassen, langhaarigen Jungen mit schlechter Haut, ob Joey Deem heute abend hier wäre. Der Junge blinzelte, machte einen Schritt zur Seite und sagte: »Das bin ich.«

»Hast du jemanden entführt?«

Jetzt machte er einen Schritt zurück und schaute mich an, als ob ich nicht ganz dicht wäre. »Was?«

»Ich hab's mir schon gedacht, daß du's nicht warst.

Aber probieren wir mal was anderes. Hast du auf Dot Fishers Scheune freche Sprüche gesprüht?«

Er machte noch einen Schritt zurück und stieß gegen den Hahn der Schokoladencrememaschine. Verzweifelt schaute er sich um, ob jemand unser Gespräch hören konnte. Der Junge riß den Mund auf, aber kein Ton kam raus. Hinter mir stauten sich die Kunden.

»Und wie war das mit den Drohanrufen und den ›Sie-werden-sterben‹-Briefen? Waren die auch von dir?«

»Ich weiß nicht, was Sie meinen«, platzte er heraus. Sein Gehirn versuchte krampfhaft, den zuckenden Rest seines Körpers unter Kontrolle zu bringen.

»Du hättest gerne ein neues Getriebe für den Thunderbird, der bei euch im Hof steht. Hier mußt du dir zwei Jahre lang den Arsch aufreißen, um genug Geld dafür zu sparen. Dein Dad hat dir versprochen, daß er dir eins kauft, wenn Dot Fisher an Millpond verkauft und er auch sein Grundstück verkaufen kann. Mrs. Fisher hat nicht mitgespielt, und du hast in deiner wenig charmanten Art versucht, sie dazu zu bringen. Ist das richtig?«

Deem stand da wie ein begossener Pudel, ganz steif vor Angst. Ein verschwitzter Mann mit rundem Kopf erschien auf der Bildfläche. »Was nicht in Ordnung?«

»Der Junge sagt, Sie haben kein Guanabana«, sagte ich, »das soll ein Eiscremeladen sein, Mister, wenn Sie einem verschwitzten und total fertigen Kunden nicht mal eine eiskalte, erfrischende Kugel Kunsteis mit Guanabanageschmack bieten können?«

»Was? Was für 'ne Sorte?«

»Schon okay, José. Nimm's nicht schwer, Chet. Albany ist eben nicht Merida oder San Juan, auch wenn man das heute nacht fast meinen könnte. Ich merke es, wenn eine Sache hoffnungslos ist, also vergessen wir Guanabana. Haben Sie Bingo-Bongo-ich-bin-so-froh-im-Kongo-Eis?«

»Tut mir leid, Sir, aber ich muß Sie bitten zu gehen.«

»Ach ne? Na ja, ich glaube, es wäre schlimmer, aus dem Savoygrill geschmissen zu werden.«

Die Schlange hinter mir machte drei artige Schritte zur Seite, als ich mich umdrehte und zu meinem Auto ging.

»Juhu, Crane! Du schuldest mir zehn Scheine. Ich hab den Graffitikünstler gefunden.«

Aber was nun?

Bei den Deems stand kein Auto, also parkte ich die Straße weiter runter und ging im Halbdunkel zu Fuß zum Haus zurück. Was ich finden wollte, war nicht in der Mülltonne, also nahm ich mir einen Schraubenschlüssel und machte den Kofferraum des T-Birds auf. Da lag die Dose rote Sprühfarbe. Das war zwar kein eindeutiger Beweis, aber Joey Deem hatte die Hosen so voll, daß er Bowman alles erzählen würde, wenn der nur vorbeikommen, buh sagen und den Jungen um eine Schriftprobe bitten würde.

Nachdem ich kein Döschen mit Styroporkugeln bei mir hatte, schmiß ich die Dose in meinen Kofferraum.

Die Spannung in Dot Fishers Haus hatte sich zwar gelegt, aber die gereizte Lethargie allerseits war auch nicht besser. Bowmans unmarkiertes Auto stand in der Einfahrt, neben der Scheune. Die weiße Farbe glänzte klebrig in der feuchten Hitze. Die roten Graffiti schauten immer noch durch, man mußte wohl noch mal drüber streichen. Ein junger Sergeant in Sweatshirt und Baseballmütze saß auf dem Fahrersitz und lauschte dem Gegacker des Polizeifunks. Ab und zu gackerte er zurück. Über dem Haus hüpften immer mehr Sterne aus dem sich schwärzenden Himmel. Als ich ins Haus kam, stand Dot am Spülbecken und scheuerte wutentbrannt einen Topf. Bowman machte ein Siegeszeichen.

Ich sagte: »Wofür war das denn?«

»Sie können kommen«, sagte er und zwinkerte mir zu.

Dot bot mir Pfefferminztee an. Ich goß mir welchen ein.

»Wo ist McWhirter?«

»Der schläft. Polizeioffiziere angreifen macht müde.«

»Vielleicht mach ich das auch. Schlafen, mein ich. Immer der Reihe nach.«

Er schnaubte verächtlich und versuchte, vorwurfsvoll dreinzuschauen.

Ich sagte: »Ihre Leute waren bei Glempt. Ich hab

auch mit ihm geredet. Scheint mir ein zuverlässiger Zeuge zu sein.«

»Hat man mir auch gesagt. Nur, der Mann, den er gesehen hat, war kein Polizist. Der Sache bin ich nachgegangen. Wir untersuchen andere Möglichkeiten.«

»Aha. Vielleicht war's ein Busfahrer. Hat Timmy angerufen?«

»Timmy?«

»Timothy J. Callahan. Mein wunderbarer und guter Freund.«

»Nein. Glauben Sie, ich hab hier den Ball der einsamen Herzen, Strachey? Sozialarbeit für Perverse?«

»Ich habe nur gefragt, ob er angerufen hat, Ned. Außerdem würde ich die Polizei von Albany nie der Sozialarbeit bezichtigen. Nicht mal der Polizeiarbeit, in vielen Fällen.«

»Ja, wenn Sie und Ihre ganzen Schwuchtelfreunde...«

Dot schlug den Topf ins Spülbecken und ging auf Bowman los. »Officer Bowman«, sagte sie, ihr Gesicht war eingefallen, verschwitzt und wutentbrannt. »Officer Bowman, bitte. Mir ist klar, daß Sie eine Hilfe für uns sind, und ich bin froh, daß Sie hier sind und alles, was in Ihren Kräften steht, für uns und Peter tun. Aber wirklich! Ich darf Sie bitten, in meinem Haus keine anti-homosexuellen Bemerkungen zu machen. Sie haben ein Recht auf Ihre Meinung. Aber manchmal sind Sie wirklich ein sehr ungezogener Mann.«

Das war Bowman wohl seit Jahren nicht mehr passiert, daß ihn eine töpfescheuernde Großmutter ungezogen schimpfte. Einen Moment lang stand er ganz ungewohnt hilflos da, sein Mund formte ein kleines O.

Ich sagte: »Eigentlich ist Ungezogenheit eine der guten Eigenschaften von Detektiv Bowman. Unterdrücken Sie es nicht ganz, Dot. Er hat ein Schandmaul, ist aber wenigstens ehrlich. Seine unverfälschte Bosheit ist immer wieder erfrischend in dieser Stadtverwaltung voller kaputter Windeier.«

Bowman machte zwar ein böses Gesicht, rutschte aber nur nervös auf seinem Stuhl rum. Er hätte mir gerne ein paar obszöne Drohungen an den Kopf geschmissen, aber er wollte nicht riskieren, daß eine alte Dame, die über einen Spülstein gebeugt stand, ihn noch mal ungezogen schimpfte.

»Tut mir leid, gnädige Frau«, murmelte er Dot ganz leise zu. »Wenn ich so was sage, dann meine ich ganz bestimmt nicht Sie oder Ihre… Mrs. Stout.«

»Es ist mir egal, wen Sie meinen. Dieses Gerede ist unhöflich und unsensibel und nicht schicklich für einen Beamten. Ich möchte auch noch hinzufügen, daß es von einer Engstirnigkeit zeugt, die in unserem Zeitalter einfach deprimierend ist, Mr. Bowman. Sie sind einfach ein… Dampfplauderer!«

Ich hätte es wahrscheinlich etwas anders formuliert, aber wohl kaum mit so durchschlagendem Erfolg. Bowman wurde tatsächlich rot. »Ahem, ich muß zugeben, Mrs. Fisher, daß ich… noch manches lernen muß.« Sein Kopf glühte, er sah aus, als ob er befürchtete, er müsse jetzt fünfhundertmal »Keine Schwulenwitze mehr« an die Tafel schreiben.

»Wir müssen alle noch viel lernen«, sagte Dot. »Ich gratuliere Ihnen, daß Sie großzügig genug sind, das zuzugeben.«

Bowman war sichtlich erleichtert. Er hatte wenigstens die Sorge los, ins Büro des Direktors geschickt zu werden.

Das Telefon klingelte. Bowman stürzte sich erleichtert drauf. »Ich geh schon ran.«

Dot schaute mich an und verdrehte die Augen.

»Für Sie, Strachey. Es ist Ihr – es ist Mr. Callahan.« Er gab mir den schweißnassen Hörer.

»Ich hab alles über Wilson rausgekriegt«, sagte Timmy.

»Dieses Telefon wird überwacht«, sagte ich schnell. »Ich ruf dich in fünfzehn Minuten zurück. Wo bist du?«

»Im ... du weißt schon. Auf der Delaware Street.«

»Fünfzehn Minuten.«

Ich legte auf und bat Bowman, mit mir rauszugehen. Wir stellten uns unter einen Birnbaum, und ich erzählte ihm von Joey Deem.

»Das hab ich mir gedacht«, sagte er. »Einer meiner Leute war vorhin bei den Deems, und der Junge ist zusammen mit einem Freund abgehauen, als mein Mann vorfuhr. Zur Hintertür raus, zack-zack. Zuerst wollte die Mutter nicht zugeben, daß ihr Sohn in begrenztem Maß kriminell veranlagt wäre, und verteidigte ihn. Wir werden dem Knaben morgen einen Besuch abstatten und ihn ein bißchen ausquetschen. Er wird's zugeben.«

»Das bezweifle ich nicht, Ned. Nicht, wenn Sie mit Ihrem unwiderstehlichen Charme selbst das Verhör leiten. Oder hat vielleicht Mrs. Fishers Lektion in Sachen ›ungezogen‹ geholfen? Ungezogen, genau. Dot hat den Nagel auf den Kopf getroffen.«

Er machte wieder dieselben Schweinsaugen wie der Ned Bowman, den ich noch vor fünf Minuten zu kennen glaubte. »Ich warne Sie, Strachey. Reiten Sie bloß nicht auf der Geschichte rum. Sie stehen ganz oben auf meiner Abschußliste. Gut, ich werde mich in Zukunft zurückhalten, wenn Mrs. Fisher in der Nähe ist. Verdammt noch mal, ich hab nichts dagegen, wenn's zwei Weiber miteinander treiben, auch wenn's zwei so alte Schachteln sind. Ich bin tolerant. Dagegen hatte ich noch nie was. Eigentlich hat mich das schon immer ein bißchen angemacht. Aber zwei Männer! Das ist krank, Strachey, und Sie werden mich nie vom Gegenteil überzeugen.«

Bowman, der Westentaschenphilosoph.

»Freut mich, daß Sie wieder ganz der alte sind, Ned. Ich war für einen Moment richtig besorgt. Ich hatte Angst, daß sich Ihre milden Ansichten rumsprechen würden und vielleicht Ihre Karriere bei der Stadtverwaltung gefährden würden.«

»Vielen Dank für die Anteilnahme.«

»Sagen Sie, sitzt hinter jedem Busch da draußen im Dunkeln einer Ihrer Männer?«

»Ab Mitternacht, ja. Das Team versammelt sich gerade in meinem Büro.«

»Ich werde mich auch hinter einen Busch stellen. Sie möchten vielleicht Ihre Leute vor mir warnen. Wie voll wird's denn da draußen werden?«

»Voll genug. Sobald sie Greco laufenlassen, werden sich zwanzig Mann auf sie stürzen. Wenn sie sich nur das Lösegeld schnappen und abhauen, dann werden sich zivile Funkwagen abwechseln und sie im Abstand von einem Block verfolgen, bis sie am Ziel sind. Damit wir auf Nummer Sicher gehen, haben wir einen Sender unten in die Geldtasche eingebaut. Wenn sie an den Platz kommen, an dem sie Greco versteckt halten, schnappen wir sie uns, ehe sie pieps sagen können.«

»Klingt fast idiotensicher. Hoffentlich ist dem auch so. Hier ist der Rest Bargeld.«

Ich zog den Umschlag von Trefusis aus meiner Hosentasche und hielt ihn Bowman hin. Er grinste.

Ich fuhr rüber zur Central Street und ging in Omas Kuchenladen. Oma war heute abend nicht da, aber der Kassierer, ein recht passabler Enkel, der mir schon einschlägig bekannt war, zeigte mir, wo die Telefonzelle war. Ich rief in der Wohnung an.

»Hallo.« Seine Stimme war kratzig und klang weit weg.

»Ich bin's. Ich liebe dich.«

»Spar dir deine Manipulationsversuche. Ich hab keinen Nerv dafür. Ich hab die Informationen, die du über William Wilson haben wolltest.«

»Es tut mir leid. Ehrlich. Es wird kaum wieder vorkommen. Gar nicht oft.«

»Willst du die Informationen, ja oder nein?«

»Nur alle drei Monate ungefähr. Nicht öfter. Und dann nur woanders. Nie in Albany oder angrenzenden Stadtvierteln. Das klingt doch vernünftig, oder? Mehr kann ich nicht versprechen, sonst müßte ich meine Eier in ein Essigglas stecken, das du dann in deinem Schreibtisch einsperren kannst. Du mußt zugeben, das ist fair, wenn man bedenkt, daß meine Anhangdrüsen chemische Fehlreaktionen haben. Also. Sind wir wieder Freunde? Wenigstens Geliebte?«

Dieses Geschleime brachte natürlich gar nichts. Er holte nicht mal Luft. »Also, ich habe Folgendes herausgefunden. Hörst du mir zu?«

»Sicher. Ja. Ich höre.«

»Ich habe mit Gary Moyes von der Drexon Company gesprochen. Man erzählt sich, daß Bill Wilson die Baseballwetten der Fabrik annimmt. Nur ist da was faul, weil nie einer seine Gewinne zu Gesicht bekommt. Sie werden sofort ›reinvestiert‹ im Lotto der nächsten Woche – die Spieler hatten sich das ein bißchen anders vorgestellt. Einige sind stocksauer, und Wilsons Tage sind vielleicht gezählt.

Moyes glaubt, sobald einer der Spieler gewinnt, muß Wilson entweder alle auszahlen oder sich das Fell über die Ohren ziehen lassen. Wenn er irgendwo ein paar Kröten schwarz macht, dann wird er wahrscheinlich jeden Pfennig für einen neuen Satz Zähne und eine Nackenstütze brauchen. Wilson steckt in der Scheiße oder steigt bald rein.«

»Nnnn. Ja. Das erklärt die Angeberei Wilsons. Er brüstet sich vor seiner Frau damit, daß er sie bald reich machen wird. Aber es sieht auch so aus, als brauche er noch mehr Geld, und daß ihm der Arsch ganz schön auf Grundeis geht deswegen. Außer, er hat irgendwo das Lotteriespiel gebunkert, was ja möglich wäre. Zu Hause scheint er es jedenfalls für nichts und niemanden auszugeben. Kannst du eine Bankauskunft über ihn einholen und bei der Kreditabteilung der Fabrik nachfragen?«

»An einem Samstagabend? Keiner von uns hat solche Beziehungen.«

»Ja. Scheiße. Womit wir bei Wilson wieder bei Kapitel eins wären. Obwohl er mich gar nicht mehr so interessiert. Vielleicht kriegt Bowman was über ihn raus. Seine Leute überprüfen ihn auch.«

»Ich habe meine Verpflichtung dir gegenüber erfüllt. Wiedersehn.«

»He, warte. Ich möchte mit dir reden! Wir müssen einiges klären. Du weißt und ich weiß, wir wissen, daß wir eine zu gute Sache laufen haben, als daß...«

»Ich möchte dir nur noch eins sagen, Don. Vor einiger Zeit habe ich in deinem Proust geblättert, und da bin ich auf eine Zeile gestoßen, die mir förmlich ins Auge sprang. Sie schien so treffend, so perfekt. Es war ein Gespräch zwischen Odette und Swann, aber es hätte genausogut eins zwischen mir und dir sein können. Er sagt zu ihr, Swann sagt zu ihr: ›Du bist ein formloses Wasser, das jeden Abhang, der sich ihm bietet, hinuntersickert.‹ Wie findest du das? ›Ein formloses Wasser, das jeden Abhang, der sich ihm bietet, hinuntersickert.‹«

Er wartete.

Ich sagte: »Ja, wie finden wir denn das? Tolle Sätze, dieser Proust. Der Mann war ein Genie, kein Zweifel.«

»Er hat dich in dreizehn Wörtern charakterisiert. Wiedersehn.«

»Wahrscheinlich ist es im Original nicht ganz so kraß, und – hallo? Timmy? Hallo?«

Ein Klicken, und weg war er.

»Ein formloses Wasser.« Diesmal hatte ich mich selbst übertroffen.

Ich aß ein Stück Kuchen, holte mir für einen Dollar Wechselgeld vom Enkel und baute einen kleinen Berg Zehner neben dem Telefon auf. Ich wählte die Nummer der Wohnung. Keiner da. Ich rief meinen Auftragsdienst an. Keine Nachricht.

Später. Klare Sache.

Zurück am Tisch, ließ ich mir die Trefusis-Greco-McWhirter-Deem-Wilson-Fisher-Situation ein weiteres Mal durch den Kopf gehen. Mein Kopf summte vor Müdigkeit und Koffein. Ich schlug nach imaginären Fliegen. Eine fiel in meine Kaffeetasse.

Das Ganze war mir nach wie vor ein Rätsel. Irgendwie verfolgte mich immer noch der Gedanke, daß
ich etwas Wesentliches übersehen hatte, aber mir
fiel nicht ein, was. Ich war einfach nicht konzen-
triert genug gewesen, und das war ganz allein meine
Schuld.

Mir fiel mein Treffen mit Lyle Barner wieder ein.
Ich holte mein Adreßbuch raus, ging zurück zum
Telefon und rief in San Francisco an. Es war neun
Uhr fünfunddreißig in Albany, drei Stunden früher
in Kalifornien. Wahrscheinlich war er jetzt zu Hau-
se.

»Helloo-llo.«

»Tag, Buel. Don Strachey. Du klingst ja recht fröhlich.«

»Don, du alter schwuler Pisser! Luder! Du bist hoffentlich in der Stadt?«

»In Albany. Omas Kuchenladen auf der Central
Street. Wir haben hier mal eine Crème Bavaroise
miteinander gegessen.«

»Ah, ja, richtig. Und wenn mich mein miserables
Gedächtnis nicht ganz im Stich läßt, gab's da noch
was anderes zum Dessert.«

»Wenn Oma das gewußt hätte.«

»Du alte Klappenmaus! Das schlägt dem Faß die
Krone ins Gesicht. Da ruft mich ein alter Liebhaber
aus 3000 Meilen Entfernung an, und der, mit dem
ich's letzten Dienstag getrieben hab, rennt heute an
mir vorbei, als ob ich Luft wäre. Da laust mich doch
der Affe.«

»Dir scheint's ja gutzugehen, Buel. Versuchst du immer noch, die Massen da draußen auf das Jüngste Gericht des Sozialismus vorzubereiten?«

»O ja, kann man schon sagen. Um die Wahrheit zu sagen, Don, ich steh jetzt tatsächlich in Lohn und Brot. Was sagst du dazu? Ich arbeite bei 'nem S und L.«

»Stehst du da drauf? Als ich dich kannte, waren deine sexuellen Bedürfnisse eher konventionell.«

»Das heißt doch Sparen und Leihen. Hercules S und L. Alles schwul. Keine rüden Kassierer und arroganten Kreditsachbearbeiter mehr für unsere Brüder und Schwestern. Ein neuer Tag ist angebrochen, Don, ich steh drauf. Und der Laden wächst wie verrückt. B of A muß entweder ihre Schwulen anerkennen oder nach Kansas ziehen.«

»B of A, was heißt das denn?«

»Bank of America. Denen gehört die halbe Stadt und alle Vororte bis Denver. Aber nicht mehr lange. Herkules zeigt seine mächtigen Muskeln.«

»Ich würde gern mal wieder deine sehen.«

»Und wie geht's denn so in Depressoville? Wie geht's Timmy?«

»Oh, Timmy geht's gut, sehr gut. Ich rufe an, weil ein schwuler Polizist von hier einen Tapetenwechsel braucht. Rekrutieren sie in San Francisco noch aus der Brüderschaft?«

»Na ja, so mit halbem Herzen. Brauchst du einen Namen? Ich hol dir einen, wenn du 'ne Minute dran bleibst…«

Ich sagte ja. Eine Minute später war er wieder am Apparat und gab mir Namen und Telefonnummer. Ich schrieb beides auf.

»Danke Buel. Das hilft vielleicht. Du kannst dir vorstellen, daß die Revolution noch nicht bis zur Polizei von Albany vorgedrungen ist. Wenn wir schon beim Thema sind, einer von euren notorischsten Unruhestiftern ist dieses Wochenende bei uns in Albany. Kennst du Fenton McWhirter?«

»Klar. Jeder kennt Fenton. Wir haben bei der ersten Harvey-Milk-Kampagne miteinander gearbeitet. Fenton geht vielen Leuten gegen den Strich, aber ich fand ihn immer okay. Keiner hat sich der Bewegung mehr verschrieben, soviel ist sicher. Und keiner ist fanatischer. Man kann sich auf Fenton immer verlassen. Zumindest wirbelt er immer 'ne Menge Staub auf, so oder so.«

»Fanatisch? Wie meinst du das?«

»Warte mal. Weiß gar nicht, welche Geschichte ich zuerst erzählen soll. Kannst du dich an die Geschichte erinnern, als Harvey Milk* sich selbst einen Stein ins Fenster werfen ließ, um die Sympathie der Presse und der Öffentlichkeit zu gewinnen? Ich weiß zufällig, daß Harvey das gar nicht arrangiert hat. Er hat vielleicht davon gewußt, aber es war Fentons Idee. Fenton hat den Stein geworfen, und es hat funktioniert.«

* Anm. d. Ü.: Harvey Milk, Stadtrat in San Francisco, der sich öffentlich zu seiner Homosexualität bekannte. Er wurde 1978 von einem Fanatiker erschossen, der eine Stunde zuvor den Bürgermeister von San Francisco erschossen hatte.

»Tatsache?«

»Einmal war Fenton sauer auf einen Bullen, der ihn bei einer Demo aufgemischt hatte, aber ohne Spuren zu hinterlassen. Fenton ging los, kaufte sich einen verblödeten Stricher für zehn Dollar und ließ sich von ihm mit einem Eisenrohr die Nase brechen. Dann versuchte er, es dem Bullen anzuhängen. Das ging natürlich nicht. Man kriegt sie nie für das, was sie wirklich gemacht haben. Sag mal, will Fenton bei euch für seinen berühmten schwulen Nationalstreik werben?«

»Er versucht es. Aber er hat da so seine Schwierig-keiten.«

»Das letzte, was ich gehört habe, ist, daß er und sein Freund – wie heißt er noch – die ganze Kampagne abblasen wollten. Fenton ist so schräg, daß keiner der Bonzen die Sache finanzieren will, wie ich höre. Keine Kohle für Treffen, nichts. Eigentlich schade. Fenton hat denselben kosmischen Idealismus wie Harvey, aber leider nicht seine Persönlichkeit, oder sein politisches Know-how. Wir kämpfen uns zwar weiter vor, Don, aber es ist einfach nicht mehr das-selbe, ohne die Helden.«

»Ja, das ist wahr. Weißt du, Buel, du hast mir da ein paar faszinierende Informationen gegeben.«

»Faszinierend? Wieso?«

»Also, Fenton ist mir in den letzten sechsunddreißig Stunden ein paarmal über den Weg gelaufen. Jetzt seh ich den Mann plötzlich mit ganz anderen Au-gen. Er ist faszinierend. Deprimierend auch. Buel,

ich muß jetzt Schluß machen. Ich muß mich um einen Finger kümmern.«

»Ja, das kann ich mir schon denken. Paß auf dich auf,
Don. Vielleicht sehn wir uns an Weihnachten, wenn
ich die Familie besuche.«

»Sicher. Und noch mal vielen Dank, Buel.«

»Schön, mit dir zu reden.«

Ich ging zurück an meinen Tisch, schob Tassen und
Teller zur Seite, legte meinen Kopf auf die Tisch-
platte. Drei Minuten schlief ich tief und fest und
hatte sehr böse Träume. Einer von ihnen weckte
mich auf, und ich bestellte meine fünfte Tasse Kaffee.
Oh, Fenton, dachte ich mir. Sag, daß es nicht wahr
ist, Fenton.

KAPITEL 15

Bowman saß auf dem Fahrersitz seines Autos, das mit dem Kofferraum zur Scheune stand. Der junge Polizist in Zivil saß neben ihm. Ich ging zu dem offenen Wagenfenster und sagte: »Erwischt!«

Er setzte sein bestes Beamtengesicht auf. »Was soll der Scheiß, Strachey? Verschwinden Sie!«

»Wo ist McWhirter? Hält er noch durch?«

»Er schläft noch, soviel ich weiß. Mrs. Fisher und ihre Freundin sind oben und haben die Klimaanlage laufen. Meine Männer werden erst um Mitternacht ihre Posten beziehen, damit wir die Damen nicht stören. Einer von meinen Männern ist im Haus postiert, damit die alten Mädchen keine Angst haben – sie wissen noch nichts von der Armee, die überall verteilt ist – und um McWhirter in Schach zu halten. Ich hab nur eine Sorge, Strachey: Wer wird Sie in Schach halten? Ich möchte nicht, daß Sie diese Operation vereiteln. Haben Sie das verstanden? Wenn Sie hier Scheiße bauen, dann sind Sie im Staat New York erledigt. Kapiert?«

»Schach, Ned. Kapiert. Kaputt. Wo ist das Lösegeld?«

»Ist schon im Briefkasten draußen. Ein Mann ist im Wäldchen auf der anderen Seite der Straße postiert und behält es im Auge.«

»Ich hoffe, es ist einer Ihrer Besten.«

Er kicherte. Sein Hiwi neben ihm kicherte auch. Ich ging zurück ins Haus.

In der Küche war Licht. Ein Bulle in Uniform saß am Küchentisch und studierte mit ernster Miene den Sportteil der »Times Union«. Er schaute hoch. »Wer sind Sie?«

»Inspektor Maigret«, sagte ich und ging den Gang hinunter.

Ich machte die Tür zum Gästezimmer auf, in dem McWhirter wohnte, und ging hinein. Ich knipste die Tischlampe an und schloß die Tür. McWhirter schlief weiter. Er lag auf dem geblümten Laken, alles was er anhatte, war ein Jockeyslip mit ausgefranstem Gummiband. Eine gesunde Erektion drängte aus der Unterhose. Ich versuchte wegzuschauen.

Ich durchsuchte eine Segeltuchreisetasche, die offen am Boden lag. Sie enthielt eine grüne Armee-Arbeitsuniform, Jeans, T-Shirts, ein stinkendes Sweatshirt, Socken und Toilettenartikel. Drunter lagen eine neuere Ausgabe der »Gay Community News«, verschiedene Briefe und Postkarten. Ich las McWhirters Post; alles Briefe von überall her, von schwulen Organisationen oder von Leuten, die er besucht hatte oder besuchen wollte im Verlauf seiner schwulen Streikkampagne. Kein Wort über unbotmäßige oder kriminelle Komplotte.

Ich untersuchte einen abgetragenen Rucksack, der auch voller Kleidung war, aber eine Nummer kleiner. Von Greco.

McWhirter bewegte sich. Sein rechter Arm schlug

zweimal auf das Laken. Seine Erektion pulsierte. Ich bekam auch eine. Ich schaute weg und stellte mir vor, ich wäre stinknormal.

Einen Augenblick später atmete McWhirter wieder ganz ruhig, ich auch. Über mir hörte ich das Gekeife und Gejammer von Fernsehstimmen und das ferne Surren einer Klimaanlage.

Unter der zerknüllten Kleidung in Grecos Rucksack fand ich ein Buch: »Moonbites« – Gedichte von Peter Greco. Ich las zwei. Sie waren typisch Greco: naiv, begierig, ansprechend. Aber kein Talent, und keine Originalität. Richard Wilbur hatte es schonungslos formuliert: »Kinder, die sich Zettel schreiben.« Greco war älter geworden, vielleicht hatte er inzwischen etwas Reiferes geschrieben. Ich hoffte es. Ich wünschte mir von ganzem Herzen, daß Greco ein großer Dichter wäre, einer von denen, die einem unter die Haut gehen, einen samt Stuhl auf den Kopf stellen können. Ich fürchtete, daß er keiner von denen war. Ich fragte mich, ob er sich dessen bewußt war. Wahrscheinlich. Ich wollte ihn so gerne finden – ein echtes Entführungsopfer, und nicht Komplize eines idiotischen Betrugs, der auf McWhirters Mist gewachsen war. Ich hätte gerne ein paar Tage mit ihm verbracht.

Ich dachte an Timmy. Wahrscheinlich würde er sich heute abend in irgendeine blöde Orgie stürzen und am nächsten Tag ins Kloster gehn. Zum Orden der Chemischen Reinigung vermutlich. Und ich würde Greco finden, ihn befreien und mit ihm weglaufen.

Vielleicht nach Marokko. Ich würde einen Berater-
posten bei Interpol annehmen, und Peter würde auf
der Veranda am Meer liegen und – mittelmäßige Gedichte schreiben. Genau das würde ich machen.
Ich lehnte meinen Kopf an das Bett, in dem McWhirter schlief, und merkte plötzlich, wie hundemüde ich
war. Ich gähnte, dann zwang ich mich, ganz schnell
ein paar erschreckend wach machende Gedanken zu
denken. Das war nicht besonders schwer.
Ich steckte den Gedichtband wieder in den Rucksack
und fand noch ein Buch. Ein Buch voller datierter,
handgeschriebener Eintragungen, die letzten Seiten
waren noch leer. Es war Grecos Tagebuch. Sehr privat, unter normalen Umständen. Aber in diesem speziellen Fall las ich einfach die letzten Eintragungen.

30. Juli – sind bei Mike Calabria in Providence.
Luft schwer, heiß, stickig. Mike groß, laut,
großzügig, komisch. Fenton todtraurig über
Empfang in Rhode Island. Zeitungen nennen
ihn den Minoritätenagitator aus Frisco. Was
heißt das? Zwölf Männer unterschreiben.
Zwölf Dollar Spenden.
2. August – New Haven heiß, Yale-Studenten
cool. Nur zwei Arbeiter aus der Mensa unterschreiben, keine Studenten. Wohnen bei Tom
Bittner, der hier ein Jahr lang Antischwulen-
gesetze studiert. Toll, Tom wiederzusehen. Ist
immer noch mit Cicely zusammen. Hab auf der
Veranda geschlafen.

5. August – The Big Apple, New York. Schwule Männer überall – und nirgends. Temperaturunterschied über der Stadt produziert kotzgrüne Wolke. Konnte kaum atmen. Fenton ist unangemeldet ins Büro des Herausgebers der »New York Times« gegangen, aber...

McWhirter stöhnte, hob den Kopf und blinzelte mich an. Ich ließ das Tagebuch in den Rucksack zurückfallen.

Ich sagte: »Genau der Mann, mit dem ich mich unterhalten möchte.«

»Was? Was zum Teufel machen Sie denn hier? Wo ist – oh, Gott.«

»Das war nicht Peters Finger in dem Päckchen. Das haben Sie doch bemerkt. Aber Sie haben nichts gesagt. Warum?«

Er schluckte zweimal, dann wurde er böse. »Was ist hier überhaupt los? Wie spät ist es?« Er schnappte sich die Armbanduhr vom Nachtkästchen, schaute grimmig drauf, dann band er sie sich um das weiße Fleisch seines Handgelenks. »Mann, es ist noch nicht mal elf Uhr.«

»Sie haben meine Frage nicht beantwortet.«

Er lehnte sich im Bett zurück und musterte mich aus zusammengekniffenen Augen. Plötzlich keifte er: »Natürlich hab ich erkannt, daß es nicht Peters Finger war! Natürlich weiß ich das!«

»Sie haben es keinem gesagt. Das finde ich ein bißchen merkwürdig. Es macht mich stutzig.«

Er blinzelte, sah ängstlich aus. »Mann, wissen das die Bullen?«

»Wissen was, Fenton?«

»Der Finger, daß es nicht…«

»Woher haben Sie ihn? Ich habe mir schon den Kopf darüber zerbrochen. Männerfinger sind nicht leicht zu kriegen. Nicht so rar wie… Hühnerzähne, aber rar.«

»Woher *ich* ihn habe?«

»Oder wer auch immer.«

Er setzte sich mit einem Ruck auf und ließ seine Beine über die Bettkante hängen. Seine Füße stanken. Ich ging ein paar Schritte zurück und setzte mich auf einen Stuhl.

McWhirters Gesicht war rot angelaufen. Er stotterte: »Ich weiß, was Sie denken.«

»Was denk ich denn?«

»Daß ich die Sache eingefädelt habe.«

»Warum sollte ich das glauben?«

»Weil ich – Sie müssen rausgefunden haben, daß ich das Spiel nach Regeln spiele, die ich nicht gemacht habe. Regeln, die mir nicht gefallen, die jemand anders aufgestellt hat und die momentan eben die Regeln sind.«

»Ihre Nase ist ein – bißchen schief. Das ist mir bis jetzt noch nicht aufgefallen, aber jetzt seh ich es.«

Obwohl er so konfus war, grinste er frech. »Die Geschichte haben Sie gehört? Wunderbar. Na und? Ist doch wahr. In der Nacht haben die Bullen anderen Leuten die Köpfe blutig geschlagen, diese Scheißbarbaren. Aber *diese* Bullen hatten ihre Dienstnummern überklebt. Der, der mich geschlagen hat, nicht. Also hatte ich seine Dienstnummer. Einfache Gerechtigkeit.«

»Einfältige Gerechtigkeit. Sie haben sich auf ihre Stufe gestellt.«

»Oh, Mann!« Er schüttelte den Kopf und schaute mich an, als ob ich nicht ganz dicht wäre. »Immer noch dieselbe liberale Schafscheiße. Sie sollten Richter werden, Strachey, oder Leitartikel für Zeitungen schreiben.«»

Ich sagte: »Sie schaufeln sich Ihr eigenes Grab.«

»Wie bitte?«

»Diese sogenannte Entführung ist genau Ihr Stil. Sie inszenieren das Kidnapping, kriegen einen Haufen Publicity und Mitgefühl für Ihre Streikkampagne – und streichen obendrein noch hundert Riesen zum Finanzieren des Projekts ein. Ich wette aber, Dot Fisher weiß nichts davon, oder? Dot ist zwar unkonventionell, aber doch noch ein bißchen altmodisch in mancher, wahrscheinlich unbequemer Hinsicht, richtig?«

Er starrte mich mit offenem Mund an. »Sie glauben das? Sie glauben, ich würde *Dot* so etwas antun?«

»Also, woher kommt der Finger? Erklären Sie das.«

»Sehen Sie… ich…« Er schwitzte, rutschte nervös herum und zwirbelte mit den Fingern kleine Knäuel aus seinen Brusthaaren. »Sehen Sie, es ist wahr, daß ich gewußt habe, daß das nicht Peters Finger war. Natürlich hab ich es gewußt. Aber ich habe meinen

Mund nicht aus dem Grund gehalten, aus dem Sie glauben. Ich dachte nur... ich dachte, die Entführer – wahrscheinlich Bullen– wollten uns mit dem Finger Angst einjagen. Sie wollten vor allem Dot einschüchtern und uns allen klarmachen, daß sie nicht scherzen.

Und da wir ohnehin genug Schwierigkeiten hatten, dieses Arschloch Bowman zu überzeugen, Peters Verschwinden ernst zu nehmen, dachte ich mir, es wäre besser, wenn ich einfach... meinen Mund halte. Und außerdem – Scheiße, ich hatte Angst, einer wie Sie hätte vielleicht von... von meinem Ruf gehört. Und würde glauben, Peter und ich hätten uns die Sache ausgedacht. Genau das ist ja passiert. Mein Gott, das ist die Wahrheit.«

»Aha. Das habe ich auch geglaubt, Fenton. Zuerst. Als ich gesehen habe, daß es nicht Peters Finger ist, und ich wußte, daß Sie das auch erkannt haben. Ich dachte mir, daß Sie Bowman ein bißchen auf Vordermann bringen wollten. Da hab ich noch nicht soviel über Sie gewußt... Jetzt weiß ich mehr, und ich habe da so meine Zweifel. Große Zweifel sogar.«

»Woher wußten Sie, daß es nicht Peters Finger war?«

»Keine Ahnung. Wahrscheinlich gehöre ich zu den Leuten, die nie einen Finger vergessen, wenn sie ihn einmal gesehen haben.«

»Glauben Sie, daß die Bullen das wissen?«

»Noch nicht.«

»Erzählen Sie's ihnen nicht. Bitte. Es ist nicht wahr! Sie gefährden Peter nur noch mehr.«

»Fenton, Sie haben selbst zugegeben, daß Sie ein skrupelloser, hinterhältiger Lügner und Betrüger sind. Alles nur für die große Sache. Der Zweck heiligt die Mittel. So eine Nummer abzuziehen, sähe Ihnen ähnlich. Es paßt ins Schema.«

»Das ist *nicht wahr*. Sie reden schon genau wie Bowman. *Freunde* so hintergehen? Brüder und Schwestern? Niemals!«

»Sie hintergehen ja nicht Ihre Freunde. Sondern mich, Strachey, den Haustrottel von Millpond. *Ich* bin derjenige, der die hundert Riesen besorgt hat.«

»Ja, aber... das konnte ich doch nicht ahnen, oder? Die Lösegeldforderung – und der Finger – waren doch an Dot adressiert. Offensichtlich von jemandem, der wußte, daß sie notfalls von Millpond einen Haufen Geld kriegen würde. Jemand, der so mies ist, daß es ihm egal ist, wenn Dot ihr Zuhause verliert. Glauben Sie, ich würde so etwas tun?«

»Keine Ahnung.«

»Oder Peter? Sie haben doch gesehen, was für ein Mensch Peter ist. Würde er Dot so etwas antun? Oder irgend jemandem?«

»Nein, wahrscheinlich nicht. Außer... außer er hat nichts davon gewußt. Sie hätten Peter unter irgendeinem Vorwand ein paar Tage wegschicken können, damit Sie in Ruhe Ihre Nummer abziehen können, um Ihre bankrotte Kampagne zu finanzieren. Ihn zum Beispiel in die nächste Stadt vorschicken, um ein bißchen vorzuarbeiten oder so was. Und ein paar andere Gestalten mobilisieren, um die Entführung am Green Room gestern nacht zu inszenieren.«

Er schaute mich an, als ob ich unter einem nassen Stein hervorgekrochen wäre. »O ja, ich habe da meine eigene Truppe – McWhirters Tingeltangel – allzeit bereit. Scheiiii-ße. Und wenn Peter rausfindet, woher ich plötzlich hunderttausend Dollar habe? Was dann?«

»Mmm. Ja. Peter würde es wahrscheinlich zurückgeben.«

Die angewiderte Arroganz, mit der er mich anstarrte, war wahrscheinlich seine natürlichste Ausdrucksform. Was fand Greco nur an diesem Schleimer? Glaubte Greco, diese schwachsinnige Eingleisigkeit sei Stärke, Substanz, Charakter? Meine Achtung vor Greco sank sekündlich. Ich dachte an Timmy. Wieso war er nicht hier?

Andrerseits klang das, was McWhirter mir gerade erzählt hatte, recht vernünftig. Er ging zwar über Leichen, aber es gab nicht die leiseste Andeutung dafür, daß er je einen Freund betrogen hatte. Er war verschlagen und hinterlistig, aber Greco, egal was für Schwächen er sonst hatte, war das nicht. Einerseits dies, andrerseits das.

Ich sagte: »Also gut, Fenton, Sie haben mich mehr oder weniger überzeugt. Ziemlich. Für den Augenblick.«

»Und Sie werden Bowman nichts von Ihren Scheißvermutungen erzählen?«

»Jetzt nicht, nein.«

Er ließ sich gegen das Kopfende des Bettes fallen. »Danke. Jetzt versuchen Sie erst mal, Peter von... diesen Leuten wegzuholen. Alles andere interessiert mich nicht. Und dann können Sie über mich sagen, was Sie wollen. Holen Sie nur Peter zurück.«

»Richtig, das wollen wir ja alle.«

»Ist das Geld im Briefkasten?«

»Ja.«

»Ich werde es zurückzahlen. Wo immer es auch herkommt, ich werde es zurückzahlen.«

Ich ließ ihn nicht aus den Augen und sagte: »Dot und Edith wissen es nicht, aber nach der Übergabe heute abend wird das Auto der Entführer verfolgt werden. Sehr, sehr vorsichtig. Niemand wird verhaftet, bis Peter frei ist. Aber wir sind uns ziemlich sicher: Wer immer das auch getan hat, wird morgen früh im Knast sitzen.«

Er zuckte zusammen und setzte sich auf. Er atmete schwer. »Sie haben versprochen, daß Sie das nicht tun werden. Sie und die Bullen. Ihr wart euch einig, daß das zu gefährlich ist.«

»Wir haben gelogen. Wir waren uns einig, aus Erfahrung, daß Peter so bessere Chancen hat.«

Er starrte mich mit harten, verbitterten Augen an. »Lügen für die große Sache? Der Zweck heiligt die Mittel.«

»So ähnlich, ja... Um ein Leben zu retten. Nichts Abstraktes, das man ausdiskutieren könnte.«

»Trotzdem nur eine Meinung.«

»Eine durchdachte Meinung.«

Er wollte etwas sagen, dann lachte er nur einmal schrill auf. Über uns beide, dachte ich, milde, wie ich nun einmal bin.

Ich sagte: »Die Polizei überwacht das Telefon hier. Wenn Sie jemanden anrufen, wird Ihr Gespräch abgehört. Haben Sie das gewußt?«

»Nein. Was geht mich das an?« Er drehte sich zur Seite und war ganz still, aber sein schwerer Atem klang wie Seufzer.

Ich ließ ihn allein in der stickigen Hitze und machte hinter mir die Tür zu. Ich ging vorbei an dem Bullen in der Küche nach draußen. Ich setzte mich auf die Veranda unter die Sterne und versuchte krampfhaft, den ganzen, blutigen Schlamassel in meinem Kopf zu ordnen. Ich war sicher, daß mich ein Meister seines Fachs hereingelegt hatte, ich wußte nur noch nicht, wer dieser Meister war.

KAPITEL 16

Im fahlen Dunst der Sterne ging ich die Moon Road in Richtung Central Avenue hinunter. Ein Viertelmond mit drei Sternen in seinem Bogen hing am westlichen Horizont wie ein astrologisches Zeichen. Es war Samstagnacht auf der Central Avenue.

»He, ich wette, du bist ein Stier, nicht wahr, großer Mann?«

»Nein, aber gut geraten. Ich bin Presbyterianer – unter dem Zeichen des Golfballs geboren. Es überrascht mich, daß du das nicht an meinen Haarwirbeln erkannt hast.«

»Du bist mir ja 'n ganz Schräger. Ich glaub, ich mach noch ein Tänzchen. In zehn Minuten ist Sperrstunde, aber ich könnte die ganze Nacht tanzen.«

»Klare Sache.«

Die Luft war immer noch reglos, feucht, schwarz. Ich ging am Haus der Deems vorbei. Das Wohnzimmer hinter den Vorhängen des Panoramafensters war hell erleuchtet. Die Tür stand offen, und man hörte laute Stimmen.

»Ist mir egal! Ist mir egal! Ist mir egal!«

»Komm hierher, ich bin noch nicht fertig mit dir.«

Weiter weg: »Jerry, nicht so laut!«

»Keiner von unserer Familie hat je Schwierigkeiten

mit dem Gesetz gehabt! Joseph, wenn dein Großvater —«

»Ist mir egal! Ich hab die Nase voll von euch! Ich hab die Nase voll von diesem Haus! Ich hab von euch allen die Nase voll.«

»Geh in dein Zimmer!«

»Jerry!«

»Ich geh ja, ich geh ja!«

»Jerry, schlag ihn nicht!«

»Du egoistischer Geizhals! Ich kenn dich! Ich kenn dich!«

Die hölzerne Tür klappte zu. Die Stimmen wurden undeutlich. Ich stand im Schatten und wartete ab. Die Holztür flog wieder auf, dann das Fliegengitter. Joey Deem platzte in die Nacht heraus, lief über den Rasen, riß die Tür des Thunderbirds auf, dann schlug er sie hinter sich zu. Das Schloß schnappte ein.

Sandra Deem kam in Bademantel und Lockenwicklern aus dem Haus und stand einen Augenblick reglos vor der Tür. Sie preßte ein paarmal die Hände gegen ihre Wangen. Dann drehte sie sich um, ging wieder hinein und schloß beide Türen hinter sich.

Ich ging die Straße runter.

Im Wohnzimmer der Wilsons brannte Licht, und ich schlich mich in der Dunkelheit ans Fenster ran. Wilson saß in einem Sessel, auf dem Tisch neben sich hatte er eine Strecke leerer Bierdosen gelegt. Sein Blick war auf einen lärmenden Punkt auf der anderen Seite des Zimmers gerichtet. »Wir nähern uns dem Ende des elften Spielabschnitts, und es steht immer noch unentschieden, Yankees sechs, Brewers sechs.«

Ich konnte Kays riesenhafte, nackte Beine über das Ende der Couch hängen sehen.

Ich pirschte wieder zur Moon Road zurück und ging dann die restlichen fünfzig Meter bis zur Central Avenue. Der Samstagabendverkehr Vergnügungs-süchtiger war stattlich, aber auf dem Parkplatz des Gebrauchtwagenhändlers sah ich zwei Gestalten in einem Dodge sitzen. Es war das einzige Chrysler-produkt auf drei Morgen voller Hondas. Ich machte mit zwei Armen das Nixonsche Siegeszeichen in ihre Richtung. Dann drehte ich mich wieder um und ging zurück zu Dots Haus.

Kurz nach ein Uhr dreißig suchte ich mir mein Plätz-chen. Ich holte eine alte Armeedecke aus dem Kof-ferraum meines Autos und legte sie in den Schatten einiger Forsythienbüsche. Eine dieser dunklen, ge-heimen Höhlen, in denen ich mich mit acht Jahren vor der Welt versteckte. Ein Ende der Decke stopfte ich zusammengerollt als Kopfkissen ins Dickicht. Ein kratziges, klumpiges Kissen. Das Gestrüpp stand auf einer Anhöhe zwischen der Rückseite der Scheune und dem Birnengarten, und ich hatte freie Sicht auf das Haus, den Briefkasten und in die andere Richtung nach rechts, auf den Weiher.

Ich machte es mir bequem und lauschte den Zikaden und dem gedämpften Rauschen des Verkehrs auf der Interstate, die hinter dem Wald auf der anderen Seite von Dots Haus verlief. Ab und zu raschelte es in den Büschen unten am anderen Ende der Scheune, einmal sah ich vier Männer in kugelsicheren Westen aus der Scheune kommen und in das Gestrüpp auf der anderen Seite der Moon Road stolpern.

Ich rieb mich mit Mückentod ein. Es nützte nicht viel, dafür hielt ich mich durch das ständige Kratzen und Schlagen wach. Die Luft war schwer und feucht, wie in einer Nacht in Panama. Die Felder rochen süß.

Um fünf vor zwei ging die Verandatür auf. Die Außenbeleuchtung war abgeschaltet, aber im Licht der Sterne sah ich McWhirter und den Polizisten aus der Küche schnell über den Rasen gehen. Sie setzten sich auf den Rücksitz von Bowmans Auto und machten vorsichtig die Tür hinter sich zu. Dann war es wieder still. So allein war es mir gar nicht so besonders wohl in meiner Haut.

Überraschenderweise ging um zehn nach zwei nochmals die Verandatür auf. Zwei Gestalten kamen heraus. Die eine trug einen langen Bademantel mit Rüschen, der im Licht der Sterne pfirsichfarben aussah, und dirigierte den wackligen Strahl einer Taschenlampe vor sich her.

Dot folgte Edith über die Veranda auf die Wiese. Dot trug Handtücher und hatte einen roten Bademantel an, der lose auf ihren schmalen Schultern lag. Die zwei Frauen unterhielten sich leise miteinander und gingen zusammen über das feuchte Gras in Richtung Weiher.

Am Ufer legte Dot die Handtücher auf eine hölzerne Bank und ließ ihren Mantel fallen. Edith zog ihren Mantel aus und legte ihn vorsichtig zusammen, ehe sie ihn mit der Taschenlampe auf die Bank legte. Dot war nackt, aber Edith trug ein wadenlanges Nachthemd unter ihrem Bademantel. Dot half ihr jetzt, es über den Kopf zu streifen und es ordentlich neben den gefalteten Morgenmantel zu legen.

Dot stieg zuerst ins Wasser. Sie beugte sich vor, um sich Gesicht und Brüste naß zu spritzen.

»Oh, mein Gott! Es ist einfach wunderbar, Edie!«

Edith drehte den Kopf, rauf, runter, links, rechts, sie versuchte die schwarze Oberfläche des Wassers auszumachen, ehe sie reinstieg. Dot reichte ihr die Hand und führte sie. Die beiden Frauen standen bis zur Taille im Wasser und schauten sich einen Augenblick lang an, dann drückte Dot Ediths Hand, ließ sie los und ließ sich rückwärts ins Wasser fallen. Langsam schwamm sie zur anderen Seite des Weihers, Edith schaute ihr zu. Dann schwamm sie wieder zurück.

Mit einem kleinen Schrei glitt Edith ins Wasser, legte sich auf den Rücken und ließ ihre weißen Füße an der Oberfläche treiben. Dot ließ sich auch auf dem Rükken treiben, und so drehten die beiden träge Kreise. Der Mond stieg immer höher.

Nach einiger Zeit stiegen die beiden Frauen triefend aus dem Wasser und wickelten sich gegenseitig zärtlich in Handtücher. Einen Augenblick später ließ Dot ihr Handtuch fallen und wickelte Ediths um sie beide. Sie umarmten sich. Lange Zeit standen sie so da, dann legten sie sich zusammen auf Ediths Handtuch ins mondweiße Gras.

Ich legte mich hin, schaute durch die dichtbelaubten Äste meiner Höhle und dachte über mein Leben nach. Ich sagte: »Timmy.«

KAPITEL 17

Ich versuchte, die Leuchtziffern meiner Uhr in Fokus zu kriegen, aber es gelang mir nicht. Ich rieb mir heftig die Augen, blinzelte, hielt die Uhr zehn Zentimeter vor mein besseres Auge, dann hielt ich sie fünfundzwanzig Zentimeter weg und sah sie. Ich preßte meine Augen zu, machte sie wieder auf, schaute noch mal und sagte: »Oh, Gott.«

Es war zehn vor fünf.

Ich steckte meinen Kopf aus den Büschen und sah Bowman mit zwei Bullen auf der Veranda des Farmhauses stehen. Der Himmel über mir war grau, im Osten war er rosa. Ich kroch raus, streckte mich und ging über den Rasen zum Haus.

»Sie schauen beschissen aus, Strachey.«

»Wo ist er?«

»Wo isser? Keine Ahnung. Wer denn?«

»Greco. Ist er im Haus?«

»He, Strachey, hab ich Ihnen den vom Monsignore und vom Rabbi erzählt, die mit einem Flugzeug durch einen Sturm fliegen? Das Flugzeug wird wie wahnsinnig im Sturm hin und her geschüttelt, da fängt der Monsignore an, sich zu bekreuzigen, und...«

»Sie sind entwischt, oder?«

»— und der Rabbi, der fängt auch an, sich zu bekreuzigen, und der Monsignore, der schaut rüber zum Rabbiner, und er sagt –«

»Raus damit, Ned. Wer hat Scheiße gebaut?«

Er gähnte ein bißchen. »Dein Geld ist in Sicherheit, Kumpel. Keine Sorge. Es ist in der Küche.«

»Gut. Was ist passiert? Ich bin eingeschlafen.«

Jetzt wurde er wach. »Nein, wirklich? Eingeschlafen? Ich krieg mich nicht mehr. He, Jungs, habt ihr das gehört? Dornröschen hat ein Nickerchen gemacht, eine kleine, blaue Stunde. Ich hoffe, Sie sind nicht so schnell eingeschlafen, daß Sie die Spätvorstellung verpaßt haben, Strachey? Das haben Sie sich doch nicht entgehen lassen? Ha?«

Er kicherte obszön, schließlich kapierten die beiden Bullen neben ihm das Stichwort und stimmten in den Chor mit ein. Sie sahen auch beschissen aus.

Ich sagte: »Was ist passiert? Mit Greco. Wo ist er?«

»Fragen Sie mich was Leichteres. Um die Wahrheit zu sagen, es ist überhaupt nichts passiert. Kein Auftritt. Keiner hat was abgeholt. Keiner was gebracht. Aber die Polizei muß eine Menge Überstunden zahlen. Das gefällt den Jungs.«

»Es ist *nichts* passiert? Kein Auto, kein Anruf, kein Garnichts?«

»Sense.«

»Ja, das kann ja wohl alles mögliche bedeuten. Also, was haben Sie als nächstes vor, Ned?«

»Abwarten. Ein bißchen schlafen und abwarten. Wir werden noch mal mit den Deems reden und mit diesem komischen Wilson. Und ich nehme an, ich muß

Ihrem Arbeitgeber, Mr. Trefusis, der Ordnung halber einen Besuch abstatten. Aber Sie werden sehen, Strachey, das hat nichts mit dem Viertel hier zu tun und nur indirekt etwas mit Millpond. Irgendein Irrer hat die Zeitung gelesen und sich das ausgedacht. Er hat sich eine Polizeiuniform beschafft und den Typen gekascht. Er ist zwar ein Psychopath, aber er will die hundert Riesen und wird sich schon melden. Das Dezernat überprüft gerade alle Psychos, die fähig wären, so eine Kiste durchzuziehen, und vielleicht schnappen wir ihn ganz schnell. Wenn nicht, so glaube ich, er ist einfach gestern nervös geworden und wird wieder auftauchen. Wir werden ihn in Empfang nehmen, wenn er kommt.«

»Was passiert in der Zwischenzeit mit Greco? Das sind doch Irre. Vielleicht schneiden sie ihm noch irgendwas ab.«

»Also, glauben Sie ja nicht, daß mich das nicht beunruhigt, ganz im Gegenteil. Aber ich habe im Augenblick keine andere Wahl.«

Er hatte die Fingergeschichte noch nicht durchschaut. Er ahnte auch nicht, daß ich McWhirter verdächtigte. Ich überlegte, ob ich es ihm sagen sollte. Ich sagte: »Wo ist McWhirter? Wie hat er reagiert?«

»Vor einer Weile war er total aus dem Häuschen. Aber er hat sich gut gefangen. Er ist gerade mit Mrs. Fishers Auto zur Central Avenue und holt ein paar Krapfen. Der Kerl hält mehr aus, als ich von ihm erwartet hätte.«

Einer der beiden Bullen drehte plötzlich den Kopf

und sagte: »He, da kommt was über Funk!« Er trabte rüber zu Bowmans Auto, das jetzt in der Einfahrt stand.

»Lieutenant, das übernehmen besser Sie.«

Keuchend joggten wir alle zum Auto. Bowman sprach mit einem Offizier im Hauptquartier der zweiten Division, der ihm sagte, daß vor sechs Minuten jemand bei Dot Fisher angerufen hätte und daß die Telefonzentrale seitdem versuchen würde, Bowman zu erreichen. »Wer denn, verdammt noch mal? Was hat er gesagt?«

»Ich spiel Ihnen das Band vor.«

»Also, dann los, los!«

»Hier ist es.«

> McWhirters Stimme: Hallo?
> Männliche Stimme, schroff und gereizt: Wollen Sie Ihren Freund wiedersehen?
> McWhirter (Pause): J-ja.
> Stimme: Rufen Sie in drei Minuten die Nummer an, die ich Ihnen jetzt gebe. Von einem anderen Telefon. Rufen Sie 555-8107. Und bringen Sie das Scheißgeld mit!
> McWhirter: Ich muß mir das aufschreiben –
> Klick. Klick. Freizeichen.

Bowman keifte: »Habt ihr festgestellt, woher der Anruf kam?«

»Tut mir leid, Lieutenant. Nicht genug Zeit.«

»Wo ist 555-8107? Habt ihr das wenigstens?«

»Eine Telefonzelle am Broadway in Menands.«

»Ich hoffe, ihr habt ein paar Leute dahin geschickt.«

»Gleich nachdem der Anruf kam. Wir haben auch versucht, Sie zu erreichen, aber —«

»Also, habt ihr schon was von dem Wagen gehört? Irgendeine Meldung?«

»Wir versuchen gerade, ihn zu erreichen. Bleiben Sie dran.«

Bowmans Gesicht hatte wieder diese interessante lila Farbe. An seiner Schläfe pochte eine Zornesader. Ich sagte: »Der Anrufer. Auf dem Band. Die Stimme kenne ich.«

»Und wer ist es?«

»Ich weiß es nicht«, sagte ich. »Ich weiß nicht, wo ich sie schon gehört habe. Ich kann mich nicht erinnern.«

Das Geld war weg. Keiner wußte, ob McWhirter etwas in der Hand hatte, als er wegfuhr. Bowman sagte, das wäre aufgefallen und überprüft worden. Einer der anderen Bullen sagte, McWhirter hätte einen Parka und Hosen mit ganz großen Taschen angehabt. Whitney Tarkingtons hundert Riesen waren verschwunden. Meine hundert Riesen.

Drei Minuten später erwachte Bowmans Radio quakend von den Toten. »Zwei Wagen stehen noch an der Telefonzelle am Broadway, Lieutenant. Bis jetzt Fehlanzeige...«

»Verfluchte Scheiße, sie sind uns entwischt! Scheiße! Verdammt! Verdammt und zugenäht!«

Ich hockte mich ins taunasse Gras und versuchte zu denken. Die Luft heizte sich schon wieder auf. Ich wartete, bis Bowman Dampf abgelassen hatte. Er ließ seinen Frust an seinen Hiwis aus. Sie traten verlegen von einem Fuß auf den anderen und dachten schmutzige Gedanken. Ich dachte auch ein paar.

Als die Jungpolizisten mit eingezogenen Schwänzen abgezogen waren, stand ich auf und sagte zu Bowman: »Ich muß Ihnen ein paar Sachen über Fenton McWhirter erzählen.«

Die Augen in seinem Kartoffelgesicht wurden noch stechender als sonst. Er sagte nichts.

»Es hat vielleicht – vielleicht aber auch nicht – mit den Ereignissen der letzten halben Stunde zu tun, aber… McWhirter ist nicht unbedingt zu trauen.«

Jetzt riß er seine Augen ganz weit auf, und sein Gesicht wurde wieder ganz lila.

»Was? Sie haben mir was verheimlicht, Strachey? Was denn? Was?«

Ich beschrieb McWhirters Vergangenheit und ihre gutgemeinten Duplizitäten. Während meiner Schilderung verfärbte sich Bowmans Gesicht in allen Modefarben des Herbstes, genau wie sie die Modebeilage der »Times« beschrieben hatte: burgunder, pflaume, mauve, fuchsia und schließlich erschreckend oliv.

Mit zusammengebissenen Zähnen zischte er: »Man hat mich reingelegt.«

»Vielleicht«, sagte ich. »Könnte sein. *Es posible.*«

»Sie – Sie – Sie werden dafür bezahlen!«

Ich hockte mich wieder hin, schaute hoch zu ihm und sagte: »Das hab ich schon.«
Anscheinend gefiel ihm das.

Ich fuhr zurück in die Stadt und hörte mir die Sechs-Uhr-Nachrichten an. Die wußten schon alles. Bowman hatte schnell reagiert. Der Nachrichtensprecher sagte: »Die Polizei fahndet nach Fenton McWhirter und Peter Greco, zwei schwulen Aktivisten aus San Francisco, die im Zusammenhang mit einer Erpressergeschichte und vorgetäuschter Entführung gesucht werden.

Hunderttausend Dollar aus dem Besitz des Privatdetektivs Donald Strachey aus Albany wurden bei dem Betrug erbeutet. Strachey war nicht für ein Interview verfügbar, aber die Polizei von Albany schilderte den Diebstahl als eine raffiniert eingefädelte Geschichte, in der die Betrüger Strachey geschickt das Geld aus der Tasche zogen. Es wurde als Lösegeld für den angeblich Entführten bezahlt. Die beiden Männer wollen das Lösegeld für radikale politische Zwecke verwenden.«

Der Bericht ging weiter: »Wie aus Polizeikreisen verlautet, sind McWhirter und Greco wahrscheinlich bewaffnet und somit gefährlich.« Eine Beschreibung des Autos, mit dem sie vermutlich unterwegs waren, wurde durchgegeben – Dots kleiner, roter Ford –, und die Zuhörer wurden aufgefordert, sofort die Polizei zu benachrichtigen, falls das Auto entdeckt wurde.

Die Wettervorhersage prophezeite einen heißen, feuchten Sonntag, gefolgt von einem heißen, feuchten Montag. Ich schaltete auf einen anderen Kanal, der ein Schubertoktett im Programm hatte.

»Bewaffnet und somit gefährlich.« Bowman und seine kleinen Scherze.

Und doch, irgend etwas war faul an der Geschichte. Bevor ich die Fisherfarm verließ, hatte ich Dot aufgeweckt und ihr erzählt, was passiert war. Sie sagte ganz schlicht, aber mit Nachdruck: »Das glaube ich nicht. Das ist nicht wahr. Fenton würde Sie und mich nie betrügen. Vielleicht ist sein Urteilsvermögen nicht gut, aber seine Prinzipien sind unumstößlich. Wenn er je etwas stehlen würde, dann nur von Leuten, die er als seine Feinde betrachtet. Und Peter ein Dieb? Oh, bei meinen Sternen, wie albern. Sie erzählen mir lauter dummes Zeug, das sollten Sie selbst merken!«

Sollte ich das? Oder war Dot Fisher putzig naiv und ihre Schullehrervorstellungskraft so beschränkt, daß sie unfähig war, eine so zynische Tat zu begreifen wie die, deren McWhirter jetzt angeklagt war. In Dots Leben hatten Verbitterung, Dummheit, Beschränktheit einen Platz, aber soviel ich wußte, keine Verschlagenheit aus Verzweiflung. Wenn sie nie damit konfrontiert gewesen war, wie sollte sie es dann erkennen?

Andrerseits hatte Dot fast ihr ganzes Leben mit Kindern verbracht, die in ihrer Verschlagenheit der bulgarischen Geheimpolizei alle Ehre machen würden.

Vielleicht war es ihr doch möglich, Verschlagenheit zu erkennen, wenn sie damit konfrontiert war, und bei McWhirter war ihr nichts aufgefallen.

Und noch etwas ließ mir keine Ruhe: Wenn McWhirter die Entführung inszeniert hatte, wer war dann der dritte Mann im Bunde, der Mann, der die Lösegeldforderung geschrieben hatte, den Finger verschickt und McWhirter aus Menands angerufen hatte? Die Erpresserbriefe trugen weder McWhirters noch Grecos Handschrift; das hatte ich überprüft, als ich ihre Sachen durchsuchte. Und die Stimme auf dem Tonband war nicht die von Greco. Das wußte ich, weil ich diese Stimme schon einmal woanders gehört hatte. Irgendwo. Irgendwann. Ich versuchte krampfhaft mich daran zu erinnern, aber vergeblich.

Ein Mitverschwörer von hier? Oder hatte Dot den richtigen Instinkt, und ich hatte mal wieder was übersehen, den Wald vor Bäumen nicht gesehen? Crane Trefusis? Vielleicht. Aber Dale Overdorf, sein Lokalmatador, war nicht…

Mein Gehirn ging in Streik. Für ein paar Stunden hatte ich die Nase voll. Randvoll. Ich wollte nur noch schlafen.

Ich fuhr kurz bei meinem Büro vorbei, rief Bowman an und sagte ihm, ich hätte Bedenken. Ich faßte sie zusammen. Ich sagte ihm, ich sei mir fast sicher, daß McWhirter und Greco uns nicht übers Ohr gehauen hätten. Ich nannte ihm meine Gründe und meinte, daß wahrscheinlich jetzt beide in der Klemme steckten. Ich bat ihn inständig, etwas zu unternehmen. Er sagte, er würde sich die Sache durch den Kopf gehen lassen, wenn er ein bißchen geschlafen hätte. Das konnte ich verstehen.

Ich fuhr rüber zur Delaware. Timmys Auto stand nicht auf dem Parkplatz vor der Wohnung. Sonst stand auch keines da, auch nicht auf dem Besucherparkplatz. Ich hielt Ausschau nach dem Mietauto, das er gehabt hatte, konnte es aber nicht finden.

Die Wohnung war stickig, still, tot. Ich riß ein Fenster auf. Ich legte eine Baden-Powell-Platte auf, brachte aber nicht die Energie auf, den Verstärker einzuschalten.

Das Bett war unberührt. Oder doch nicht? Vielleicht hatte er es frisch bezogen? Ich schaute in den Wäschekorb. Zwei Laken lagen drin – natürlich zusammengefaltet, wahrscheinlich in Dreiecksform, wie die Flagge, wenn sie schläft. Vielleicht lagen sie auch schon seit Tagen drin, wer weiß. Die Wäsche war sein Ressort. Immer wenn es um die Hausarbeit ging – gegangen war –, sagte ich: »Du wäschst und machst sauber, und ich öle die Windmühle und füttere die Schweine.« Ein bequemes Arrangement. War es jedenfalls gewesen.

Seine Kleidung lag auf den angestammten Plätzen in den Schränken und Schubladen. Seine Koffer stapelten sich neben dem Staubsauger in der Besenkammer. Ich suchte nach einer Nachricht von ihm, einer Botschaft auf dem Spiegel, einem Brief (eine Briefbombe?), und fand nichts.

Im Badezimmer waren Handtücher und Waschlappen frisch und fein säuberlich gestapelt, wie im Ritz-Carlton. Seine vier Sorten Shampoo und Haarkuren standen wie Soldaten am Ende der Badewanne: Maxine, Patti, Laverne und – Zeppo.

Nur seine Zahnbürste und seine Zahnpasta fehlten. Mister Süßmäulchen. Meister Proper der Münder. Der saubere Callahan, das keimfreie Kind.

Ich ging zurück ins Schlafzimmer, ließ mich auf meine Bettseite fallen, lag da und starrte dreißig Sekunden oder eine halbe Stunde die Decke an. Dann schlief ich ein.

Das Klingeln hörte nicht auf. Tage, Wochen, Monate, schließlich kam mir zu Bewußtsein, daß es kein Traum war. Ich schnappte den Telefonhörer vom Nachttisch und hielt ihn mir in Richtung Kopf. Mit unglaublicher Willenskraft gelang es mir, den Wekker anzupeilen. Zwei Uhr fünfunddreißig. Offensichtlich nachmittags, weil die Sonne auf meine Beine brannte und die langsam in der Khakihose, die ich trug, vor sich hin schmorten.

Es war nicht Timmy. Es war Dot Fisher, ihre Stimme zitterte, war voller Angst und tränenerstickt. Sie sagte mir, Peter Greco sei tot.

KAPITEL 18

Ich traf Bowman in seinem Büro im Hauptquartier der zweiten Division in South End. Das Haus sah aus und roch wie das alte Schulbuchgeschäft in der Stadt in New Jersey, in der ich aufgewachsen war, aber statt schimmliger Bücher über das Pferd Karls des Großen stand hier alles voller glänzender neuer Metallschreibtische, Stühle und Regale, die man sicher mit dreihundert Prozent Aufschlag bei einem Saufkumpan des Herrn Bürgermeisters erworben hatte. In der Beziehung befand sich Albany noch im Jahre 1870.

»Diese Geschichte geht mir allmählich an die Nieren, Strachey.«

Er hatte auf einem Feldbett in seinem Büro geschlafen. Ein angebissenes Stück Sandwich lag mitten im Papierwust auf seinem Schreibtisch, und er nippte an einer undefinierbaren schwarzen, öligen Brühe in einem Pappbecher.

»Wann haben sie ihn gefunden?«

»Gegen Mittag. Eine Familie, die mit dem Motorboot unterwegs war, hat ihn neben einem Haufen Treibholz unter der Dunn-Brücke entdeckt. Die Polizei hat ihn geborgen.«

»Todesursache?«

»Noch nicht festgestellt. Die Sache liegt jetzt in der Hand des Untersuchungsrichters. Vorläufiger Obduktionsbefund ist Tod durch Ersticken, aber das ist noch inoffiziell und geheim. Das kann alles mögliche bedeuten. Ein Typ fällt in eine Wurstmaschine, und der Untersuchungsrichter deutet in fünfzig Prozent der Fälle auf seine Überreste, die wie Frühstücksfleisch in kleinen Plastikpäckchen verpackt sind, und sagt: ›Dieser Mann ist erstickt.‹ Ab und zu finden sie bei einer Autopsie die wahre Todesursache. Kommt drauf an, wer sie macht.«

»Wann kriegen Sie den Bericht?«

»Sechs Uhr oder auch sieben.«

»Sind Sie sicher, daß es Greco ist? Wer hat ihn identifiziert?«

»Mrs. Fisher.«

»Mein Gott, das hätte ich doch machen können.«

»Sie kannte ihn am besten.«

»Irgendwas Neues über McWhirter? Irgendeine Spur?«

»Nur das Auto, mit dem er gefahren ist, das von Mrs. Fisher. Wir haben es vor etwa einer Stunde auf einem Krankenhausparkplatz gefunden. Zwei meiner Leute nehmen es gerade auseinander.«

Ich starrte auf den schmierigen Regenbogen in seiner Tasse. »Das stinkt zum Himmel, das ist oberfaul. Ekelhaft.«

»Hm-hm.«

»Es ist auch nicht logisch. Ich versteh es nicht. Überhaupt nicht.«

»Genau, Strachey. Sie sagen es. Und ich werde Ihnen jetzt sagen, warum ich Sie hierhergebeten habe.«

Jetzt läßt er die Katze aus dem Sack. Ich lehnte mich zurück.

»Die Polizei von Albany bittet Sie offiziell um Ihre Mitarbeit, Donald M. Strachey, weil« – er versuchte würdig dreinzuschauen – »wir Grund zu der Annahme haben, daß Sie uns in bezug auf eine Straftat Beweismaterial vorenthalten. Sie haben mich einmal hängenlassen, Strachey, aber wenn Sie das noch einmal machen, dann werde ich dafür sorgen, daß Ihnen Ihre Lizenz im Staate New York entzogen wird. Also. Was wissen Sie noch über dieses gottverdammte Rattennest?«

Ich versuchte krampfhaft, nicht daran zu denken, daß Peter Greco kalt auf dem Tisch eines Pathologen lag, seine strahlenden Augen leer, und beschrieb die nächste halbe Stunde noch einmal meine Rolle in der Sache, von Anfang an. Immer wieder mußte ich an Greco denken – hatte meine mangelnde Konzentration, meine Unfähigkeit, zu seinem Tod geführt? –, aber ich konzentrierte mich verbissen und erzählte Bowman alles, was ich wußte und in Erfahrung gebracht hatte. Wie ich es erfahren hatte, und ebenso die vorsichtigen oder nicht vorsichtigen Schlüsse, die ich daraus gezogen hatte. Ich ließ fast nichts aus: meine Verbindung zu Lyle Barner, daß ich einen Exbullen in der Bar des Hilton betrunken gemacht hatte, den Namen meines Mittelsmannes in San Francisco.

»Ich spüre eine sehr präzise Zensur«, sagte Bowman, als ich fertig war.

»Was habe ich denn ausgelassen?«

»Zum Beispiel, woher Sie die hundert Riesen haben.«

Wieder die alte Leier. Was wollte er denn nur rausfinden? »Ich hab sie mir von einem Bekannten geliehen, der mir einen Gefallen schuldig war. Was hat das denn mit der Sache zu tun?«

»Aha.« Er sah mich wieder mit diesem verkrampften ›Du-bist-mir-ja-ein-ganz-Schlauer‹-Blick an. Das war leider immer die Vorankündigung für eine besonders dämliche Bemerkung.

Ich sagte: »Und weiter? Raus mit der Sprache. Sagen Sie's ruhig.«

»Sie wissen genau, was ich denke«, sagte er und blickte wie eine weise Eule.

»Weiß ich nicht.«

»Ha.«

Ich wartete. Er lehnte sich in seinem Drehstuhl zurück und starrte mich über seine Blumenkohlnase an. »Sie hängen mit drin«, sagte er. »Hab ich recht?«

»Wo drin?«

»In dieser großen Show. Bei diesem Schwindel, diesem Betrug, diesem Nepp. Strafrechtlich verfolgbar in sechs Punkten.«

Ich schaute mir sein Gesicht genau an, in der Hoffnung, irgendeine Spur von Witz darin zu finden. Aber das zählte wohl nicht zu seinen achtzehn Charakterschwächen. Er sah aus, als ob er das, was er sagte, wirklich meinte.

Ich sagte: »Und Peter Grecos Tod war wohl einge-
plant, als Höhepunkt der großen Show?«

»Das war ein Unfall. Greco, das arme Schwein, hat
wohl irgend etwas falsch gemacht. Ich wette zehn zu
eins, daß der Untersuchungsrichter auf Tod durch
Unfall entscheiden wird. Wahrscheinlich ist er in der
Badewanne ertrunken, und seine Lungen sind voller
Badeschaum mit Zitronenduft. Aber anstatt die
ganze Sache abzublasen, habt ihr einstimmig beschlossen, daß es mit einem toten Greco noch besser
funktionieren würde. Unterdrückte Minderheiten
und dieser ganze Mist. Jetzt werden die Tunten aus
allen Löchern kriechen, um McWhirters Protest-
scheiße zu unterschreiben. Die hundert Riesen sind
nur Kulisse in dem Drama. Wenn's vorbei ist, geben
Sie die einfach Ihren schwulen Freunden zurück,
und keiner ist einen Pfennig ärmer. Hab ich recht,
Strachey? Haben Sie mich verstanden? Gefällt Ihnen
mein Drehbuch?«

Ich stand auf und verließ das Zimmer. Ich hörte, wie
er hinter mir her gackerte. »Na, vielleicht sind Sie
nicht persönlich beteiligt, aber Sie wissen ganz genau, Sie haben mir selbst erzählt...«

Auf meinem Weg die Treppe runter und zur Tür raus
hielt mich niemand auf. Ein Segen für uns alle.

Die Hitze traf mich wie ein Hammerschlag. Ich
machte alle Autofenster auf und fuhr zur Auffahrt
der J-787. Ich fuhr Richtung Norden den Fluß entlang, dann in westlicher Richtung auf der J-90, dann
wieder nach Norden, dann nahm ich die Northway

Mall Ausfahrt. Im Nonstopkino betrug die Temperatur ungefähr achtzehn Grad. Mein Platz in einer der hinteren Ecken war bequem. Ich weiß nicht mehr, was für ein Film gezeigt wurde. Ich glaube, es ging um ein paar kalifornische Kinder und einen kleinen, grünlichen Typen aus Mongo, oder Chicago, oder sonst woher.

Vom Kassenraum aus rief ich in meiner Wohnung an. Keine Antwort, und mein Auftragsdienst hatte auch keine Nachricht für mich. Ich rief Dot an und sagte ihr, daß ich bald rauskäme. Sie sagte, sie hätte noch nichts von McWhirter und auch nichts über ihn gehört, und nichts von den Entführern. Das machte mir Angst. Während des Films hatte ich mir überlegt, daß man mich beschwindelt, betrogen und für blöd verkauft hatte, hauptsächlich dank meiner eigenen Blödheit – und daß die Entführung von Anfang an blutiger Ernst gewesen war. Jetzt hatte ich wahnsinnige Angst um McWhirter.

Ich stand neben dem Telefon und überlegte, ob ich Crane Trefusis anrufen sollte. Aber ich wußte nicht, was ich ihm sagen, was ich ihn fragen sollte. Ich überlegte, ob ich in sein Büro einbrechen sollte, um an seine Kartei ranzukommen, aber das Haus war augenscheinlich gut bewacht, und im Augenblick wäre es nicht gerade ratsam, mich mit der Hand in der Hosentasche meines Klienten erwischen zu lassen. Marlene Compton war eine Möglichkeit. Sie hatte sicher die Schlüssel, aber ich konnte mir denken, daß ich sie kaum für mich gewinnen würde, es sei denn, ich könnte sie davon überzeugen, daß ich König Hussein oder Lee Iaccoca sei. Ansonsten würde sich ihr Interesse in Grenzen halten und die Bande, die sie mit dem ›Mordskerl‹ Crane Trefusis verbanden, kaum lösen.

Wie auch immer, je mehr ich darüber nachdachte, desto unwahrscheinlicher schien mir, daß Trefusis' Kartei irgendwelche nützlichen Informationen enthielt. Leute in seiner Position schrieben selten belastende Dinge auf. Trefusis war auch einfach zu normal und zu selbstsicher, um sich, wie Richard Nixon, sein ganzes Büro mit Wanzen vollzustopfen, damit er später seinen eigenen Ergüssen lauschen konnte. Und weil mir nicht klar war, wie ich Trefusis behandeln sollte, stellte ich ihn in Gedanken wieder aufs Abstellgleis.

Ich rief Lyle Barner an und erzählte ihm, daß Greco tot sei.

»Ich weiß«, sagte er. »So eine Scheiße. Die Nachricht ist mir an die Nieren gegangen. Ich werd mich weiter umhören, vielleicht krieg ich was raus.«

»Tu das.«

»Und... ich möchte mich entschuldigen.«

»Vergiß es. Ich weiß, wie dir zumute ist.«

»Nein, wirklich. Wie ich dich gestern angemacht habe. Mein Timing war einfach total falsch, Strachey. Ich kam mir anschließend beschissen vor.«

»Gut. Aber Schwamm drüber. Ich hab eine Adresse für dich in San Francisco. Ein Schwuler, der Verbindung zur Polizei hat. Du solltest ihn einmal anrufen.«

Schweigen. »Ja, sollte ich wahrscheinlich. Wenn wir uns das nächste Mal sehen, gibst du mir die Adresse. Hast du... heute abend schon was vor?«

Ich traute meinen Ohren nicht. Ich sagte: »Ich habe die nächsten Tage viel zu tun und du auch. Aber ich laß später von mir hören. Vielleicht findest du was raus. Hinterlaß eine Nachricht bei meinem Auftragsdienst, egal, wo du bist.«

»Sicher. Ganz bestimmt. Ich hab heute abend keinen Dienst, aber ich bin unterwegs. Ich mach mich gleich auf die Socken, sobald ich was gegessen habe. Ich bleib am Ball, Don. Ich ruf dich an.«

»Danke, Lyle. Laß nicht locker. Desertierte Bullen, Ex-Bullen, Millpond, die professionellen Schläger von Trefusis, Verrückte, alle sind verdächtig. Die Sache ist blutiger Ernst. Kann nur noch schlimmer werden.«

»Ja, wahrscheinlich.«

Ich legte auf und rief noch mal in der Wohnung an. Nach zwanzigmal klingeln immer noch keine Antwort.

Als ich von der Central Avenue in die Moon Road einbog, stand Kay Wilson an der Straße und schaute auf etwas, das sie in der Hand hielt. Sie schaute hoch, sah mich und wedelte eifrig mit etwas, das wie ein Briefumschlag aussah. Ich hielt an.

»Ihr habt sie wieder verpaßt! Diese verrückten

Schwulen haben noch 'n Brief in meinen Kasten gesteckt, und genau wie letztesmal hocken die Bullen in Cafés rum, anstatt Kriminelle zu fangen. Diese Schweine nehmen immer wieder unseren Briefkasten, die Leute meinen schon, daß Wilson und ich was mit dieser Scheiße zu tun haben. Wir ham genug Sorgen und ich will, daß einer was dagegen…«

Ich sagte: »Was für verrückte Schwule, Kay? Was haben Sie denn da?«

Sie hielt mir den Umschlag durchs Fenster vor die Nase. Genau wie beim letzten Mal war er an Dot Fisher adressiert und lautete: *Sofort öffnen – Leben oder Tod.*

»Diesmal hab ich sie gesehen«, quiekte Kay aufgeregt. »Ich war hinterm Haus und hab Kastanien gegen die Dachrinne geschmissen, weil ich 'n Wespennest runterholen wollte. Da hab ich gehört, wie 'n Auto anhält, und hab grade noch gesehn, wie sie im Hof umgedreht ham und dann wieder auf die Central gefahren sin. Diesmal, das sag ich dir, hab ich sie genau gesehen, ganz genau.«

»Wunderbar, Kay. Großartig. Haben Sie die Autonummer?«

Sie preßte einen Finger in das Fleisch ihres Mundwinkels und sah aus wie eine Witzfigur, die nachdenklich aussehen will. »Mm, ja, nein. Hab ich nich genau gesehen. Aber 's Auto hab ich gesehn.«

»Was für eins war's denn?«

»Groß.«

»Groß wie ein – was?«

»Wie ein Olds, oder 'n Ford. Oder vielleicht 'n Chevy.«

»Welche Farbe hatte es denn?«

»So bräunlich, wie Wilson seiner. Oder blau vielleicht. Kann auch grün gewesen sein, weiß nich.«

»Und die Leute, die drinsaßen? Waren es mehr als einer?«

»Zwei.«

»Beides Männer?«

»Jap.«

»Ist Ihnen irgend etwas an ihnen aufgefallen?«

»Sie warn... weiß.«

Oder grün. »Stellen Sie sie sich einzeln vor. Was fiel Ihnen beim Fahrer auf?«

Sie dachte wieder nach. »Ehrlich, ich hab ihn nich genau gesehn. Scheibenkleister. Kann mich so schwer dran erinnern. Ich war ganz hinten, weißt du.«

»Was hatte er an? Der Fahrer. Sporthemd? T-Shirt? Was?«

»Nix. Er hat gar nix angehabt, ich meine, kein Hemd. Hatte wahrscheinlich Hosen an, aber heutzutage kann man nie wissen. Draußen im Heim hatte ich mal Pause und bin in die Kantine gegangen, und da stand doch dieser eine verrückte Pfleger, Neut Pryzby. Da stand der doch am Getränkeautomat mit...«

»Der Mann, der das Auto gefahren hat, Kay. Er hatte kein Hemd an? War das Autofenster offen?«

»Sein Arm hing raus«, sagte sie. »Ja, richtig. Mit dem

andren Arm is er gefahren. Schöner Arm, der, den ich gesehn hab. Stark und sehr muskelig, so wie Wilson seiner früher. Ganz kräftige Schultern. Gefällt mir, wenn einer das hat.« Sie beäugte mich.

Ich sagte: »Sie müssen sein Gesicht von der Seite gesehen haben. Hatte er einen Bart?«

»Ne, glaub ich nich. Ne. Keine Haare im Gesicht.«

»Große Nase? Kleine Nase? Spitz? Flach?«

»Ja. Nase. Hatte wahrscheinlich eine. Normal, tät ich sagen.«

»Richtig. Und jetzt zu dem anderen.«

»Huu. Mein Gott. Ich glaub, den hab ich gar nich gut gesehn.«

»Er saß auch vorne?«

»Ja.«

»Woher wissen Sie, daß es ein Mann war?«

Sie schnaubte. »Ha! Glaubst du, ich kenn den Unterschied nich mehr? So alt bin ich noch nich.«

»Sie sagten ›verrückte Schwule‹. Wie kommen Sie drauf, daß es Tunten waren?«

»Weil sie's am Radio gesagt ham. Mensch, ich glaub, ich weiß mehr über diese irre Scheiße, die hier abläuft, wie Sie.«

»Ihnen ist nichts Besonderes an den beiden Männern aufgefallen, woraus Sie schließen konnten, daß sie schwul waren? Oder an ihrem Auto?«

»Sie haben nicht mit den Händchen winke-winke gemacht, wenn Sie das meinen. Jedenfalls, Bob, Sie ham mir vorhin erzählt, daß Sie einer von ihnen sind. Das war nur so 'n Spruch, da möcht ich wetten. Sag's doch der guten, alten Kay.«

Sie schaute mich hilflos an. Glücklicherweise konnte ich sagen: »Ich bin die Schwuchtel der Nation. Wenn Sie eine Referenz haben wollen, Kay, dann fragen Sie Officer Bowman. Ich hab zwar noch nie seine Lobotomienarbe geknutscht, trotzdem wird er sich für mich verbürgen. Prüfen Sie's nach.«

Sie grölte. »Du bist mir einer! Als nächstes erzählst du mir noch, daß Burt Lancaster einer ist!«

»Ja, oder Liberace.«

Ihr Lachen dröhnte durch die ganze Nachbarschaft, und sie schlug sich vor Wonne auf ihre mächtigen Schenkel. Das Klatschen war wie das Durchbrechen der Schallmauer und war wahrscheinlich bis Georgia zu hören.

Ich sagte: »Hören Sie zu, Kay. Die Bullen werden Ihnen auf jeden Fall Fragen stellen über das Auto, das Sie gesehen haben. In der Zwischenzeit werde ich dafür sorgen, daß Mrs. Fisher diesen Brief kriegt.«

»Ich helf doch gerne. He, is dieser Typ Greco wirklich tot? Mensch, ich hab mir fast in die Hose gepinkelt, wie ich das gehört hab. Im Radio ham sie gesagt, er is ertrunken. Ich meine, ham sie ihn wirklich entführt, oder hat er ihr Geld geklaut, oder was zur Hölle is denn hier überhaupt los?«

Ich sagte ganz wahrheitsgetreu: »Ich weiß es nicht, Kay. Ich würde es auch gerne wissen.«

»Wenn Wilson heimkommt, wird er ganz schön

Stunk machen, wenn er hört, daß die Bullen noch mal kommen. Bill steht nich auf Bullen. Als Junge war er mal jugendlicher Krimineller, und das Gesetz hat ihn ganz schön fertiggemacht. Was der machen wird, wenn ich ihm das erzähle... Darf gar nich dran denken.«

»Wo ist Ihr Mann, Kay? Er arbeitet doch nicht sonntags, oder?«

»Mußte 'n paar Leute treffen. Irgendwas wegen Sport. Geschäfte.« Sie schaute ihre Füße an, dann wieder mich. Sie machte keinen sehr glücklichen Eindruck. »Ich werd ihm nich erzählen, daß du da warst, Bob. Wilson is eifersüchtig. Wenn ich Bill sage, er soll sich nich so aufführn, du bist doch nur 'n Homo, dann sagt er zu mir Lügnerin oder noch was Schlimmeres. Wilson paßt auf meinen guten Ruf auf, muß ich schon sagen. Er vergöttert mich.« Sie lächelte zaghaft, und ich lächelte zaghaft zurück.

Ich sagte Kay, daß ich mich wieder melden würde, dann fuhr ich die Straße runter. Ich hielt vor dem Haus der Deems an – beide Autos weg, kein Lebenszeichen – und öffnete den Umschlag.

In dem Brief, mit der inzwischen vertrauten Handschrift, stand: *Wenn Sie wollen, daß Fenton nicht wie Peter stirbt, zahlen Sie nochmals 100000 Dollar Mrs. Fisher. Wir melden uns. Und diesmal keine Bullen.*

KAPITEL 19

Dot telefonierte gerade mit Peter Grecos Mutter in San Diego. »Oh, nein, Mrs. Greco, Peter hat sich nichts zuschulden kommen lassen, da können Sie ganz beruhigt sein.« Sie schluckte, dann fuhr sie fort. »Peter war einer der liebsten, fürsorglichsten Menschen, die ich je kennengelernt habe, und diese Geschichte ist so wahnsinnig unfair... ja, ich fürchte, es besteht kein Zweifel. Ich habe die Leiche Ihres Sohnes selbst gesehen... Ist jemand bei Ihnen, Mrs. Greco?«

Sie stand zusammengekauert an der Wand, die Augen halb geschlossen, ihr Gesicht ganz eingefallen vor Alter und Trauer. Als ich an ihr vorbeiging, trafen sich unsere Blicke, und sie schüttelte resigniert und erschöpft den Kopf.

Ich ging rüber zu dem Bullen, der am Küchentisch saß. Er paßte anscheinend auf, daß keiner die Zuckerdose stahl.

»Ihr habt mal wieder Scheiße gebaut«, sagte ich. »Das hat jemand vor fünfzehn Minuten in den Briefkasten der Wilsons geschmissen.« Ich ließ den Umschlag auf den Tisch fallen. »Wieso ist das Haus nicht überwacht worden?«

Sein Kinn fiel auf halbmast, und er riß den Brief vom Tisch. Sein Mund klappte wieder zu, als er den Umschlag öffnete. Dann las er, was drin stand, und seine

Kinnlade fiel wieder runter. Er stand auf und sagte: »Es wäre wohl besser, wenn ich den Lieutenant informiere.«

»Richtig. Das wirft ein neues Licht auf die Sache. Oder ein altes.«

Der Bulle trabte zu seinem Streifenwagen. Dot telefonierte mit jemandem, der anscheinend ein Freund oder Nachbar von Grecos Eltern war. Schließlich legte sie den Hörer auf, blieb aber reglos stehen. Langes Schweigen. Sie schaute zu mir, dann wandte sie sich wieder ab. Ich konnte sehen, was sie dachte.

Ich sagte: »Keiner ist schuld daran. Nur die Leute, die es getan haben. Sie trifft die Schuld. Wenn ich sie finde, werde ich ihnen sagen, was wir von dem halten, was sie getan haben.«

»Ich habe ihnen doch das Geld gegeben, was wollen sie denn noch mehr«, sagte Dot mit erstickter Stimme. »Was hätte ich denn noch tun sollen?«

»Nichts.«

»Aber wenn ich das Haus vor drei Monaten verkauft hätte...«

»Ja, und wenn Gürteltiere Moped fahren könnten, dann könnten Fische Drachen steigen lassen.«

Sie sah mich etwas befremdet an. »Das gibt doch gar keinen Sinn.«

Ich zuckte mit den Schultern. »Der springende Punkt ist, Sie haben die ganze Zeit das Richtige getan. Auf jeden Fall müssen Sie stark bleiben und an die Gegenwart denken. Und an die Zukunft. Wir haben noch ein Problem. Fenton ist in Schwierigkeiten.«

»Ich weiß.«

»Was?«

»Natürlich. Fenton ist entführt worden. Er hat das Geld heute morgen den Entführer gebracht, in der Hoffnung, er könnte Peters Freilassung erkaufen. Aber jetzt, wo Peter tot ist, halten die Entführer Fenton fest. Jedem Trottel ist das klar. Ich habe das schon vermutet, als Fenton heute morgen mit dem Geld verschwand und nicht zurückkam. Peters Tod hat das bestätigt. Ist wieder ein Erpresserbrief gekommen?« Ich nickte. »Sie werden Fenton natürlich töten. Weil er sie jetzt gesehen hat und sie identifizieren kann. Glauben Sie, das ist der Grund, warum sie Peter umgebracht haben? Ich glaube, ja.«

All das zu sagen, gab ihr den Rest. Ihr Gesicht war ganz weiß geworden, und sie hielt sich an der Anrichte fest. Ich half ihr in einen Stuhl.

»Wo ist Edie?« fragte sie.

»Ich weiß nicht, Dot. Ich hab sie noch nicht gesehen. Ist sie vielleicht oben?«

»O ja, sie ist oben und hat die Klimaanlage an. Mein Gott, ist das heiß! Bilde ich mir das ein, oder ist es heute noch heißer als gestern? Ich hab immer geglaubt, daß die Sommer wärmer und die Winter kälter gewesen sind, als ich noch klein war. Aber jetzt bin ich mir nicht mehr so sicher. Ich glaube, das liegt an mir. Wahrscheinlich liegt es an dem alten Sack Haut und Knochen, den ich mit mir rumschleppe.

Ich werde, glaube ich, nach oben gehen und mich ein bißchen hinlegen. Edie macht es genau richtig. Legt sich neben die Klimaanlage zum Abkühlen. Ja, das ist genau das Richtige.«

Dot ließ sich nicht die Treppe hochhelfen. Sie sagte, wenn ich Hunger hätte, sollte ich mir ein Sandwich und ein bißchen Salat machen. Das tat ich. Die Sonne stand ganz niedrig über dem Birnengarten. Es war nach sechs Uhr.

Bowman war in zwanzig Minuten da. Er untersuchte die neue Lösegeldforderung.

»O Mann.«

»Glauben Sie, McWhirter hat das geschickt?« fragte ich. »Ist dieser Brief ein Teil des Komplotts, der großen Show?«

»Vielleicht nicht. Wahrscheinlich nicht.« Er kratzte sich am Kopf.

»Haben Sie auf dem ersten Brief Fingerabdrücke gefunden?«

»Ja. Ihre, die von Mrs. Fisher und von Kay Wilson. Diese Leute sind zwar blöd, aber nicht so blöd. Es waren Spuren von Latex auf dem Brief. Die Schweine haben Gummihandschuhe getragen. Aber ich laß den hier trotzdem überprüfen, für alle Fälle.«

»Wie steht's mit dem Finger?«

»Nein, da waren auch keine drauf. Nur seine eigenen.«

»Und wer war das?«

»Nicht in der Kartei. Aber die Laborleute haben etwas gefunden. Der Finger war mit Leitungswasser aus Albany gewaschen worden – das Zeug ist unverkennbar –, aber es waren auch noch Reste von Formaldehyd dran.«

»Wirklich? Das klingt nach Krankenhaus oder Labor.«

»Soweit sind wir ohne Ihre Hilfe gekommen, Strachey. Wir erkundigen uns überall.«

»Vielleicht ist es der von Rockefeller. Erhobener Mittelfinger. Haben Sie im Staatsmuseum schon nachgeschaut?«

Er wurde ganz blaß wegen dieser Blasphemie.

»Und Grecos Hände waren beide intakt, als er gefunden wurde?«

Er grunzte.

»Was hat der Untersuchungsrichter gesagt? Ist sein Bericht schon da?«

Er verdrehte die Augen. »Tod durch Ersticken«, sagte er angewidert. »Mehr wissen wir noch nicht.«

»Ertrunken, oder was?«

»Ich sagte, mehr wissen wir noch nicht. Nein, Greco ist nicht ertrunken. Kein Wasser in der Lunge. Keine Würgemale. Man hatte ihn an Händen und Füßen gebunden, und es sah aus, als ob er hartnäckig versucht hätte, sich zu befreien. Er hatte Abschürfungen an den Stellen, an denen er gefesselt war. Und man hatte ihn geknebelt, aber so, daß er noch genug Luft bekam. Seine Nase war frei, und er hatte seine Zunge nicht verschluckt. Der Untersuchungsrichter weiß noch nicht, wie es passiert ist. Er arbeitet dran, untersucht alle Möglichkeiten.«

»Droge?«

»Keine Anzeichen dafür. Sie prüfen es noch. Es könnte sein, daß man ihn in einen luftdichten Raum gesperrt hatte. Kofferraum oder so was. Wir wissen es noch nicht.«

»Wie lange war er schon tot?«

»Zwölf, vierzehn Stunden. Exitus zwischen zehn Uhr und Mitternacht gestern nacht.«

»Das kapier ich nicht.«

»Ich auch nicht.«

»Er starb vier oder fünf Stunden, bevor das Lösegeld übergeben werden sollte. Warum sollten sie ihn da töten? Auch wenn sie schon beschlossen hatten, daß Greco sterben sollte, damit er sie nicht identifizieren konnte, wieso sollten sie das Risiko eingehen, ehe das Lösegeld bezahlt war?«

»Sind wahrscheinlich übermütig geworden, haben gedacht, keiner kann ihnen was. Wir wissen ja, daß sie dumm sind.«

»Nein, das wissen wir nicht, Ned. Wir wissen nur, daß sie wenig Schulbildung haben, daß sie nicht rechtschreiben können.«

»Mein Gott, ihr Liberalen.«

»Vielleicht wollen sie nur vortäuschen, daß sie nie über die sechste Klasse hinausgekommen sind. Ich will das Band noch mal hören, das Gespräch aus der Telefonzelle mit McWhirter.«

»Das ist Ihr Bier.«

»Ich möchte gern das Original hören. Ist es in Ihrem Büro?«

»Ja. Ich arrangiere das für Sie. Ich bleib hier draußen, falls die noch mal anrufen. Ein paar von meinen Leuten kommen auch noch. Bringen Sie die hundert Riesen wieder auf, oder wie ist das?«

Ein Kälteschauer lief mir den Rücken rauf und runter. Ich sagte: »Stopfen Sie einfach eine Schachtel voll Monopolygeld. Ist so oder so egal. Mein Gott, diese Leute sind unglaublich brutal.«

»Vielleicht möchte Mrs. Fisher das Geld diesmal aufbringen. Sie ist wirklich eine liebe, verrückte, alte Schachtel. Ich mag sie. Hätte sie gerne auf meiner Seite, wenn ich mal in der Klemme sitze.«

»Sie weiß noch nicht, wieviel sie diesmal wollen. Wenn sie es erfährt, dann sorgen Sie dafür, daß sie nicht ihren Anwalt anruft. Sie soll bitte erst mich anrufen.«

»Na ja, das ist doch wohl ihre Sache.«

Ich sah ihn mir genau an und fragte: »Haben Sie heute schon mit Crane Trefusis gesprochen, Ned?«

»Wir haben ein bißchen geplauscht«, sagte er ganz lässig. »Seine Weste ist sauber.«

»Klar, niemand in Albany, der über hundert Riesen im Jahr verdient, hat je das Gesetz übertreten. Das ist Voraussetzung.«

»Das hab ich nicht gesagt.«

Ich schaute ihn mir noch einmal genau an. Ich war mir fast sicher, daß er diese Nummer nur abzog, um mich zu ärgern. Ich wartete, aber er hatte nichts mehr dazu zu sagen. In der angehenden Dämmerung fuhr ich zurück in die Stadt. Mein Auto stank in der Hitze, genau wie ich.

Ein Techniker der Polizei spielte mir in Bowmans Büro fünfmal das Band vor.

> »Hallo?«
> »Wollen Sie Ihren Freund wiedersehen?«
> »J-ja.«
> »Rufen Sie in drei Minuten die Nummer an, die ich Ihnen jetzt gebe. Von einem anderen Telefon. Rufen Sie 555-8107. Und bringen Sie das Scheißgeld mit!«
> »Ich muß mir das aufschreiben –«
> Klick.

Ich hatte die Stimme schon einmal gehört. Aber wo? Bei einem anderen Fall? In einem Amt? In einer Bar, auf dem Flughafen, auf dem Busbahnhof, in einem Einkaufszentrum? Wieso nicht privat? Vielleicht jemand, den ich nur ganz flüchtig kannte? Vielleicht wegen des Lärmpegels? Das war's. Ich assoziierte den Klang dieser Stimme – barsch, verdrossen, unsympathisch – mit *Hintergrundgeräuschen*. Dem Lärm von vielen Leuten an einem belebten Ort. Aber wo? Wann?
Ich konnte mich nicht erinnern.
Beim Verlassen des Hauptquartiers sah ich Joey und Sandra Deem verdrossen auf einer Holzbank neben der Eingangstür sitzen. Sandras Augen waren rot,

der einzige Farbtupfer an der ganzen Person. Ihr Sohn trug Anzug und Krawatte und sah verängstigt aus. Sandra erzählte mir, daß Joey gerade wegen Vandalismus angeklagt worden sei und daß er im September vor dem Jugendgericht erscheinen müsse.

»Es ist sein erstes Delikt«, sagte ich. »Da wird der Richter nicht so streng sein. Laß dich nur nicht ein zweites Mal erwischen.« Das entsprach nicht ganz der Wahrheit. Bei solchen Delikten hatte man erst beim vierundfünfzigsten Rückfall echte Schwierigkeiten.

»Es wird kein zweites Mal geben«, sagte Mrs. Deem ohne Überzeugung. »Nicht wahr, Joey?«

Er schüttelte kurz den Kopf, dann fixierte er wieder den Boden. Ich gönnte ihm seine Krawatte bei dieser Hitze.

»Joeys Vater ist sehr böse mit ihm«, sagte Mrs. Deem mit einem gequälten Lächeln. »Aber wenn Joey ein Jahr lang brav ist, dann kauft ihm sein Papi das Getriebe. Das hat er ihm heute früh gesagt. Stimmt's, Joey? Das hat Papi versprochen.«

Der Junge nickte mit gesenktem Kopf.

Ich baute sie ein bißchen auf, soweit möglich. Dann überließ ich sie dem traurigen Neonlicht.

Die Wohnung war leer, unberührt, unbesucht.

Ich stellte mich ins Schlafzimmer und schrie: »Timmy, du Arschloch, du pingeliges Muttersöhnchen! Du verklemmter Papistenarsch! Du Schleimer!«

Keine Antwort.

Keine Nachricht beim Auftragsdienst. Ich rief Lyle Barner an. Da war auch keiner zu Hause. Ich erreichte Bowman bei Dot Fisher. Er sagte, die Entführer hätten nichts von sich hören lassen, und die genaue Todesursache Peter Grecos stünde immer noch nicht fest.

Ich dachte an den lebendigen Peter Greco. Ich spürte seine Finger auf meinem Gesicht. Ich ging ins Badezimmer und übergab mich. Kotzwoche am Hudson.

Ich duschte und zog mir das erste Mal nach zweieinhalb Tagen frische Klamotten an. Eine hundertpro Verbesserung.

Ich rief bei Tad Purcell an, keiner da. Ich schaute auf die Uhr. Sieben Uhr vierzig. Ich fuhr raus zum Green Room, und da saß Purcell in der Pianobar. Ein Arthur Rubinstein im weißen Anzug spielte ein Potpourri aus »Finians Rainbow«.

Ich setzte mich auf einen Hocker neben Purcell und sagte: »Haben Sie schon von Peter Greco gehört, Tad?«

Ganz schwach: »Ja.«

Man sah es ihm an. Sein Gesicht war so weiß wie Pat Boones Schuhe. Seine Augen waren dunkle Löcher. Sein Haar glänzte vor Schweiß und Haarspray.

Seine Durchlaucht, der König unter den Philosophen, sprach: »Das Leben spielt einem immer wieder übel mit. Keiner weiß, warum.«

Kaum hörbar: »Ich weiß.«

»Aber in diesem Fall gibt es eine Erklärung«, sagte ich ihm. »Und ich werde sie finden.«

Er warf mir einen müden Blick zu. Er sagte: »Viel Glück«, hob ein Glas mit etwas Buntem und kippte ein Drittel davon runter.

»Wo waren Sie gestern nacht, Tad? Waren Sie bis zur Sperrstunde hier?«

Er kicherte nervös: »Wo sonst?« Das war so leicht zu überprüfen, daß keiner, der auch nur einen Funken Verstand hatte, es gesagt hätte, wenn es nicht wahr war. Trotzdem würde ich es überprüfen.

Ich sagte: »Sie arbeiten für das Krankenhaus von Albany. An wen muß ich mich wenden, wenn ich ganz diskret rausfinden will, ob ein paar Leichenteile fehlen? Aus dem Leichenschauhaus, aus dem Laboratorium, oder von sonstwo.«

Ein angeekelter Blick. Er sagte: »Mein Gott, Sie sind vielleicht schräg.«

»Ein Finger, zum Beispiel. Ich muß rausfinden, woher ein bestimmter Finger kommt.«

»Warum, haben Sie sich 'nen Tripper davon geholt?« Er fand seine Bemerkung ausgesprochen witzig, und er sah sich um, ob jemand nahe genug saß und das Glück hatte zuzuhören.

Arthur ging über zum Thema aus »A Letter to three Wives«.

»Es kann natürlich sein, daß der Finger woanders herkommt«, sagte ich. »Aus einem Labor oder einem College oder aus einem anderen Krankenhaus. Aber das Krankenhaus von Albany ist auf jeden Fall der größte Auffangplatz hier für Leichenteile, den ich kenne, deshalb fang ich damit an. Wer kann so was wissen?«

»Newell Bankhead ist der Chef des Pathologielabors«, sagte Purcell schulterzuckend. »Der weiß Bescheid über Blut und Gedärm, glaube ich.«

»Meinen Sie, er hat heute abend Dienst? Oder soll ich es bei ihm zu Hause versuchen, oder wo?«

Purcell kicherte wieder. »Newell arbeitet wochentags. Aber er ist nicht zu Hause. Das ist so sicher wie das Amen im Gebet.«

»Wieso sind Sie da so sicher?«

»Weil«, sagte Purcell mit diesem idiotischen, allwissenden Grinsen, das alle Betrunkenen an den Tag legen, »Newell gleich da drüben sitzt. Er ist der Pianist.«

Ich schaute rüber und sah, wie Arthurs rechte Hand einen Bogen durch die Luft beschrieb und ein donnerndes Arpeggio vollendete. Er zwinkerte mir zu.

Newell Bankhead, ein großer, hagerer Mann in den besten Jahren – so alt wie ich –, sagte, es wäre besser, wenn wir in seine Wohnung in der Partridge Street gingen. Keine Ablenkung und so. Newell hatte allerdings selbst ein paar entnervende Ablenkungen auf Lager, aber als ich eineinhalb Stunden später aus seiner Wohnung kam, hatte ich, was ich wollte – also Schwamm drüber.

Ich hatte eine Liste mit 106 Namen. Die meisten waren von Leuten, die im Krankenhaus von Albany arbeiteten, aber Newell hatte ein paarmal telefoniert und konnte noch ein paar aus dem Memorial, St. Peter und einigen anderen Krankenhäusern der Umgebung hinzufügen.

Newell hatte mir gesagt, es würde sehr schwer sein, über jeden Finger im Krankenhaus von Albany, oder irgendeinem anderen, Rechenschaft abzulegen. Soweit er wußte, fehlte keiner. Er sagte, daß bei schwer verstümmelten Leichen, wie zum Beispiel nach schlimmen Autounfällen, die traurigen Reste der Verstorbenen sofort in ein Bestattungsinstitut gebracht werden, damit man sie, soweit möglich, kosmetisch zusammenflickt. Oder man schickt einfach die Plastikbeutel, die dann in einem Sarg versiegelt werden. Manchmal behält man ein paar Leichenteile zu Forschungszwecken im Labor zurück. Oder sie werden einfach vernichtet: verpackt, versiegelt und verbrannt.

Die Namen auf Newells Liste waren von Männern und Frauen, die ohne weiteres freien Zugang zu diesen Teilen hatten. Das waren Mitarbeiter der Pathologie, eine große Anzahl Ärzte aus der Notaufnahme, Schwestern und Pfleger mit unterschiedlichen Aufgaben. Am Ende der Liste stand der Hausmeister des Krankenhauses, der die Müllverbrennungsanlage überwachte.

Newell wies darauf hin, daß die Liste unvollständig sei: also machte er Sternchen neben die Namen der Leute, die zu seinem schwulen Bekanntenkreis zählten und die bei Bedarf die Liste noch ergänzen würden. Als ich die Sterne zählte – siebenundzwanzig von einhundertsechs –, sah es so aus, als ob Fenton McWhirter recht hätte. Im Falle eines schwulen Generalstreiks war es nicht ratsam, in den USA einen Unfall zu haben oder krank zu werden.

Bankhead erzählte mir auch, er wüßte von einem Kollegen, der am Wochenende Dienst hatte, daß am Nachmittag zwei Polizeidetektive im Krankenhaus gewesen seien, die dieselben Fragen gestellt hätten. Bowmans professionelle Fähigkeiten stiegen in meiner Achtung, obwohl ich befürchtete, Bowmans Büro würde drei Tage brauchen, um alle Leute zu verhören und, falls nötig, zu überprüfen. Ich bezweifelte, daß wir so lange Zeit hatten, falls wir Fenton McWhirter retten wollten.

Ich wußte, was ich zu tun hatte. Fünf oder sechs Stunden Strafarbeit, aber es gab keinen anderen Weg. Ich mußte einhundertundsechs Telefonate führen und versuchen, eine harte, angespannte, unverwechselbare Stimme zu erkennen.

Ich fuhr die Central Avenue runter zu meinem Büro. Ich riß das Fenster über der durchgeschmorten Klimaanlage auf, griff mir einen losen Ziegel aus der Fassade und klemmte ihn zwischen Fenster und Fensterstock. Dann setzte ich mich an meinen Schreibtisch, breitete Newells Liste vor mir aus, machte das Telefonbuch auf und fing an zu wählen.

»Guten Abend. Mein Name ist Biff McGuirk, ich rufe aus dem Büro Seiner Ehren, des Bürgermeisters an. Sind Sie Mr. Lawrence Banff?«

»Ja, am Apparat.«

»Mr. Banff, der Bürgermeister macht eine Umfrage unter den Bürgern von Albany. Er möchte dadurch feststellen, ob es Möglichkeiten gibt, die Dienstleistungen der Stadtverwaltung für die lieben Leute dieser außergewöhnlichen Stadt, die wir alle bewohnen, zu verbessern. Darf ich fragen, ob…«

Nach einer halben Stunde Schwerarbeit hatte ich die Nase voll. Ich war überfordert. Ich hatte erst drei Anrufe hinter mir und mir mehr oder weniger ergreifende Geschichten über Schlaglöcher, Wasserpreise, Schlaglöcher, Vermögenssteuer, Schlaglöcher, verrückte Hunde und die Luftfeuchtigkeit in der Ten Broeck Street angehört. Die Stimme des Entführers hatte ich nicht gehört.

Ich starrte das Telefon an. Alles schien vergeblich, bestenfalls eine Chance zu hundert. Auf so etwas konnte man sich nur einlassen, wenn man unbegrenzt Zeit hatte. Ich konnte ja nicht einmal sicher sein, daß der Besitzer der Stimme des Entführers auf meiner Liste stand. Oder auf irgendeiner hypothetischen Liste von Krankenhausangestellten. Vielleicht hatte ein Komplize den Finger aus dem Labor oder aus der Notaufnahme gestohlen, ein Komplize, dessen Stimme ich noch nie gehört hatte und überhaupt nicht erkennen würde.

Ich dachte ein bißchen darüber nach und hatte eine halbwegs gute Idee. Bowman, dachte ich mir, konnte ganz schnell Stimmproben vom ganzen Personal der Notaufnahmen und der Pathologien kriegen – das war in vierundzwanzig Stunden zu schaffen. Dann konnte man sie mit der auf dem Band vergleichen. Die Chancen standen fünfzig zu fünfzig, daß unser Mann tatsächlich ein Krankenhausangestellter war, und wenn ja, so wäre das eine schnelle Möglichkeit, ihn ausfindig zu machen.

Ich rief Bowmans Büro an. Man sagte mir, Bowman wäre noch draußen auf der Fisherfarm, und man verband mich mit seinem Funkwagen.

Dreißig Sekunden später war er selbst an der Strippe.

»Schaffen Sie Ihren Arsch so schnell wie möglich hierher, Strachey, sonst verpassen Sie alles. Ihre geheimnisvolle Stimme hat wieder angerufen. Mrs. Fisher bezahlt.«

»Dot?«

»Sie wollten nur mit ihr sprechen. Sie sagt, sie wird es tun.«

»Scheiße, Scheiße, Scheiße.«

Kapitel 20

Der Anruf der Entführer kam um neun Uhr zwei-
undzwanzig. Bowman hatte ihn aufgenommen und
spielte mir das Band vor.

> Dot Fisher: Ja, hallo.
> Stimme: Soll der andere am Leben bleiben?
> Dot Fisher: Ja. Ja –
> Stimme: Dann hören Sie gut zu –
> Dot Fisher: Gut, gut. Glauben Sie mir, wer im-
> mer Sie sind –
> Stimme: Sperren Sie die Ohren auf, Madame.
> Passen Sie gut auf. Legen Sie die hunderttau-
> send in einen Picknickkorb mit Henkel. Um
> zwölf Uhr Mitternacht bringen Sie den Korb
> zur Telefonzelle am Westway Diner auf der
> Western Avenue gleich bei der Landstraße. Eins
> – fünf – fünf. Kapiert?
> Dot: Ja.
> Stimme: Warten Sie neben der Telefonzelle.
> Und keine blauen Schwestern diesmal, Ma-
> dame!
> Klick.

Wieder diese Stimme. Ich kannte sie. Ich hatte sie
schon einmal gehört. Aber jetzt wußte ich noch etwas. »Blaue Schwestern«, ein Spitzname für Bullen,

den nur eine bestimmte Untergruppe einer bestimmten, größeren, gesellschaftlichen Gruppe verwendet. Der Entführer war selbst schwul!

Bowman hatte auch in seiner Terminologiestunde aufgepaßt. »Einer meiner Jungs hat mir erzählt, daß er dieses Scheiß-›Blaue Schwestern‹ schon mal gehört hat, Strachey. Der Schleimer ist anscheinend einer von euch. Tut mir ja so leid. Mein Beileid.«

»Danke. Woher kam der Anruf?«

»Wieder aus einer Telefonzelle. Diesmal aus dem Colonie Center. Er war schon weg, als unser Wagen dort ankam. Und keiner dort hat jemanden telefonieren sehen. Zum Kotzen.«

»Also, was wollen Sie tun?«

»Sie geht hin. Mrs. Fisher ist ganz schön hart im Nehmen, wirklich. Wir werden sie unauffällig beschatten.«

»Weiß sie das?«

»Ja. Sie will, daß diese Schweine gefaßt werden, genau wie ich. Und sie weiß, daß die über Leichen gehen.«

»Nimmt sie das Geld mit?«

Er nickte verlegen.

Trotz der Hitze wurde mir eiskalt. Ich sagte: »Woher hat sie es?«

»Es ist noch nicht da«, sagte er und hielt Ausschau nach etwas, das ihn ablenken könnte. »Das Geld muß jede Minute hier ankommen.«

»Aha. Und wer bringt es?«

»Ihr Chef«, sagte er, ohne mich anzuschauen. »Mr. Crane Trefusis.«

»Nein. Sie hat doch nicht etwa –«

»Sie hat. Nicht ganz so, wie Sie meinen. Ich will damit sagen, sie hat ihm ein Vorkaufsrecht auf das Grundstück gegeben, das innerhalb von vierundzwanzig Stunden nach der Unterzeichnung des Vertrages rückgängig gemacht werden kann. Danach ist es rechtsgültig, egal, was passiert. Mrs. Fishers Anwalt hat sich an die Strippe gehängt und mit Trefusis alles ausgeklüngelt und sein Okay gegeben.«

»Vierundzwanzig Stunden. Die Zeit reicht vielleicht nicht.«

»Wir haben Zeit genug, wenn diese Irren zur Geldübernahme auftauchen.«

»Ja, wenn. Aber sie sind unberechenbar, nicht wahr, Ned? Sie besitzen anscheinend immer wieder die Frechheit, sich nicht nach dem Plan in Ihrem Kopf zu verhalten.«

Er schnaubte verächtlich. »Also, was schlagen Sie dann vor, Klugscheißer? Ist Ihnen schon was Besseres eingefallen? Wenn Sie keinen besseren Vorschlag haben, dann wäre es wohl angebracht, daß Sie eine Zeitlang Ihr großes, fettes Maul halten, oder?«

Ich hielt mein großes, fettes Maul.

Dot war oben bei Edith gewesen, jetzt kam sie runter. Sie trug alte Jeans voller Grasflecken, Turnschuhe und ein Sweatshirt mit der Aufschrift »Meine Oma war in Hawaii und hat mir bloß dieses doofe Sweatshirt geschickt«.

Ein Bulle kam rein und holte Bowman zum Funkwagen. Er trabte schnaubend in die Nacht hinaus.

Ich sagte zu Dot: »Ich kann ja verstehen, warum Sie das gemacht haben, aber wir hätten das Geld auch anderweitig aufgetrieben. Sie gehen ein furchtbares Risiko ein, Dot.«

»So wichtig ist es nun auch wieder nicht. Ich komme auf dem Zahnfleisch daher. Irgendwann reicht es. Und Edith mag den Winter hier sowieso nicht. Glauben Sie, ich bin zu alt, um Surfen zu lernen?«

»In Laguna Beach wahrscheinlich nicht.«

»Ich wette, da gibt es einen Altweiberclub ›Die große Welle ruft‹, meinen Sie nicht auch?«

»Meine ich auch. Aber Sie haben noch nicht verloren, Dot. Keineswegs. Wir haben noch Zeit.«

»Ja, das hoffe ich. Obwohl ich sehr skeptisch bin, daß wir Fenton heil wiederkriegen. Sie nicht auch? Nach dem, was sie Peter angetan haben. Aber wir müssen es doch versuchen, nicht wahr?«

»Ja.«

Auf dem Küchentisch lag ein geflochtener Picknickkorb. Dot ging hin. »Diesen Korb hat mir Edith zu meinem fünfzigsten Geburtstag geschenkt. Er war voller Käse aus aller Welt, mit einer Karte, auf der stand: ›Du bist der schönste Käse in meinem Leben‹. War das nicht eine komische, dumme, liebe Idee?«

Sie balancierte auf einer Stuhlkante und starrte aus dem Fenster auf den Obstgarten und den vom Mond erleuchteten Teich.

Die Tür ging auf, und Bowman kam rein, gefolgt von

Crane Trefusis, der mich zuerst sah und mit freudig ausgestreckter Hand auf mich zukam.

»Das war exzellente Detektivarbeit, Strachey, wie Sie den jungen Deem festgenagelt haben. Gratuliere.«

»Gratuliere. Ist das alles?«

»Der Scheck ist in der Post«, sagte Trefusis fröhlich.

»Oh, Mrs. Fisher, nett, Sie wiederzusehen.«

»Kann ich mir vorstellen«, sagte Dot, ohne eine Miene zu verziehen.

»Ich wollte Ihnen nur sagen, wie leid es mir tut, daß...«

»Ja, ja, danke, Mr. Trefusis, aber wir wollen es hinter uns bringen.«

Trefusis schien ein bißchen verstimmt, weil man seine Beileidsrede so rüde unterbrochen hatte. Aber die Alternative war schließlich, Geschäfte zu machen, also konnte er mühelos umdenken. Er holte ein Bündel Papiere und einen goldenen Füller aus seiner Jackentasche.

»Dauert nur einen Moment«, sagte Dot, nahm die Papiere, aber nicht den Füller. Am Küchentisch setzte sie sich eine Lesebrille auf und begann, die Papiere mit der Abmachung, die ihr der Anwalt per Telefon diktiert hatte, zu vergleichen.

Trefusis sagte zu Bowman: »Lieutenant, ich wünsche mir von ganzem Herzen, daß Sie die Verrückten fassen, die für dieses bösartige Verbrechen verantwortlich sind. Wie stehen die Chancen, werden Sie in nächster Zeit jemanden verhaften?«

»Die Chancen stehen ausgezeichnet«, sagte Bowman.

Trefusis verschlug es für einen Moment die Sprache, aber seinem Gesicht war nichts anzumerken. »Freut mich zu hören«, sagte er, nicht sehr überzeugend. Ich bezweifelte nicht, daß er die Sache gern aus der Welt geschafft hätte, aber er hätte es lieber gesehen, wenn das erst in vierundzwanzig Stunden passieren würde.

Dot kam zurück und hatte den verbindlichen Vorverkaufsvertrag unterschrieben. Im wesentlichen besagte er, daß Dot für den Fall, daß Millpond Plaza Associates nicht innerhalb von vierundzwanzig Stunden die hunderttausend Dollar zurückerhalten würde, ihr Haus und ihren Grund für dreihundertfünfzigtausend Dollar innerhalb einer Woche an Millpond verkaufen mußte.

»Ich brauche einen Zeugen für meine Unterschrift, Don. Hättest du was dagegen?«

Ich hatte was dagegen, aber ich unterschrieb trotzdem. Dann unterschrieb Trefusis, und Bowman unterschrieb als Zeuge für ihn. Das Ritual wiederholte sich bei der zweiten Vertragskopie, die Dot behielt.

Trefusis übergab mir einen Leinensack voller Geld und sagte: »Es liegt eine Liste mit den Seriennummern der Scheine bei, wie Lieutenant Bowman es verlangt hat. Wissen Sie, Mrs. Fisher, es tut mir so leid, daß das alles unter so traurigen Umständen stattfinden mußte, aber eigentlich war es doch eine

Fügung des Schicksals, daß Millpond zur Verfügung stand, um…«

»Nehmen Sie Ihre Papiere und gehen Sie, Mr. Trefusis. Bitte. Bevor ich Ihnen… sage, was ich von Ihnen halte!« Ihr Gesicht lief rot an. Trefusis machte ein paar Schritte rückwärts und floh in die Nacht hinaus.

Ich sagte: »Ein Herzchen.«

»Jeder schaut, wo er bleibt«, flötete Bowman.

»Ned, das ist ein Renner im Wettbewerb für die dämlichste Bemerkung des Jahres.«

»Verdammt noch mal, ich hab doch nur gesagt, daß…«

»Hört mit der Zankerei auf«, schnappte Dot und machte eine Packung Aspirin auf. »Bitte nicht jetzt.«

Um das Schweigen zu brechen, fragte ich Bowman: »Was gab's denn gerade im Funk, irgendwas Neues?«

»Nicht viel. Der Pathologe glaubt jetzt, daß Greco gegen irgend etwas allergisch war. Der Erstickungstod wurde durch eine innere chemische Reaktion ausgelöst. Aber sie wissen die Ursache noch nicht.«

Ich sagte: »Dot, war Peter auf irgend etwas allergisch, wissen Sie was davon?«

Das schien sie zu verwirren. »Nein, ich glaube nicht. Er hat nie was davon gesagt. Der Himmel weiß, was Leute mit Heuschnupfen in dieser Jahreszeit mitmachen. Aber, soviel ich weiß, hatte Peter nie Schwierigkeiten damit. Man müßte Fenton fragen.«

Wir schauten uns recht betreten an.

Bowman sagte: »Wenn alles gutgeht, können wir ihn in ungefähr einer Stunde selbst fragen.«

»Ja«, sagte Dot, »hoffentlich.«

Dazu fiel nicht mal mehr Bowman etwas ein, er hatte wohl Wichtigeres im Kopf.

Während Bowman und Dot die hundert Riesen in den Picknickkorb stapelten und Dot mit einem versteckten Mikrophon und einem Sender ausgestattet wurde, ging ich ins Gästezimmer und holte Grecos Tagebuch raus.

Ich blätterte es durch, und nach einer Minute fand ich die Eintragung, die ich suchte.

> *2. August* – New Haven heiß, Yale-Studenten cool. Nur zwei Arbeiter aus der Mensa unterschreiben, keine Studenten. Wohnen bei Tom Bittner, der hier ein Jahr lang Antischwulengesetze studiert. Toll, Tom wiederzusehen. Ist immer noch mit Cicely zusammen. Hab auf der Veranda geschlafen.

Ich suchte weiter und fand noch zwei Beispiele für das, was ich suchte. Der Eintrag für den 26. Juni in Portland/Maine enthielt die Bemerkung: »Sollte bei Harry Smight übernachten, mußte aber nach zwanzig Minuten das Haus verlassen, das Übliche.«

Am 2. Juli, in Boston, schrieb Greco: »Toll, Carlos wiederzusehen, aber ich konnte nicht in seiner Wohnung bleiben, mußte bei seiner Schwester schlafen. Bei C. überall die verflixten Viecher!«

Ich ging zurück in die Küche. Dot und Bowman waren raus zu seinem Auto gegangen. Ich rief die Auskunft von New Haven an und ließ mir die Nummer von Tom Bittner in der Orange Street geben. Ich wählte die Nummer und erklärte der schläfrigen, männlichen Stimme am anderen Ende, wer ich sei, und schilderte kurz, was mit Peter Greco passiert war.

»Oh, mein Gott. O nein.«

»Hören Sie, Tom, Sie können uns helfen, die Schuldigen zu finden. Peter ist erstickt, und die Mediziner meinen, eine Allergie könnte dran schuld sein. War Peter möglicherweise allergisch gegen Katzen?«

»O mein Gott, ja, und wie. Tödlich. Ich meine... o Gott...«

»Vielen Dank, Tom. Sie haben uns sehr geholfen. Schöne Grüße an Cicely.«

Ich legte auf und rief Newell Bankhead an.

»Don Strachey, Newell. Ich möchte dich um einen kleinen Gefallen bitten. Eigentlich ist es ein ganz großer Gefallen, aber vielleicht können wir dadurch ein Leben retten. Ich brauche eine Liste aller schwulen Angestellten in der Pathologie oder der Notaufnahme sämtlicher Krankenhäuser der Umgebung. Die Liste, die du mir gegeben hast, ist unvollständig. Ich brauch sie alle. Sofort. Kannst du das machen?«

Er lachte. »Gib mir sechs Wochen Zeit. Und ein paar Kilometer Papier.«

»Schau, du mußt dich nur ans Telefon hängen und drei Leute anrufen, die hängen sich auch ans Telefon und rufen ihrerseits wieder drei Leute an und so weiter. Es dürfte höchstens zwei Stunden in Anspruch nehmen. Im Endeffekt kennt jeder Schwule in Albany alle anderen Schwulen in Albany. Ich will damit sagen, Newell, wir sind hier im Hudson-Tal, nicht in West Hollywood.«

»Ich habe die Nachrichten im Fernsehen gesehen. Hat das etwas mit dieser grausigen Kidnapping-Geschichte zu tun?« fragte er. »Bei der dieser nette, junge Mann ums Leben gekommen ist?«

»Hat es.«

»Du meine Güte. Geht in Ordnung. Ich werde tun, was ich kann, ja. Aber es ist schon nach elf, weißt du. Viele werden schon schlafen. Die müssen alle um sieben Uhr früh antreten.«

»Dann weck sie auf. Sag ihnen, wie wichtig es ist. Und noch etwas, Newell. Noch eine Schwierigkeit, aber ich bin sicher, du wirst auch mit der fertig. Ich brauche nicht nur alle Schwulen. Ich muß wissen, wer von ihnen Katzen hat. Oder wer einen Untermieter oder Liebhaber mit Katze hat.«

»Katze? Wer eine Katze hat?«

»Genau. Katze.«

Schweigen.

»Es ist unheimlich wichtig, es geht um Leben und Tod.«

»Na ja. Ich werde... tun was ich kann.« Es klang nicht gerade überzeugt.

»Danke, Newell. Ach, übrigens, ich wollte dir noch sagen, wie gut mir gestern abend deine Interpretation des Themas aus ›Ruby Gentry‹ gefallen hat. Ich war schon immer ein großer Fan von Jeannie Crane.«

»Oh, vielen Dank. Aber das war Jennifer Jones in ›Ruby Gentry‹. Weißt du denn gar nichts über Musik?«

»Wahrscheinlich habe ich ›The Unfaithful‹ gemeint.«

»Das war Ann Sheridan.«

»Natürlich. Leider haben mich meine Eltern in den wunderbaren Vierzigern nur in ›Song of the South‹ mitgenommen. Spielst du manchmal ›Zippety – duu-da‹?«

»Ab und zu, so gegen halb vier Uhr früh, wenn's einer verlangt«, sagte er trocken.

»Also das werd ich dann mal tun. Sei bereit. Aber jetzt ruft die Arbeit. Du mußt auch ran.«

»Sieht so aus.«

»Ich ruf dich in zwei Stunden wieder an, Newell. Danke.«

»Alles klar.«

Ich ging nach draußen. Dot war gerade in ihr Auto gestiegen. Neben ihr auf dem Sitz stand der Picknickkorb voller Geld. Edith stand im Bademantel neben dem offenen Autofenster, beugte sich vor und gab Dot einen Abschiedskuß.

»Also, sei schön vorsichtig, Dorothy, und laß dich auf nichts ein. Gib ihnen einfach das Geld, und dann komm sofort wieder nach Hause.«

»Mach dir keine Sorgen, Schatz.«

»Du weißt genau, daß ich mir Sorgen mache. Das weißt du doch.«

Edith ging ein paar Schritte zurück, den Bademantel fest an sich gepreßt. Ein Streifenpolizist blieb zu ihrer Bewachung zurück. Ich beugte mich vor und gab Dot einen Kuß, dann schrie ich Bowman zu, daß ich mit meinem Auto hinterherfahren würde.

Er schrie zurück, daß er mich gerne im Auge behalten würde, und befahl mir, mich hinten in sein Auto zu setzen, genau, wie ich es gewollt hatte.

Während wir die Moon Road entlanghoppelten, in zirka fünfzig Meter Abstand zu Dots Auto, erzählte ich Bowman von Peter Grecos Allergie gegen Katzen, und wie er möglicherweise dadurch gestorben sei. Was manches erklären würde.

»Mein Gott«, sagte Bowman, der wieder mal nicht verstehen wollte. »Konnte keine Katzen vertragen? Was war denn das für 'ne Tunte?«

Danach wurde es sehr still im Auto.

KAPITEL 21

Hell erleuchtet, wie eine kleine Stadt, ragte der Westway Diner in die schwarze Nacht. In der verglasten Eingangshalle standen ein Telefon und ein Zigarettenautomat. Von der anderen Seite der Avenue aus sahen wir, wie Dot um elf Uhr neunundfünfzig aus dem Auto stieg, die wenigen Stufen zur Eingangshalle hochstieg und sich neben die Telefonzelle stellte. Aus einem Speziallautsprecher, der an Bowmans Armaturenbrett befestigt war, hörten wir Dots Atem und das schnelle Pochen ihres Herzens. Den Picknickkorb hatte sie am Arm.

Um Mitternacht klingelte das Telefon neben Dot.

»Hallo?«

Das Telefon war angezapft worden, und über regulären Polizeifunk konnten wir sowohl Dot als auch den Anrufer hören.

»Fahren Sie zum Price-Chopper.« Wieder die inzwischen vertraute Stimme. Wo hatte ich sie schon gehört? »Warten Sie am Telefon vorne.«

»Bei welchem Price-Chopper?« fragte Dot schnell.

»Dem in der Twenty Mall oder dem unten auf der Western Avenue, Richtung Albany?«

»Unten auf der Western. Wir rufen in zwei Minuten an.«

Klick.

Bowman stotterte: »Jesus, Maria und Josef! In zwei

Minuten schaffen wir es nie, das Telefon anzuzapfen! Können wir das?«

Eine metallische Stimme aus dem Hauptquartier, sieben Meilen weit weg, sagte: »Wir versuchen's, Lieutenant. Wir arbeiten schon dran.«

Dot war schon wieder im Auto und fuhr Richtung Osten auf die Western Avenue. Der Verkehr war schwach, und sie konnte sich mühelos in die vierspurige Fahrbahn einordnen.

»Habt ihr das gehört, Conway?« keifte Bowman ins Mikrophon. »Boyce? Salazar? Am Price-Chopper unten auf der Western.«

»Verstanden, Lieutenant.«

»Wir haben gehört.«

»Sind schon unterwegs.«

Der Parkplatz vor dem Vierundzwanzig-Stunden-Supermarkt war praktisch leer. Dot parkte direkt vor der Telefonzelle am hell erleuchteten Eingang. Sie stieg wieder aus und stellte sich mit ihrem Picknickkorb neben die Telefonzelle. Das Telefon klingelte.

»Ja, hallo?«

Wir konnten jetzt nur Dots Stimme hören, die Fangschaltung war noch nicht installiert.

»Ja, ja. Ich hab verstanden.«

Bowman murmelte: »Wiederholen Sie's für uns, Lady. Wiederholen Sie's.«

»Ja«, sagte Dot. »Mach ich sofort.«

Dot legte auf und ging in den Supermarkt, der Korb hing an ihrem Arm. Ihre Stimme kam wieder aus dem Lautsprecher.

»Er hat mir gesagt – ich hoffe, Sie hören mich, Lieutenant Bowman. Der Mann hat gesagt, ich soll in den Laden gehen und, und … ein Steak kaufen. Das hat er mir gesagt. Und dann soll ich wieder rausgehn und neben dem Telefon warten.«

Bowman wand sich auf seinem Sitz. »Ein Steak. Scheiße. Er kann doch nicht Steak gesagt haben, Strachey. Ist die alte Schachtel schwerhörig, oder was?«

»Nicht, daß ich wüßte. Ich würde sagen, nein, ist sie nicht.«

»Ach du meine Güte!« Wieder Dots Stimme. »Mein Gott, ich hab nicht einen Cent in der Tasche. Ich hab nur das Geld im Korb! Was sein muß, muß sein. Ich hoffe, die können nicht zählen.«

Bowman wand sich noch ein bißchen, schüttelte den Kopf und sagte: »Ich glaub, ich hab 'ne Erscheinung.«

»Ich hab das Steak«, sagte Dot. »Ein bißchen fett, aber schön zum Dämpfen. Das Bratenfleisch sieht besser aus, aber der Mann hat Steakfleisch gesagt, also kauf ich Steakfleisch.«

Von unserer Position auf der anderen Seite des Highways aus beobachteten wir, wie ein blauer Dodge, wie der von Bowman, langsam auf den Price-Chopper-Parkplatz fuhr. Er blieb am Waldrand auf der Westseite des Platzes stehen und schaltete das Licht aus.

Eine müde, junge, weibliche Stimme sagte: »Das macht vier siebenundachtzig.«

Eine Pause, und Dots Herz schlug wieder schneller.

»Haben Sie's nicht kleiner als einen Hunderter?« fragte die Kassiererin.

»Nein, tut mir leid – oh! Sind das nette, kleine Fernseher! Genau, was ich für mein Arbeitszimmer brauche. So einen nehm ich einfach noch mit. Was kosten die denn?«

»Fünfundachtzig fünfundneunzig. Plus Mehrwertsteuer.«

»Wieviel macht das dann?«

Schweigen. Dann: »Fünfundneunzig vierunddreißig für den Fernseher. Und vier siebenundsechzig das Fleisch.«

»Fein«, sagte Dot. »Wunderbar.«

Klick, klick, klingel.

»Das macht einhundert Dollar und einen Cent.«

Wieder das Herzklopfen. Ich glaubte, einen leichten Mitralklappenlapsus zu hören.

»Ach, du lieber Himmel. Ich habe nur –«

»Vergessen Sie den Cent«, sagte die junge Frau.

»Oh, vielen Dank. Ich danke Ihnen von ganzem Herzen.«

»Schönen Abend noch.«

»Ja, Ihnen auch.«

Sie erschien wieder auf der Bildfläche, den Picknickkorb über dem rechten Arm, eine Einkaufstüte in der rechten Hand. Die linke Hand umklammerte krampfhaft den Tragegriff eines kleinen Fernsehers.

Dot packte rasch den Fernseher auf den Rücksitz des

Autos und stellte sich wieder neben das Telefon. Sie sagte: »Hat einer von euch hundert Dollar? Was passiert, wenn sie's zählen?«

Bowman wurde ganz starr, aber Dot machte keine Anstalten, vom Telefon wegzugehen.

Eine Minute verstrich.

»Wo, zum Teufel, bleiben die?« krächzte Bowman. »Was soll denn diese Scheiß Schnitzeljagd?«

Das Telefon klingelte und erschreckte uns alle.

»Hallo?«

Dann eine andere Stimme aus dem Polizeifunk. »Die Telefonleute sind in der Leitung, wir bleiben dran.«

»Hoffentlich.«

»...und fahren Sie nach Hause. Und nehmen Sie die ganzen Scheißbullen mit.«

»Ich habe keine Polizisten dabei. Wie Sie sehen... können Sie mich sehen? Ich bin alleine. Ich hab es nicht erlaubt, daß einer mitkommt.«

»Tun Sie genau das, was ich Ihnen gesagt habe.«

»Ist Fenton in der Nähe? Lassen Sie ihn jetzt frei?«

»Tun Sie genau das, was ich Ihnen gesagt habe.«

»Ist ja gut. Mach ich ja.« Dot klemmte sich den Hörer zwischen Nacken und Schulter, um beide Hände frei zu haben. Sie bückte sich, holte das Fleischpaket aus der Einkaufstüte und packte es anscheinend aus. »Ich lege das Fleisch in den Korb«, sagte sie. »Und jetzt stelle ich den Korb auf den Gehsteig neben der Telefonzelle.«

Bowman und ich sagten es gleichzeitig: »Ein Hund!« – da schoß etwas aus dem Unterholz am östlichen

Ende des Parkplatzes, schnappte sich den Korb am Henkel und raste zurück ins dichte Gebüsch.

»O meine Sterne!« hörten wir Dot schreien. »Gib das sofort wieder her! Komm zurück, du verfluchter Köter!«

Keiner hörte sie mehr, nur noch wir. Die Täter hatten eingehängt.

»Salazar, Sie fahren hintenrum! Boyce, Sie folgen mir! Auf der anderen Seite des Waldes ist eine Straße!«

Wir rasten die Western ein Stück runter, schlugen dann einen scharfen Haken nach links in eine bewohnte Straße, parallel zu dem Wäldchen, in das der Hund gelaufen war. Einen Block weiter wurde die Straße zur Sackgasse, nach allen Seiten nur noch Wald, nichts mehr zu sehen.

Wir sprangen aus dem Auto und horchten. Grillen zirpten.

Während Bowman und die acht bis zehn Streifenwagen, die plötzlich aus dem Nichts aufgetaucht waren, wie die Verrückten durch alle Straßen und Gäßchen von Guilderland rasten, joggte ich zurück zum Price-Chopper-Parkplatz. Dot saß auf dem Fahrersitz ihres Autos und hatte das Radio an. Die Mitternachts-Jazzshow lief, und Art Tatum spielte gerade »Sweet Lorraine«.

Ich stieg zu ihr ins Auto, und ein paar Minuten lang saßen wir da und hörten zu. Keiner von uns sagte ein Wort. Als das Lied zu Ende war, tauschten wir den

Platz, und ich fuhr uns zurück zu Dots Haus. Edith wartete in der Küche, und wir tranken ein Bier und aßen ein paar Brote.

Keiner redete viel. Dot und Edith waren erschöpft, niedergeschlagen. Ich beobachtete die Uhr und wartete.

KAPITEL 22

Um ein Uhr zwanzig rief Bowman über Funk den Streifenpolizisten, der das Haus bewachte, um sich zu erkundigen, ob Dot gut heimgekommen wäre. Er wurde informiert, daß dem so sei. Bowman berichtete, daß man weder von den Entführern noch von dem Hund, noch von dem Korb voll Fleisch und Geld eine Spur gefunden hätte, aber daß die Straßen und der Wald im Umkreis von sechs Meilen durchkämmt werden würden. Als mir der Streifenpolizist das mitteilte, hörte ich das Geknatter eines Hubschraubers über mir.

Um ein Uhr fünfundzwanzig, die Temperatur betrug dreißig Grad, gingen Dot und Edith im Teich schwimmen. Diesmal trugen sie Badeanzüge.

Genau um ein Uhr dreißig wählte ich Newell Bankheads Nummer. Besetzt. Ich rief die Vermittlung an und erzählte der Dame, daß Mr. Bankheads Großmutter mit dem Bus in einem Vorort von Katmandu über einer Klippe abgestürzt sei und dabei getötet worden wäre, und sie möchte doch bitte Bankheads Gespräch unterbrechen. Sie stellte mir ein paar strenge Fragen, ganz nach den Vorschriften der Telefongesellschaft, verstummte ein paar Sekunden, dann war Bankhead am Apparat.

»Newell, leider muß ich dir mitteilen, daß deine Großmutter Ruby Gentry getötet wurde, als der

Bus, in dem sie saß, in einem Vorort von Katmandu in einen Abgrund stürzte.«

Er kicherte. »O je, o je, das tut mir aber leid.«

»Ich dachte, du würdest es gerne wissen. Also, was hast du rausgefunden?«

»Sechs Leute haben gleich aufgelegt, und ein paar andere haben Freunden von mir den Hörer einfach hingeknallt, als sie angerufen haben. Aber die Liste ist beinahe vollständig, glaube ich. Es sind achtundfünfzig Namen. Willst du sie dir aufschreiben?«

»Ich spitze schon den Stift. Und all diese Leute arbeiten in der Pathologie oder in der Notaufnahme und sind schwul?«

»Bei diesen waren wir hundertpro sicher. Ich hab noch eine Liste von achtzehn völlig Verklemmten, bei denen wir nicht ganz sicher sind, aber schon ein paar Mark drauf riskieren würden.«

»Ich nehm sie alle. Zuerst die Katzenbesitzer.«

»Davon haben wir sechzehn. Es sind sicher mehr, aber von denen wissen wir es ganz genau.«

»Schieß los.«

Bankhead diktierte mir die Liste.

Ich schrieb sie in mein Notizbuch. Sie ging über fünf Seiten. Einige der Namen erkannte ich wieder aus der ersten Liste, die er mir in seiner Wohnung gegeben hatte.

Als er fertig war, sagte ich: »Ich weiß, daß ich nicht danach gefragt habe, aber für den unwahrscheinlichen Fall, daß du mir dabei helfen kannst – was weißt du über Hunde?«

Er kicherte obszön. »Acht oder zehn davon machen dir gern mal den Hund, Schätzchen, aber ich dachte, du brauchst die Liste wegen einer Entführung?«

»Ha, ha. Hundebesitzer, Newell. Genau wie bei den Katzen.«

»Ich kenn nur ein paar von den Leuten, aber bleib mal dran.« Er summte das Thema von »A Summer Place«, während er die Liste durchblätterte.

»Hier steht einer«, sagte er. »Martin Fiori hat Hunde und Katzen. Ich war mal bei ihm. Er hat die reinste Menagerie.«

»Wirklich? Was für Hunde? Sind sie dressiert?«

»Ja. Ich weiß, daß sie ein paar Tricks auf Lager haben. Er hat zwei Pudel, die durch einen Reifen springen können, und einen Pekinesen, der auf Kommando ohnmächtig wird. Martin sagt einfach: ›Fall in Ohnmacht, Patsy‹, und das kleine Luder kippt aus den Latschen. Zum Schreien, sag ich dir.«

»Martin klingt nicht sehr vielversprechend. Wen haben wir denn noch?«

»Laß mal sehen. Oh, hier ist einer. Buddy Strunk hat einen Hund. Irgendeine Mischung, soweit ich mich erinnern kann. Ganz zutraulich. Schnüffelt gern. Bei Buddy in der Wohnung sitzen alle, die ihn besuchen, den ganzen Abend mit zusammengekniffenen Knien da. Aber ich glaube, Buddy hat keine Katze. Nein, keine Katze bei Buddy.«

»Schau weiter.«

»Dr. Vincent hat einen Hund. Und eine Katze.«

»Wer ist er?«

»Dr. Charles Vincent. Er arbeitet im Bezirkskrankenhaus von Albany in der Notaufnahme. Er schmeißt jedes Jahr ein Riesenfest in seinem Haus in Latham, da war ich auch schon mal eingeladen.«

»Was für ein Hund? Kannst du dich erinnern, wie sein Hund aussah? Vielleicht ein deutscher Schäferhund, oder was anderes Gescheites, Böses?«

»Nee, glaub ich nicht. So ein großes, häßliches Vieh, daran würde ich mich doch erinnern. Ich glaube, Charles' Hund ist so rötlich. Vielleicht ein irischer Setter.«

»Ja, okay, ich werd ihn überprüfen. Wer noch?«

»Ich glaube, das war's. Wahrscheinlich gibt es da noch viel mehr. Aber nach Hunden hast du nicht gefragt. Nur nach Katzen. Also hab ich auch nicht nach Hunden gefragt.«

»Scheiße. Okay. Besser als gar nichts.«

»Oh, hier ist einer. Ich weiß zwar nicht, ob er einen Hund oder eine Katze hat, aber die Möglichkeit besteht. Sein Bruder hat welche. Sein Bruder dressiert Hunde.«

»Wer ist das? Erzähl mal, was du über ihn weißt.«

»Er heißt Duane Andrus und ist Pfleger in der Notaufnahme im Bezirkskrankenhaus von Albany. Sein Vater war Tierarzt und hatte eine Hundezucht, die Andrus Kennels, draußen auf der Karner Road in Guilderland. Der alte Herr hat sich vor ein paar Jahren zu Tode gesoffen. Dann gibt's da einen Bruder – Glen heißt er, glaube ich –, der ist Wachmann im Albany Krankenhaus –«

»Ein Wachmann, der eine Uniform trägt?«

»Ja, der schon.«

»Weiter, was weißt du noch?«

»Also, Glen hat dort eine Hundepension aufgemacht, nachdem der alte Herr tot war, bis der Tierschutzverein den Schuppen dichtgemacht hat wegen Tierquälerei. Das muß die Hölle gewesen sein, hab ich gelesen. Dreck, Hunger, Prügel. Das war erst letzten Monat, glaube ich. Oder vielleicht Ende Juni. Es stand in der Zeitung. Das einzige gesunde Tier da draußen war der Hund, den Glen dressiert. Duane hat da immer ausgeholfen, das weiß ich. Das überrascht mich nicht. Genau der richtige Typ für so was.«

»Typ wofür?«

»Gemeinheit, Rücksichtslosigkeit, Schaumschlägerei. Ein richtiges Arschloch.«

»Was weißt du noch über Duane?«

»Der Mann ist garantiert kriminell. Verkauft seinen Hintern, ist total auf Koks, wie man hört. Er hat schon mal wegen Körperverletzung gesessen, das weiß ich ganz sicher. Duane hat immer Geld. Man erzählt sich, er hat in der Stadt einen Sugardaddy. Er treibt sich immer am Billard im Watering Hole rum. Er ist bösartig, dumm und häßlich. Betonung auf bösartig und dumm. Ganz schöner Brocken, wenn man auf so was steht, ordinär, wie der ist.«

Ich ließ das Band in meinem Kopf noch mal durchlaufen.

Ich hörte die Stimme und die Geräusche im Hintergrund. Freitag nacht im Watering Hole. Der bösartige Cowboy, dem McWhirter den Billardstoß vermasselt hatte. Der, der nach Stall stank, oder nach Hundezwinger.

Ich sagte: »Du bist ein Goldstück, Newell. Das ist unser Mann. Ich bin mir fast sicher. Hör zu, glaubst du, daß Duane Andrus einer von den Leuten war, die deine Freunde heute abend angerufen haben? Du hast ihn doch nicht angerufen, oder?«

»Duane ist nicht unbedingt mein Typ. Ich steh mehr auf tiefgründige Wasser, wie Richard Gere. Und nein. Ich glaube nicht, daß ihn sonst jemand angerufen hat. Duane ist nicht gerade freundlich. Außer man hat einen Hundertdollarschein in der Hand.«

»Newell, ich danke dir. Du hast heute abend etwas ganz Wichtiges getan. Und wenn es auf dieser Welt Gerechtigkeit gibt, dann darfst du in der Musikhalle der Sparkasse von Troy ein Konzert geben.«

»O Schätzchen, du überwältigst mich. Die Bude wird total ausverkauft sein, wenn ich an einem Mittwochabend für den halben Preis spiele.«

Ich legte auf und fragte den Streifenpolizisten, der jetzt die Farm bewachte, wie ich Bowman erreichen konnte.

»Der Lieutenant wollte mit dem Hubschrauber los, da kann ich ihn schlecht stören.«

»Stören Sie ihn«, sagte ich. »Er reißt Ihnen die Eier ab, wenn Sie's nicht tun.«

Ich erzählte dem Bullen, wo ich hinfahren würde

und was ich vorhatte, und daß er Bowman diese Nachricht, so schnell es die polizeiliche Bürokratie erlaubte, zukommen lassen sollte.

Ich hätte gern eine Pistole dabeigehabt, aber die Zeit war zu knapp, um noch den weiten Weg ins Büro zu fahren und meine Smith und Wesson zu holen. Ich wählte die Nummer von Lyle Barner. Nach dem zehnten Klingeln wollte ich schon aufgeben, da hob er plötzlich doch noch ab.

»Ja, wer ist da?«

»Don Strachey, Lyle. Ich brauche Hilfe. Jetzt.«

»Wo brennt's denn, Don?« Er klang entspannt und ziemlich desinteressiert. Zu entspannt. Es tat mir wirklich leid, daß ich ihn stören mußte.

»Ich möchte, daß du mich in fünfzehn Minuten – in zehn, wenn du's schaffst – vor dem Star Market, Ecke Western und Karner Road, triffst. Bring deine Waffe mit.«

»He, Mann. Ich hab... es ist jemand bei mir.«

»Schau, daß du ihn los wirst. Ich weiß, wer die Entführer sind, und ich weiß, wo sie sind. Ich brauche Hilfe. Bowman wird auch irgendwann auftauchen. Aber ich brauche einen starken Mann, der sich mit unberechenbaren Typen auskennt und mit einer Waffe umgehen kann. Und ich brauche ihn jetzt.«

»Klar, Don. In zehn Minuten. Star Market, Ecke Western und Karner.«

Der Bulle saß in seinem Auto und versuchte, jemanden über Funk zu erreichen. Ich fuhr aus Dots Einfahrt und donnerte die Moon Road hoch.

Kein Licht bei den Deems und den Wilsons. Wahrscheinlich schliefen sie alle und träumten von unermeßlichen Reichtümern. Die Reichtümer, die ihnen in den Schoß fallen würden, wenn ich nicht zur Karner Road rasen würde, um ihnen die Tour zu vermasseln.

KAPITEL 23

Lyle Barners Trans Am rauschte fünf Minuten nach mir auf dem Parkplatz des Star Market ein. Ich stand vor meinem Auto, er hielt neben mir.

»Hör zu, Don, ich muß dir was erklären. Es war nicht meine Idee…«

Die Beifahrertür von Lyles Auto ging auf. Ein Mann stieg aus und schaute mich übers Autodach hin an. Sein Gesicht kam mir irgendwie bekannt vor.

»Tag, Sportsfreund«, sagte ich. »Lange nicht gesehn.«

Sein Blick war unterkühlt.

»Er hat drauf bestanden, mitzufahren«, plapperte Lyle weiter. »Ich meine, Mensch, wenn ich gewußt hätte, daß er… ich meine…«

Am liebsten hätte ich sie beide zertrampelt. Lyle wollte ich aus seinem pretentiösen Wichserauto zerren, die hundert Meter bis zur nächsten Eisdiele schleifen und ihn dort in die Vanillekunsteismaschine stopfen. Dann wäre ich noch mal zurückgegangen und hätte den anderen mit Arschtritten die sechs Meilen bis zu unserer Wohnung getreten.

Statt dessen ging ich in den Star Market, kaufte mir einen großen Behälter Brunnenwasser, schraubte ihn auf und nahm einen Schluck. Dann goß ich mir den Rest über den Kopf. Gluck, gluck, gluck. Das Zeug war nicht besonders kühl, aber es war naß und auf jeden Fall kühler als meine Körpertemperatur, und es erfüllte seinen Zweck.

Lyle schaute mir mit offenem Mund zu. Timmy schaute weg und verbiß sich das Lachen. Aber sein neuerdings kaltes Herz erbebte sicher unter seinem schulterfreien T-Shirt. Ich wischte mir mein Gesicht an meinem Hemd ab. Ich sagte: »Wir fahren mit meinem Auto. Ich erklär euch alles unterwegs. Steigt ein. Sofort.«

Sie gehorchten.

Ich fuhr am Zwinger vorbei. Es war ein niedriges, weißes Holzhaus. Ein rosa-schwarzes Schild, auf dem »Geschlossen« stand, hing an der Tür. Ich parkte eine Viertelmeile die Karner Road runter, und wir drei gingen zu Fuß in Richtung Zwinger. Zwanzig Meter südlich des Gebäudes schlugen wir uns in die Büsche und schlichen uns näher ran.

Die Vorderfront lag im Dunkeln, aber vom Wald aus konnten wir sehen, daß in einem Seitenflügel mit schmalen Fensterschlitzen oben unter dem Dach Licht brannte.

Da wir nur eine Pistole hatten, blieben wir zusammen. Wir schlichen uns an einen alten, dunkelgrünen Pontiac ran, der im Hinterhof geparkt war, und dann weiter zu dem Seitenflügel, wo wir uns flach an die Wand drückten.

Lyle und Timmy gingen in die Hocke und machten eine zweiteilige Plattform aus ihren Rücken, auf die ich kletterte und durch das Fenster spähte. Niemand war zu sehen, nur eine Wachmannuniform hing an einem Haken – die des »Bullen«, den Mel Glempt gesehen hatte, als er Peter schnappte – und an der Wand gegenüber stand eine lange Reihe Metallkäfige.

Das Fenster, durch das ich schaute, war mit Maschendraht vergittert, aber die Scheibe war gebrochen, und ein ganzes Stück fehlte. Der Gestank übertraf alles, was ich seit Asien gerochen hatte. Es war, als ob einen eine fliegende Jauchegrube mitten ins Gesicht treffen würde.

Ich kletterte runter.

Timmy flüsterte: »Katzenscheiße.«

»Ja, Katzenscheiße. Und für Peter noch schlimmer, Katzenhaare.«

Ich stand da, das Bild der schmutzstarrenden Käfige auf meiner Gehirnrinde eingebrannt. Jetzt wußte ich genau, wie Peter Greco umgekommen war.

Ich beugte mich vornüber und fing lautlos an zu würgen, aber Timmy flüsterte: »Später, später.« Timmy war schließlich Weltmeister auf diesem Gebiet.

Wir bewegten uns zum hinteren Ende des Gebäudes und sahen, daß ein weiterer Flügel sich dreißig Meter nach hinten vom Hauptgebäude aus erstreckte und daß auch in diesem Flügel Licht brannte. Wir krochen langsam darauf zu. Als wir uns näherten, hörten wir Stimmen aus einem der Fenster unterm Dach. Lyle zog seinen Revolver.

Ich wurde wieder hochgehoben, um reinzugucken. Und ich sah sie. McWhirter saß in einem Hundekäfig aus Draht. Seine Hände und Füße waren gefesselt, und er hatte einen Knebel im Mund. Genau unter mir waren zwei Männer. Von einem sah ich einen nackten Arm, und vom anderen hörte ich die Stimme. Sein Körper war nicht in meinem Blickfeld.

»Sag ihm, die ham uns um hundert Piepen gelinkt«, sagte der Arm. »Diese Scheißlesbe hat uns hundert Dollar gezogen. Wir sollten hingehn und ihr ein paar aufs Maul hauen.«

»Halt's Maul, Glen. Das ist doch scheißegal«, sagte die Stimme von Duane Andrus.

»Hör zu, Baby. Ich will die fünfzig in einer Woche wiederhaben, sonst mach ich dich fertig. Kapiert? Wenn ich fertig sage, meine ich fertig.«

Langes Schweigen. Offensichtlich sprach Andrus nicht mit seinem Bruder, sondern telefonierte.

»Hör zu, ich hab dir gesagt, es war ein Unfall, und ich hör mir dein Gequatsche nicht mehr länger an. Dieser Greco hatte eine Augenbinde und hätte uns nie erkannt, aber bei diesem Arschloch ist es anders – der hat uns gesehn – und jetzt ist es sowieso scheißegal, oder? Wir stecken sowieso bis zum Hals in der Scheiße, also halt dein schwules Maul. Du warst eh keine große Hilfe, also schieb ab! Und hol mir meine fünfzig, sonst mach ich Hackfleisch aus deinem Arsch.«

Er schlug den Hörer auf die Gabel.

»So ein Stück Scheiße, ich weiß gar nicht, warum...«

»Shhh!«

Das leise Knurren war nur drei Meter hinter uns.

»Das ist Brute«, hörte man eine Stimme aus dem Haus.

Keiner von uns bewegte sich. Keiner von denen bewegte sich. Das einzige Geräusch war ein keuchendes, geiferndes Grollen. Angestaute Tierwut, die unmittelbar vor der Entladung stand. Ich drehte mich langsam um und sah ihn im fahlen Mondlicht. Ich wußte, daß sie entweder auf Hals, Handgelenk oder Unterleib abgerichtet waren, und ich versuchte zu entscheiden, welches dieser Teile ich am ehesten entbehren konnte. Das Handgelenk gewann.

Da meine ganze Aufmerksamkeit dem Hund galt, hatte ich nicht bemerkt, daß sich im Gebäude etwas bewegt hatte. Plötzlich erschien ein Mann – wahrscheinlich Glen Andrus – aus dem hinteren Teil des Gebäudes.

»Brute, faß!« schrie er. Das war zwar nicht so originell wie »Fall in Ohnmacht, Patsy«, aber unter diesen Umständen sehr viel nützlicher für den Besitzer.

Die Bestie stürzte sich auf unsere idiotische Pyramide. Lyles Pistole donnerte mit einem lauten Knall auf, und der Aufprall schleuderte den Hund von uns weg. Unsere Pyramide brach im selben Augenblick zusammen. Glen Andrus rannte um die nächste Ecke auf den Pontiac zu. Lyle hinterher. Timmy und ich liefen um die Ecke in das Gebäude, in dem McWhirter gefesselt lag.

Ich stieß mit Duane Andrus zusammen, der gerade durch die Tür bretterte. Wir prallten beide gegen den Türrahmen und wälzten uns plötzlich zusammen auf der weichen, warmen Erde voller Kot. Ich preßte ihn auf den Rücken und wollte ihn gerade erwürgen – vielleicht nicht ganz, vielleicht aber doch – da hob er den Kopf und biß mich ins Ohr. Ich drückte meine Finger in seinen Hals. Eine Sirene heulte in meinem Kopf, und ich hörte es ein paarmal knacken, als ob jemand schießen würde. Andrus bearbeitete mein Kreuz mit den Fäusten und biß fester zu. Später wußte ich nicht mehr, ob ich Schmerzen verspürt hatte. Nur an das Geräusch konnte ich mich noch erinnern, das Heulen einer Sirene ein paar Zentimeter neben meinem Kopf oder in meinem Kopf.

Timmys Hand kam in Sicht. Ich kannte dieses wohlgestalte, ein bißchen zu gut manikürte Ding nur allzu gut, genauso gut wie meine eigene. Sie hielt einen Ziegel, der hart auf Andrus' Schädel prallte. Er würgte, fiel weg von mir, spuckte mir etwas Blutiges ins Gesicht und lag stöhnend da.

Ich stand auf, dann ging ich in die Hocke und beugte mich vornüber. Lyle kam um die Ecke gehüpft.

»Alles in Ordnung, Jungs? Ich hab den anderen in den Arsch geschossen. Der läuft uns nicht mehr weg. Wir rufen besser einen Krankenwagen.«

McWhirter, den Timmy befreit hatte, während ich mit Duane Andrus im Clinch lag, stolperte auf uns zu. Er war krumm und schief von den achtzehn Stunden in Fesseln.

Er stammelte: »Das sind ja nicht mal Bullen! Die, die sind... die sind ja noch schlimmer.«

»Kann schon mal vorkommen«, sagte Lyle.

Timmy ging in Richtung Zwinger. »Ich werde Bowman und einen Krankenwagen rufen.«

»Das kannst du dir sparen«, sagte ich, als plötzlich ein Polizeihubschrauber über dem Wald im Osten in unser Blickfeld donnerte. »Aber schau, ob du da drinnen eine Taschenlampe findest. Ich glaub, ich hab was verloren.«

Timmy wartete auf mich, als man mich in mein Zimmer im Bezirkskrankenhaus von Albany schob. Ich war total gedopt und konnte mich nicht mehr erinnern, was wir geredet hatten. Später erzählte er mir, daß wir folgendes Gespräch geführt hätten: »Ich werde dich nie wieder verlassen«, sagte er.

»Ich weiß, keine Sekunde. Das habe ich befürchtet.«

»Der Doktor sagt, es ist alles in Ordnung. Er sagt, es ist wieder dran. Er sagt, es wird ein bißchen komisch aussehen – so gewählt hat er sich nicht ausgedrückt –, aber was soll's.«

»Richtig. Es wäre ja kein Vergnügen für dich, an einem Loch in meinem Kopf zu knabbern.«

»Ich hab ihm gesagt, falls dein Ohr zu kaputt wäre, um es wieder anzunähen, wüßte ich, wo man ein Reservemodell kriegen könnte. Das fand er gar nicht komisch.«

»Schönheitschirurgen sind nicht für ihren Humor bekannt. Sonst hätten wir alle Gesichter wie Valentino und Schwänze wie Lyle.«

Er lachte nervös und sagte: »Ich halt mich an dein linkes Ohr.«

Ich sagte: »Ja, Gott sei Dank.«

»In zwei Tagen darfst du raus, hat der Doktor mir erzählt. In einer Woche kommt der Verband runter.«

»Zwei Tage? Unmöglich. Dann ist es vielleicht schon zu spät.«

»Zu spät wofür?«

Ich gab ihm keine Antwort. Ich hätte sonstwas gegeben, wenn ich in diesem Moment bei Kräften gewesen wäre. Ich machte einfach die Augen zu und schlief.

Ich träumte die ganze Nacht immer wieder von dem Gespräch, das ich vor zwei Nächten in der Bar des Albany Hotels geführt hatte.

KAPITEL 24

Ich machte meine Nachttischschublade auf und holte meine Uhr raus, die mir eine fürsorgliche Schwester nebst meiner Brieftasche und meinen Schlüsseln hineingelegt hatte. Es war zehn Uhr fünfzehn. Morgens wahrscheinlich, die Sonne brannte schon wieder auf mich herab.

Ich warf das dünne Laken, mit dem ich zugedeckt war, zur Seite, schwang meine Beine über die Bettkante und stützte meine Füße auf einen Metallhocker. Langsam richtete ich mich auf.

Mein Kopf pochte. Ich berührte den Verband, mit dem mein Schädel eingebunden war, und die dicke Verpackung auf der linken Seite. Ich stützte mich auf das leere Bett, das noch im Zimmer stand, und quälte mich zu einer schmalen Tür. Dahinter lag kein Kleiderschrank, aber ich benützte die Einrichtungen darin trotzdem und spritzte mir dann etwas lauwarmes Wasser ins Gesicht.

Der Kleiderschrank war neben der Toilettentür, aber meine Kleider waren nicht drin, und mir war klar, daß ich in meinem kleinen Krankenhaushemdchen mit der niedlichen Schleife hinten nicht weit kommen würde.

Ich nahm die Laken von beiden Betten und machte aus einem einen ostindischen Dhoti, eine Art voluminösen Leinenschurz, den Timmy mir mal gezeigt hatte. Da soll noch mal einer sagen, daß das Friedenscorps zu nichts nutz ist. Ein anderes Laken wickelte ich mir um wie einen Rock, und ein drittes band ich um meinen Torso. Ein Ende ließ ich mir über die Schulter hängen. Ich riß einen Kopfkissenbezug auseinander und machte mir ein Häubchen, damit mein Verband verdeckt war.

Dann schnappte ich mir eine langstielige Plastikrose aus der Vase am Fensterbrett und schlurfte den Gang hinunter in Richtung Schwesternzimmer.

»Hare Krishna«, sagte ich fröhlich und bot meine Rose an.

»Ihr sollt doch nicht hier raufkommen! Ihr sollt doch unten in der Lobby bleiben, das wißt ihr ganz genau!«

Man schob mich schnell in den Aufzug ab.

Timmy, dieser ewig pflichtbewußte Sklave der lumpigen Legislaturaristokratie, war nicht zu Hause, sondern anscheinend arbeiten. Es war Montagmorgen.

Ich zog mir amerikanische Kleidung an, trank einen Liter Grapefruitsaft, aß zwei Schüsseln Müsli und rief dann Dot Fisher an.

»Haben Sie Ihr Geld wiedergekriegt?«

»Oh, Don, hab ich, hab ich! Ich kann Ihnen gar nicht sagen, wie erleichtert ich bin. Um drei Uhr hab ich einen Termin bei Trefusis. Dann geh ich zu Millpond und schmeiß ihm den ganzen Geldsack vor die Füße. Und das kann ich Ihnen sagen, ich hab mich in meinem ganzen Leben noch nie auf etwas so gefreut!«

»Haben Sie was dagegen, wenn ich mitkomme?«

»Aber Sie sind ja noch im Krankenhaus, oder? Fenton hat mir erzählt, daß Sie beim Kampf mit diesen schrecklichen Männern am Ohr verletzt worden sind.«

»War nichts Ernstes. Der Doktor hat nur mein Ohr eine Stunde als Stopfei benützt, aber jetzt bin ich wieder so gut wie neu. Ich hol Sie um halb drei ab.«

»Da wäre ich Ihnen eigentlich sehr dankbar. Aber ich muß jetzt Schluß machen. Fenton hält draußen im Garten eine Pressekonferenz.«

»Schade, daß ich das verpasse, aber ich kann's mir ja heute abend in den Nachrichten anschauen. Er wird sicher wieder ein paar Sachen loslassen, die man später mal zitieren kann.«

»Oh, ganz bestimmt.«

Ich erwischte Bowman in seinem Büro.

»Wer da?« knurrte er. Dem Mann fehlte seine Wochenenddröhnung Golf, oder Schlaf.

»Strachey hier. Sind die zwei Schnuckel hinter Schloß und Riegel?«

»Einer ist im Knast. Der andere ist da, wo Sie sind, streng bewacht. Sie konnten wohl einfach nicht warten gestern nacht, oder?«

»Sie schwebten ja am Himmel. Die Täter waren auf der Erde, genau wie ich. Aber ich wußte ja, daß Sie im Geiste bei mir sind, Ned. Wie schon so oft.«

»Dieser Dreckskerl hätte Ihnen den Mund wegbeißen sollen. Das wäre ein Segen für die ganze Stadt gewesen. Sind Sie okay?«

»Ich werde wieder tanzen können. Was haben Ihnen denn die Gebrüder Andrus erzählt? Haben sie alles ausgespuckt?«

»Nur Schafscheiße. Duane sagt, sie seien gerade in den Zwinger gekommen, hätten McWhirter da vorgefunden und wollten gerade die Polizei anrufen, da wärt ihr hereingeschneit und hättet ihren Hund erschossen. Und Glen sagt überhaupt nichts. Sie haben jetzt Anwälte, und ehe die Nacht anbricht, werden sie alle miteinander im Bett liegen und Märchenstunde proben. Aber wir haben alle Beweise, die wir brauchen. Da gibt es keine Schlupflöcher. Duanes Handschrift auf den Lösegeldforderungen, seine Stimme auf den Bändern und McWhirters Zeugenaussage sind mehr als genug.«

»Haben sie vielleicht erwähnt, auf wessen Mist die Geschichte gewachsen ist?«

»Was soll das heißen? Warum fragen Sie das?«

Ich beschrieb das Telefongespräch, das ich am Zwingerfenster belauscht hatte. Meine persönliche Vermutung, wer der dritte Mann sei, ließ ich nicht verlauten. Auch nichts über Beweismaterial, durch das ich zu diesem Schluß gekommen war.

»Warum, zum Teufel, haben Sie mir das nicht schon eher erzählt?«

»Ich war bewußtlos. Wie Sie sich vielleicht erinnern, fiel ich in Ohnmacht, als Sie vom Himmel schwebten. Wahrscheinlich war's einfach zuviel, Sie da oben fliegen zu sehen.«

»In meiner Version sind Sie aus den Latschen gekippt, als Sie Ihr Ohr im Hosenaufschlag gefunden haben.«

»Ja, so könnte es auch gewesen sein. Ich weiß es nicht mehr. Haben Sie das ganze Geld wiedergefunden?«

»Nein, nur hundertfünfzigtausend. Erzählen Sie mir noch mal das Telefongespräch, das Sie belauscht haben. Ich möchte es mir aufschreiben.«

Ich zitierte noch mal.

»Der dritte Mann hat das restliche Geld«, sagte ich. »Deshalb halten die Gebrüder Andrus dicht. Sie müssen sie davon überzeugen, daß sie lange, lange hinter Gitter wandern für Entführung und Totschlag, auch ohne Vorsatz. Und daß es keinen Sinn hat, die Strafe einfach abzusitzen, im Glauben, das Geld würde auf sie warten. Sagen Sie ihnen, bei der augenblicklichen Inflationsrate sind die fünfzig Riesen etwa noch einen Dollar fünfunddreißig wert, bis sie wieder frei sind.«

»Ich bin immer dankbar, wenn mir einer meinen Job erklärt.«

»Gern geschehn. Was haben Sie denn noch im Zwinger gefunden?«

»Einen Haufen Scheiße, und das meine ich wörtlich. Dope auch. In dem Zimmer im Vorderhaus, in dem Duane gewohnt hat, haben wir eine Unze Koks gefunden.«

»Irgendwelche Papiere, Briefe, Adressen, Telefonnummern?«

»Ein Adreßbuch mit einigen Adressen und Telefonnummern, die uns bekannt waren. Das Rauschgiftdezernat sammelt Beweise gegen eine bestimmte Gruppe von Leuten. Denen kommt Andrus' Liste ganz gelegen. Die Jungs sind mir sehr dankbar.«

»Klar, Ned. Sie haben die Sache ja auch meisterhaft geklärt. Zufälligerweise ist mir da eine Information zugeflogen, nämlich, daß Duane seinen Hintern meistbietend verkauft hat und daß ihm irgendein Sugardaddy seine Nasenbonbons bezahlt hat. Haben Sie dafür irgendwelche Beweise gefunden?«

»Das Zimmer von Andrus sah aus wie ein schwules Puff. Kleine Fläschchen mit dem chemischen Zeug, das ihr euch in die Nase schmiert, Pornofilme und Hefte voller – na, Sie wissen schon, was. Ich hoffe, Sie nehmen mir das nicht übel, Strachey, aber ich hab fast gekotzt.«

»Na, Sie wissen schon – das heißt bei uns auch Schwanz, genau wie bei euch.«

»Oh.«

»Was war sonst noch da?«

»Nichts Belastendes oder Interessantes mehr. Fünf Töpfe Vaseline. Wofür ist denn das?«

»Gegen trockene Haut. Es ist für Leute, die in klimatisierten Räumen arbeiten, wie zum Beispiel in Krankenhäusern.«

»Wie lange müssen Sie denn überhaupt das Bett hüten? Hoffentlich nicht mehr als sechs Monate?«

»Weiß ich nicht, ich lebe einfach so in den Tag hinein. Ich schau mir alle Serien im Fernsehen an, fummel ein bißchen mit den Pflegern rum und halte mich
an die Anweisungen des Arztes.«

»Nur zwei Lügen bei drei Aussagen. Sie machen sich
noch, Strachey.«

Ich machte ihm noch ein paar hirnrissige Vorschläge,
dann legte ich auf. Ich suchte gerade eine Adresse im
Telefonbuch, da klingelte das Telefon neben mir.

»Jaha.«

»Ist das die... Wohnung von Donald Strakey?« Sie
machte ein k aus dem ch.

»Mista Strakey is im Hospital. Hier spricht seine
Mami.«

»Ah... hier spricht Annabelle Clooney vom Bezirkskrankenhaus Albany. Es ist zwar kein Anlaß
zur Beunruhigung, aber wir können Mr. Strakey
nicht finden. Er ist hier Patient in der Chirurgischen,
ja, aber er ist... er ist nicht in seinem Zimmer.«

»Oh, dieser Lauser! Ich werd ihn übers Knie legen!
Wenn Sie ihn finden, dann rufen Sie mich an, dann
komm ich rüber und zieh ihm die Ohren lang! Eins
jedenfalls, wie ich höre, ist das andre noch ein bißchen wund. Sagen Sie ihm das!«

Ich legte auf und suchte mir die Adresse in Colonie,
die ich brauchte, dann nahm ich zwei Aspirin.
Timmy hatte mein Auto zurückgebracht und es auf
seinen Platz gestellt. Es dampfte vor Hitze. Man
hätte sicher das berühmte Ei auf der Haube braten
können, aber ich hatte keinen Hunger. Ich machte

alle Fenster auf, legte die Fußmatte auf den heißen Plastiksitz, setzte mich vorsichtig drauf und fuhr hinaus in den Mittagsverkehr.

Ich holte meine Smith und Wesson aus dem Büro und das leichte Jackett, unter dem sie am wenigsten auftrug. Dann fuhr ich die Central stadtauswärts.

Der Eigentümer von Murchisons Baubedarf in Colonie war nicht gewillt, meine Fragen zu beantworten, aber als ich ihn vor die Wahl stellte, entweder mit mir oder mit Ned Bowman zu reden, entschied er sich für mich. Bowman würde ihn sowieso heimsuchen, aber das erwähnte ich nicht.

Dann fuhr ich raus zur Moon Road.

KAPITEL 25

»Tag, Jerry, Ihr Boß sagt, Sie fühlen sich heute nicht so gut. Sind Sie früher nach Hause gegangen?«

»Oh, hallo. Mein Boß hat das gesagt?«

»Darf ich reinkommen? Ich möchte mich gerne mit Ihnen unterhalten.«

»Also... Sandra ist mit Heather zum Schwimmen gegangen.«

»Kein Problem. Für das, was wir zu besprechen haben, brauchen wir keine Anstandsdame. Ist Joey drüben im Freezer Fresh?«

»Nein, erst ab vier. Er mäht gerade Mrs. Fishers Rasen. Sie hat angerufen. Das war wirklich sehr nett von ihr, sehr christlich. Rücksichtsvoll.«

Er machte keine Anstalten, die Tür zu öffnen. Wir unterhielten uns durch das Fliegengitter. Der Schweiß lief ihm über sein blasses Gesicht und tropfte auf sein pflegeleichtes, weißes Hemd.

»Kommen Sie doch raus, dann setzen wir uns unter einen Baum und unterhalten uns.«

»Worüber denn? Ich fühl mich wirklich nicht gut. Ich wollte eigentlich gerade... zum Doktor gehen. Vielleicht ein andermal, wenn's mir wieder besser geht.«

»Mr. Murchison sagt, Sie hätten ihm heute morgen fünfzigtausend Dollar gegeben.«

»W-Was?«

»Die fünfzig, die eigentlich schon letzte Woche fällig waren. Die zweite Rate plus sechzehn Prozent Zinsen von einhundertzweiundvierzigtausend Dollar, die Sie im Verlauf der letzten drei Jahre bei Murchison unterschlagen haben. Das hat er doch im Juni entdeckt.«

Sein Mund versuchte, Worte zu formen. Er versuchte krampfhaft, nicht zusammenzubrechen, und das gelang ihm mal eben so grade. Ich machte die Tür auf, er machte ein paar Schritte rückwärts.

»Ich will... nicht... ich brauche einen Schluck Wasser«, stammelte er.

Ich folgte ihm in die Küche und sah zu, wie er aus einer Plastiktasse mit zwei Schlümpfen drauf Wasser in sich hineinschüttete. Er spülte die Tasse aus und stellte sie in einen Abtropfständer. Sein Gehirn arbeitete wie besessen.

Er drehte sich wieder zu mir, ein fahriges Grinsen im Gesicht, wie eine Maske. »Ich kann einfach nicht verstehn, wieso Mr. Murchison Ihnen diese Geschichte erzählt hat. Das geht doch nur ihn und mich etwas an. Mein Gott, warum hat er denn das getan?«

»Woher haben Sie die fünfzig?«

Er grinste weiter, sein Kopf ging hin und her, vor und zurück, er versuchte verzweifelt, ein ungläubiges Gesicht zu machen. »Mr. Murchison hat gesagt – er hat mir versprochen – es würde unter uns bleiben. Ich hab's doch wiedergutgemacht. Ich hab einen Fehler gemacht, aber er hat mir verziehen, und ich hab's wiedergutgemacht.«

»Wenn er Ihnen vergeben hat, warum hat er dann
Dale Overdorf auf Sie gehetzt?«

»Wen? Dale wie?«

»Der Schläger, der Sie im Juni aufgemischt hat.«

»Oh. Oh, mein Gott. Das hat er Ihnen erzählt? Man
möchte doch meinen, daß er sich deshalb schämt.«
Die Angst stand ihm bis zum Hals, und er schluckte
fortwährend. Aber sie ließ sich nicht runterschluk-
ken.

»Murchison war weder beschämt, noch hat er Ihnen
verziehn«, sagte ich. »Ich glaube, er hatte seine
Gründe, Sie hinzuhalten und nicht die Polizei zu rufen, und Sie gleichzeitig unter Druck zu setzen. Aber
Sie haben meine Frage nicht beantwortet. Woher
hatten Sie die fünfzig, die Sie Murchison heute morgen gegeben haben?«

»Ich hab sie mir geliehn«, piepste er, dann wurde er
ganz rot und schlug mit der Faust auf den Tisch – nicht
besonders überzeugend. »Außerdem muß ich Ihnen
rein gar nichts erzählen! Das ist eine private Angelegenheit zwischen Mr. Murchison und mir. Woher
nehmen Sie überhaupt das Recht, sich in meine Pri-
vatangelegenheiten zu mischen? Mr. Murchison hat
gesagt, er würde die ganze Sache wie einen Kredit behandeln, also geht Sie das einen feuchten Kehricht an!
Sie kommen hierher und stellen meine Integrität in
Zweifel und… und Sie haben kein Recht dazu! Ich
möchte, daß Sie… mein Haus sofort verlassen!«

Ich sagte: »Was haben Sie mit dem Geld gemacht,
das Sie unterschlagen haben? Hier sieht man nichts

davon. Keine Steaks zum Abendessen bei den Deems, nur Würstchen. Was haben Sie damit gemacht?«

Seine Wut war wie weggeblasen, als ob jemand den Stöpsel rausgezogen hätte. Er stand zitternd und schneeweiß am Spülbecken, starr vor Schock. Er beobachtete mich und versuchte, sich auf den Augenblick vorzubereiten, vor dem er sich sein ganzes, erwachsenes Leben lang gefürchtet hatte. Ich hatte auch keine Lust, diesen Moment mitzuerleben. Aber aufschieben machte es auch nicht leichter, also formulierte ich es.

»Sie haben einhundertzweiundvierzigtausend Dollar für Duane Andrus' Kokainsucht ausgegeben. Das ist ein Haufen Geld für miesen Sex.«

Völlig verrückt vor Angst starrte er mich ein paar Sekunden lang an. Dann brach er zusammen. Deem rutschte zu Boden, winselnd und weinend. Es beutelte ihn so, daß er mit dem Rücken gegen das Waschbecken schlug, sein Gesicht in die Hände vergraben. Zwischen lauten Schluchzern schüttelte Jerry Deem den Kopf und heulte: »Ich bin kein Homo, ich bin kein Homo!«

Ich setzte mich auf einen Küchenstuhl und starrte aus dem Fenster auf den unbeweglichen Thunderbird. Ohne Deem anzuschauen, sagte ich: »Die Entführung war Ihre Idee, nicht wahr?«

»Nein, nein, das hätte ich nie getan.«

»Aber Andrus hat es Ihnen gleich, nachdem er es getan hatte, erzählt. Und Sie haben ihn nicht angezeigt.

Hätten Sie das gemacht, wäre es Peter Greco erspart geblieben, in einem Meer von Katzenhaaren zu ertrinken.«

Er schluchzte, nickte, dann schüttelte er den Kopf.

»Andrus wollte Sie zum unfreiwilligen Komplizen machen, damit er Sie noch mehr in der Hand hatte. Er glaubte, Dot Fisher würde an Millpond verkaufen, um das Lösegeld aufzutreiben, und alle auf der Moon Road reich machen. Als Dot seinen Plan vereitelte und sich das Geld anderweitig beschaffte, beschloß Andrus, auch McWhirter zu entführen – keiner von uns wußte ja, daß Greco tot war –, um Dot zum Verkauf zu zwingen. Auf diese Weise hätte Andrus nicht nur das Lösegeld gehabt, sondern auch noch das, was er aus Ihnen nach dem Verkauf Ihres Grundstücks hätte rauspressen können.

Einer der Gründe, warum Sie mitgemacht haben – außer Ihrer Angst, Andrus könnte Sie bloßstellen –, einer dieser Gründe war, daß Sie einen Teil des Lösegelds haben wollten, um Murchison zu bezahlen, der gnadenlos seine Augustrate kassieren wollte und damit drohte, Dale Overdorf noch mal zu schicken, um Ihnen das Schlüsselbein ein zweites Mal zu brechen. Es wäre schwer gewesen, Ihrer Familie und Ihren Freunden zwei gebrochene Schlüsselbeine in einem Sommer zu erklären.«

Er schluchzte und nickte, nickte und schluchzte. Ich schaute zu ihm runter. Mein Kopf tat weh. Mir war schlecht.

»Warum, Jerry? Ich versteh das Doppellebensyndrom. Wie so viele Leute mußte ich da auch schon durch. Ich versteh die Angst, die die Männer dazu treibt. Aber warum Duane Andrus? Warum so ein gewalttätiges Subjekt? Es gibt Abermillionen Männer auf diesem Planeten. Warum Andrus?«

Er schaute hoch zu mir. Er zitterte immer noch, sein Gesicht troff vor Schweiß und Tränen. Einen langen, gespannten Moment später sagte er zornig: »Weil er schlecht war. Ich bin eine Schande für den Herrn. Ich habe Duane Andrus verdient!«

Wir starrten uns an. Wenn Fenton McWhirter zur Stelle gewesen wäre, hätte er wahrscheinlich versucht, Deem ein paar Sachen klarzumachen. Aber ich hatte keinen Nerv dazu. Außerdem war es sowieso egal, kein Lebender würde mehr davon profitieren. Deem atmete nicht mehr ganz so schwer und sagte: »Ich glaube, es ist wohl besser, wenn ich ein Valium nehme. Ich muß mich beruhigen.«

Ich nickte.

Irgendwie schaffte er es, aufzustehen und ins Wohnzimmer zu schwanken, dann stolperte er nach links zum hinteren Teil des Hauses.

Einen Augenblick später stand ich auf und folgte ihm. Die Schlafzimmer waren leer. Eine Tür in der kleinen Diele war zu. Ich versuchte den Griff. Abgesperrt.

In diesem Augenblick traf ich eine Entscheidung, die ich später manchmal bereute. Ich hob ein Bein und trat mit dem Schuh gegen die windige Sperrholztür. Sie explodierte nach innen und warf Deem gegen das

Waschbecken. Eine Batterie Pillen flog aus seinem Mund und hagelte wie Schrot gegen den Spiegel. Er schlug um sich, versuchte, die Pillen zu erhaschen, aber ich hatte ihn beim Kragen und schleifte ihn rückwärts ins Wohnzimmer.

Dann, in der Küche, bog ich ihn über den Tisch und hielt ihn mit einer Hand fest, mit der anderen wählte ich eine Telefonnummer. Während ich wählte, schaute ich auf meine Uhr. Fünf nach zwei. Gerade noch rechtzeitig. Ich hatte noch einen Termin einzuhalten.

KAPITEL 26

Als ich mit Dot Fisher die Moon Road hochfuhr, passierten wir zwei Streifenwagen und Bowmans blauen Dodge. Sie standen vor dem Haus der Deems. Dot fragte mich, was denn da los sei, und ich erzählte es ihr. Sie schwieg ziemlich lange. Dann sagte sie: »Ich werd später mal bei Sandra vorbeischaun. Sie wird wohl Hilfe brauchen.«

Wir trafen Dots Anwalt in der tiefgefrorenen Lobby des Millpond-Gebäudes und fuhren zusammen hinauf zum Büro von Crane Trefusis. Marlene Compton führte uns um Punkt drei Uhr in das kühle braune Sonnenlicht von Trefusis' Geiernest.

Dot trug grellblaue Hosen, die sich nicht mit den Beige- und Rosttönen vertrugen. Trefusis nahm seine Sonnenbrille ab und begrüßte uns mit der heiteren Gelassenheit eines Mannes, der wußte, daß er im Endeffekt alles bekam, was er wollte.

»Nett, daß Sie sich die Mühe gemacht haben, den weiten Weg hierher auf sich zu nehmen«, sagte er. »Ich hätte es selbstverständlich mit dem größten Vergnügen durch einen Boten draußen bei Ihnen in der Moon Road abholen lassen.«

Dot machte eine Price-Chopper-Einkaufstüte auf und kippte die Dollars auf den Schreibtisch. »Ich wollte es Ihnen gerne selber bringen«, sagte sie. »Bitte, zählen Sie's.«

Trefusis lachte ein bißchen. »Das wird nicht nötig sein. Ich weiß, wann ich eine ehrliche Frau vor mir habe.«

Der Anwalt legte ein Dokument vor, das Millponds Verkaufsrecht auf Dots Grundstück annullierte. Dot und Trefusis unterschrieben es. Trefusis übergab ihr eine Quittung über hunderttausend Dollar.

»Schön, mit Ihnen Geschäfte zu machen, Mrs. Fisher«, sagte er. »Selbst unter so unerfreulichen und unproduktiven Umständen.«

Dot murmelte etwas und ging zur Tür, aber sie drehte sich noch mal um, sah Trefusis an und sagte: »Ihre Mutter tut mir leid, wenn sie noch lebt. Sie verdienen zwar einen Haufen Geld, Mr. Trefusis, aber ansonsten wird nicht sehr viel aus Ihnen werden.«

Dem Anwalt war die Sache peinlich, und er ging mit Dot hinaus. Ich rief ihnen nach: »Wir treffen uns in zehn Minuten in der Lobby.«

Als die Tür zu war, sagte Trefusis: »Ein seltsames altes Mädchen. Wahrscheinlich läßt der Verstand schon ein bißchen nach.«

Ich sagte: »Die Belohnung. Zehn Riesen. Sie gehört mir.«

Er steckte sich den Bügel seiner Sonnenbrille in den Mundwinkel und schaute mich nachdenklich an. »Das war nur für den Fall, daß Sie Peter Greco lebend zurückbringen. Das haben Sie nicht geschafft.«

Er hatte recht. Ich hielt den Mund. Ich hätte ihm gerne die Nase eingeschlagen, aber ich hatte Kopfweh. Ich schuldete Whitney Tarkington jetzt einhundertzehntausend Dollar. Fünfzigtausend hatte man bei Duane Andrus gefunden, und Trefusis' Honorar für die Überführung des Graffiti-Vandalen waren noch mal zehn. Bis morgen nachmittag mußte ich dann nur noch fünfzigtausend Dollar auftreiben. Timmy konnte fünf aufbringen und meine Bank den Rest, mit fünfzehn Prozent Zinsen. Ein wunderbares Wochenende.

Trefusis laberte und laberte: eine sehr, sehr tragische Angelegenheit, aber wenigstens könnte Dot ihre Farm behalten, an der sie so hing, und er selbst hätte ein Auge auf ein paar Morgen Land geworfen, die in der Enklave der Christian Brothers zum Verkauf standen, und daß sich für alle Beteiligten schließlich doch alles zum Besten gewendet hätte.

»Außer für Peter Greco«, sagte ich, »und für Fenton McWhirter, der ist jetzt allein.«

»Unglücklicherweise, ja«, sagte er nachdenklich. »Aber niemanden trifft die Schuld. Sie nicht und mich nicht. Ein tragischer, tragischer Unfall. Keiner von uns muß sich Vorwürfe machen.«

Ich erzählte ihm von Jerry Deem. Er wurde schneeweiß. Ich sagte: »Sie haben's gewußt.«

»Das ist absurd!« platzte er heraus, gänzlich unüberzeugend.

»Ihr Spezi Murchison, Teilhaber von Millpond und Hauptlieferant bei Millpond-Projekten, hat Ihnen im Juni erzählt, daß er seinen Buchhalter mit der Hand in der Kasse erwischt hätte und es der Polizei melden wollte. Als Sie rausfanden, daß der finanzielle Drahtseilartist Jerry Deem war, schlugen Sie Murchison vor, die Sache doch anders zu regeln. Sie bestanden sogar darauf. Sie boten Murchison Dale Overdorf an.«

Seine Backe zuckte.

»Sie wollten Overdorf nicht direkt auf Dot Fisher loslassen«, sagte ich. »Sie wußten, wie stur sie ist, und Sie wußten auch, daß die Volksseele kochen würde, wenn man eine alte Dame zusammenschlagen würde. Und sollte man so etwas je mit Millpond in Zusammenhang bringen, wäre das schlechte PR, vielleicht sogar schlecht genug, um Ihre Machenschaften mit den Planungsbüros und den Umweltorganisationen zu enthüllen. Und so etwas wäre absolut tödlich. Aber bei Jerry Deem sah's anders aus, oder?«

Zuck, zuck.

»Auf Jerry konnten Sie soviel Druck ausüben, wie Sie nur wollten, ohne jede Gefahr, daß er Sie verraten würde. Und Sie hofften, er würde Mittel und Wege finden, wie widerlich die auch sein mochten, um Dot zum Verkauf zu bewegen. Fast wäre Ihre Rechnung aufgegangen. Mal mit Drohungen, mal mit Versprechungen gegenüber seiner Familie brachte Deem seinen Sohn Joey dazu, Dot mit den Graffiti, den Drohbriefen und den Anrufen zu terrorisieren. Und weil Deem Duane Andrus in den glühendsten Farben schilderte, wieviel Geld er haben würde, wenn Dot endlich klein beigeben und das Grundstück an Sie verkaufen würde, kamen die Entführung und damit dann der Tod von Peter Greco ins Rollen.«

Sein Kinn war so gespannt, daß ich Angst hatte, es würde zerspringen, wenn ich es nur berühren würde. Aber ich hatte beschlossen, mir sein Kinn ein andermal vorzunehmen – wenn mein Kopf endlich nicht mehr weh tat.

»Sie haben natürlich nicht damit gerechnet, daß die Sache so ausarten würde«, sagte ich. »Als Sie mich ins Spiel brachten, sollte nur Joey Deem geopfert werden. Es war Ihnen wahrscheinlich sehr schnell klar, daß er der Graffitikünstler war. Ich sollte ihn überführen, und Millpond hätte bei Dot dann einen Stein im Brett. Sie würde sofort umschwenken und an Sie verkaufen, und Joey Deem bekäme als jugendlicher Straftäter ein paar auf die Finger.

Nur, Sie haben es vermasselt, Crane. Es gab eine Seite in Jerry Deems Leben, von der Sie nichts wußten. Sie haben ihn nicht genau überprüft und wußten nicht, was für ein kaputtes menschliches Wesen Sie da als Zünder benützten. In Ihren wildesten Träumen hätten Sie sich nicht vorstellen können, wie verschlagen und fanatisch Deem sein würde, wenn es um die Verschleierung bestimmter gesellschaftlicher Verfehlungen ging. Sie wußten, daß er labil und angreifbar ist, aber nicht, daß er *so* labil ist. Sie wußten auch nicht, daß er Leuten verpflichtet ist, die total wahnsinnig sind. Die nicht einmal vor Mord zurückschrecken, wie man gesehen hat. Sie haben Scheiße gebaut, Crane. Mit Pauken und Trompeten. Wie es

Ihrer Position innerhalb der Aristokratie von Albany entspricht.«

Er sah mich lange an, sein Gesicht war eine wütende, weiße Maske. Dann sagte er: »Sie wollen doch nicht etwa zum Staatsanwalt mit diesem Märchen?«

»Doch.«

Ein verkniffenes kleines Grinsen. »Sie werden vor Gericht sehr lächerlich dastehen. Ich werde alles abstreiten. Murchison wird abstreiten, daß es je eine Unterschlagung gegeben hat. Deem wird für verrückt erklärt. Der Richter wird Sie und Ihre Schwuchtelfreunde verwarnen, weil Sie Steuergelder sinnlos verschwenden.«

»Könnte sein«, sagte ich und stand auf. »Aber Ihr Name wird in der Zeitung stehen, Crane. Jeden Tag, sechs Monate lang. Sie und Ihre Firma. Wenn Sie also auf dem Land der Christian Brothers ein Einkaufszentrum bauen wollen, dann machen Sie das besser in den nächsten vierzig Minuten.«

Er zuckte immer noch ein bißchen, als ich rausging. Marlene Compton zwitscherte: »Einen schönen Tag noch.«

Hatte ich auch, in allem, was wirklich wichtig war.

Crane Trefusis hielt es noch fünf Monate in Albany aus, dann feuerte ihn Millpond, und er floh nach Wichita, der Heimatstadt seiner Frau, und wurde Geschäftsführer in einem Supermarkt. Kurz vor seiner Abreise marschierte ich ins Le Briquet und warf ihn über den Tisch in ein Walnußsoufflé, das gerade einem New Yorker Abgeordneten serviert wurde. Sein Kinn schlug auf eine Silberschüssel und zerbrach. Er zeigte mich an. Ich bekam fünfhundert Dollar Strafe, sechs Monate Bewährung und verlor um ein Haar meine Lizenz. Bowman fand es wunderbar.

Weil die Volksseele nach Peter Grecos Tod kochte, konnte Fenton McWhirter elf weitere Frauen und Männer für den schwulen Generalstreik gewinnen, ehe er nach Burlington in Vermont weiterfuhr, um dort die Werbetrommel zu rühren. Greco wurde verbrannt, und McWhirter trug seine Überreste im Rucksack quer durch die Staaten und verstreute sie später über dem Pazifik, so wie damals bei Harvey Milk. Im Schwulen-Center von Albany wurde ein Gedenkgottesdienst abgehalten. Dot hielt eine Rede über die unverdrossene Sanftheit in Peter Grecos Wesen. Edith stand neben ihr, aber beim Betreten des Gebäudes hatte sie einen Schleier getragen.

An der Moon Road wurde kein Einkaufszentrum

gebaut. Aber an der Ecke Moon Road und Central Avenue entstand doch ein kleiner Gewerbebetrieb. Am Labor-Day-Wochenende hielt ich dort an, wo Kay Wilson und Dot Fisher Heather Deem an ihrem Erfrischungsstand halfen. Auf dem Schild stand:

MOON ROAD PLAZA ASSOCIATES –
LIMONADE 25 CENTS.

In einer ungewöhnlich warmen Septembernacht brachten Timmy und ich Lyle Barner zum Bus nach San Francisco, bewaffnet mit einer Belobigung für sein Verhalten im Fall Andrus. Später hörte ich, er würde in Daly City in Kalifornien leben und hätte eine Witwe mit sechs Kindern geheiratet. Vielleicht war es aber auch nur ein Gerücht, das Bowman in die Welt gesetzt hatte, in der frommen Hoffnung, es würde mir zu Ohren kommen und Schule machen. Wenn ja, so war das aber vergebliche Liebesmüh.

Drei Tage nachdem Lyle Barner die Stadt verlassen hatte, feierten Timmy und ich mit Dot und Edith bei gebratener Ente und Dots berühmtem Holunder-käsekuchen Ediths sechsundsiebzigsten Geburtstag. Auf der Fahrt zurück in unsere Wohnung sagte Timmy: »Dot und Edith sind ein heißes Paar. Soviel Liebe, Zuneigung, schlichte Gefühle, Ruhe. Das be-eindruckt mich.«

»Mich auch.«

»Genau wie wir, in dreißig Jahren«, sagte er. »Mit ein bißchen Glück.«

»Das wünsch ich mir auch«, zwang ich mich zu sagen.

Wir fuhren gerade durch den Washington Park, der nach Feuchtigkeit, Hitze und Leben roch.

»In der Zwischenzeit«, sagte Timmy, »könnten wir ja kurz am See vorbeischaun. Vielleicht können wir ein paar knackige Studenten aufreißen und sie zu einem wüsten Vierer mit nach Hause nehmen.«

Ich kam vor Schreck fast von der Straße ab, stellte das Auto wieder gerade und schaute rüber zu ihm, ob er grinste und sich vor Lachen bog. Genau das tat er. Ich schaute ihn noch ein paarmal an, als wir weiter durch den Park und dann raus auf die Madison fuhren.

»Ich wollte dich nur testen«, sagte er strahlend.

Ich sagte: »Das soll ich glauben«, und schaute noch mal kurz zum Park zurück. Er lachte wieder.

Langweilig würden die dreißig Jahre ganz sicher nicht werden.

Knaur ®

Wallace Hamilton
NIE MEHR IM SCHRANK

Roman

Roger Thornton, 46, gutaussehend, erfolgreich, frisch geschieden und Vater zweier fast erwachsener Töchter – ein Mann, der bei Frauen Erfolg hat. Als er eines Abends Michael, den Jungen mit dem eleganten Hüftschwung, auf einen Drink in sein Hotelzimmer einlädt, ist er einfach neugierig, diesen bildschönen und ganz unverhohlen schwulen Jungen kennenzulernen. Michael ist noch keine fünf Minuten im Zimmer, und schon liegen sich die beiden Männer in den Armen... (TB 1380)

NATHAN ALDYNE   ROMAN

Ein trauriges Silvester für Billy Golacinsky, einen kleinen Stricher
in Boston – kein Geld, keine Wohnung, kein Freier.
Am nächsten Morgen liegt Billys Leiche im Vorgarten eines prominenten
Politikers, der sich als »Schwulenfresser« einen Namen gemacht hat.
Eine Spur karmesinroter Lippenstift auf Billys Taschentuch – mehr Spuren
gibt es nicht bei diesem Mord. Aber Polizeileutnant William Searcy
sieht seine Chance: Er wird es dieser arroganten Schwulengemeinde
schon zeigen…
Daniel Valentine ist der attraktivste Barmann von ganz Boston. Er hat Billy
in der Mordnacht noch gesehen – und sein Angebot abgelehnt.
Zusammen mit seiner Seelenfreundin Clarisse Lovelace gerät er immer
tiefer in den Strudel der Ereignisse.
TB 1368.

Knaur ®

Gore Vidal

Jim Willard weiß,
daß er immer Männer
den Frauen vorziehen
wird. Lebenslang
erfüllt von der Sehn-
sucht nach dem ehe-
maligen Schulfreund
Bob, mit dem er
eine kurze, aber heftige
Affäre hatte, gerät
er in die homosexuelle
Szene. Nach dem
Krieg trifft er Bob in
New York wieder.
Bob, inzwischen ver-
heiratet, hat ihre Affäre
ganz offensichtlich
vergessen und weist
Jim zurück. Alkohol,
Wut und Enttäuschung
führen zur Anwendung
brutaler Gewalt...
(TB 1399)

Geschlossener
Roman Kreis